UWE KLAUSNER
Eichmann-Syndikat

SEILSCHAFTEN Berlin am 31.5.1962, einen Tag vor der Exekution Adolf Eichmanns, der als Organisator der sogenannten »Endlösung der Judenfrage« gilt. Warum wurde er erst 1960 enttarnt, obwohl es bereits im Jahr 1952 eine Spur nach Südamerika gab, der jedoch nicht nachgegangen wurde? Haben Seilschaften beim BND dies verhindert? Auch die CIA scheint verwickelt zu sein. Als eine Sekretärin beim BND versucht aus ihrem geheimen Wissen Kapital zu schlagen und die »Akte Eichmann« an einen Boulevardreporter zu verkaufen, wird sie hinterrücks erschossen. Hauptkommissar Tom Sydow übernimmt den Fall, doch er muss sich nicht nur mit der Aufklärung des Mordes beschäftigen, sondern auch mit der Nazivergangenheit seiner eigenen Familie. Je tiefer er in den Fall einsteigt, umso mehr dämmert ihm, dass bald nichts mehr so sein wird, wie es war …

Uwe Klausner, Jahrgang 1956, geboren und aufgewachsen in Heidelberg, hat in Mannheim und Heidelberg Geschichte und Anglistik studiert und lebt heute mit seiner Familie in Bad Mergentheim. Neben seiner Tätigkeit für den Gmeiner-Verlag hat er mehrere Theaterstücke verfasst. In seiner Freizeit widmet sich Uwe Klausner unter anderem dem Sport.

Bisherige Veröffentlichungen im Gmeiner-Verlag:
Engel der Rache (2012)
Kennedy-Syndrom (2011)
Bernstein-Connection (2011)
Die Bräute des Satans (2010)
Odessa-Komplott (2010)
Pilger des Zorns (2009)
Walhalla-Code (2009)
Die Kiliansverschwörung (2008)
Die Pforten der Hölle (2007)

UWE KLAUSNER
Eichmann-Syndikat

Tom Sydows fünfter Fall

GMEINER *Original*

Besuchen Sie uns im Internet:
www.gmeiner-verlag.de

© 2012 – Gmeiner-Verlag GmbH
Im Ehnried 5, 88605 Meßkirch
Telefon 07575/2095-0
info@gmeiner-verlag.de
Alle Rechte vorbehalten
2. Auflage 2013

Lektorat: Claudia Senghaas, Kirchardt
Herstellung: Julia Franze
Umschlaggestaltung: U.O.R.G. Lutz Eberle, Stuttgart
unter Verwendung eines Bildes von: © Getty Images
Druck: GGP Media GmbH, Pößneck
Printed in Germany
ISBN 978-3-8392-1300-1

Die als fiktive Hauptfiguren aufgelisteten Charaktere sind frei erfunden. Das Gleiche gilt für die Handlung des Romans. Ähnlichkeiten mit lebenden oder toten Personen sind rein zufällig und nicht beabsichtigt.

REALE HAUPTFIGUREN

Adolf Eichmann (1906–1962), SS-Obersturmbannführer und Organisator der sogenannten ›Endlösung der Judenfrage‹

Zvi Aharoni, Rafi Eitan, Zvi Malchin und **Zeev Keren**, Agenten des israelischen Auslandsgeheimdienstes Mossad

Shalom Nagar, Henker im Gefängnis von Ramla/Israel

FIKTIVE HAUPTFIGUREN

(in der Reihenfolge des Erscheinens)

Theodor Morell, Boulevardreporter

Luise Nettelbeck, Sekretärin beim BND

Tom Sydow, Kriminalhauptkommissar

Lea Sydow, RIAS-Redakteurin und Sydows Frau

Abigail Wentworth, Sydows Mutter

Eduard Krokowski, Kriminalkommissar und Sydows Assistent

Waldemar Naujocks, Leiter der Spurensicherung

Helene Mertens, Eichmanns Geliebte

Heribert Peters, Gerichtsmediziner

SCHAUPLÄTZE

PROLOG

1. Szene: Buenos Aires / Argentinien, Garibaldistraße 14
2. Szene: Buenos Aires, Stadtteil Kilmes

ERSTES KAPITEL

3. Szene: Berlin-Charlottenburg, Schlosspark
4. Szene: Berlin-Tempelhof, Dorfkirche Alt-Tempelhof
5. Szene: Berlin-Charlottenburg, Schlosspark
6. Szene: Berlin-Tiergarten, Holsteiner Ufer

ZWEITES KAPITEL

7. Szene: Berlin-Charlottenburg, Hotel Savoy in der Fasanenstraße
8. Szene: Berlin-Spandau, Evangelisches Johannesstift
9. Szene: Berlin-Charlottenburg, Friedhof Heerstraße
10. Szene: Berlin-Moabit, Institut für Pathologie

DRITTES KAPITEL

11. Szene: Berlin-Schöneberg, Polizeipräsidium in der Gothaer Straße
12. Szene: Berlin-Schöneberg, Polizeipräsidium

13. Szene: Berlin-Wannsee, Sydows Haus in der Seestraße
14. Szene: Berlin-Tiergarten, Luiseninsel
15. Szene: Berlin-Charlottenburg, Redaktion der größten Boulevardzeitung Berlins
16. Szene: Berlin-Charlottenburg, Hauptsitz der Berliner Bank

VIERTES KAPITEL

17. Szene: Berlin-Tiergarten, Städtisches Krankenhaus Moabit in der Turmstraße 21
18. Szene: Berlin-Wilmersdorf, Krematorium
19. Szene: Berlin-Wannsee, Uferpromenade
20. Szene: Berlin-Wilmersdorf, Kolonie Emser Platz
21. Szene: Berlin-Wannsee, Sydows Haus in der Seestraße
22. Szene: Berlin-Wannsee, Haus Sanssouci
23. Szene: Berlin-Mitte bzw. Moabit, Grenzübergang Invalidenstraße
24. Szene: Berlin-Wannsee, Sydows Haus in der Seestraße

EPILOG

25. Szene: Berlin-Wilmersdorf, Kolonie Emser Platz
26. Szene: Ramla / Israel, Gefängnis

Her hair is Harlow gold
Her lips sweet surprise
Her hands are never cold
She's got Bette Davis eyes.

(Kim Carnes, *Bette Davis Eyes*, 1981)

›Viele der Israelis, die schon vor dem Weltkrieg ins Land gekommen oder hier sogar geboren waren, neigten dazu, den Opfern des Holocausts mit Hochmut zu begegnen, da sie diese mit der allgemein verachteten jüdischen Existenz im »Exil« identifizierten, dem absoluten Gegenstück zum Leben des »neuen Hebräers«, den sie im Lande Israel, im Geiste der zionistischen Vision, zu erschaffen strebten. Es war allgemein üblich, die Holocaust-Opfer dafür zu verurteilen, dass sie nicht früher schon nach Israel emigriert waren, anstatt in ihren Herkunftsländern zu verharren und untätig darauf zu warten, dass man sie ermordete. Auch verachtete man sie für ihre angebliche Schwäche, da die meisten von ihnen nicht gegen die Nationalsozialisten gekämpft hatten, sondern in den Tod gegangen waren, wie, so das geflügelte Wort jener Tage, »Vieh zur Schlachtbank«. Viele der Holocaust-Opfer fanden in Israel kein Gehör, kein Mitleid und keine Bereitschaft zuzuhören; oftmals schenkte man ihnen keinen Glauben, wenn sie über ihr Schicksal erzählten.‹

(Aus: Tom Segev, *Simon Wiesenthal. Die Biographie*, München 2010, S. 13)

PROLOG

(Buenos Aires, Mittwoch, 11. Mai 1960)

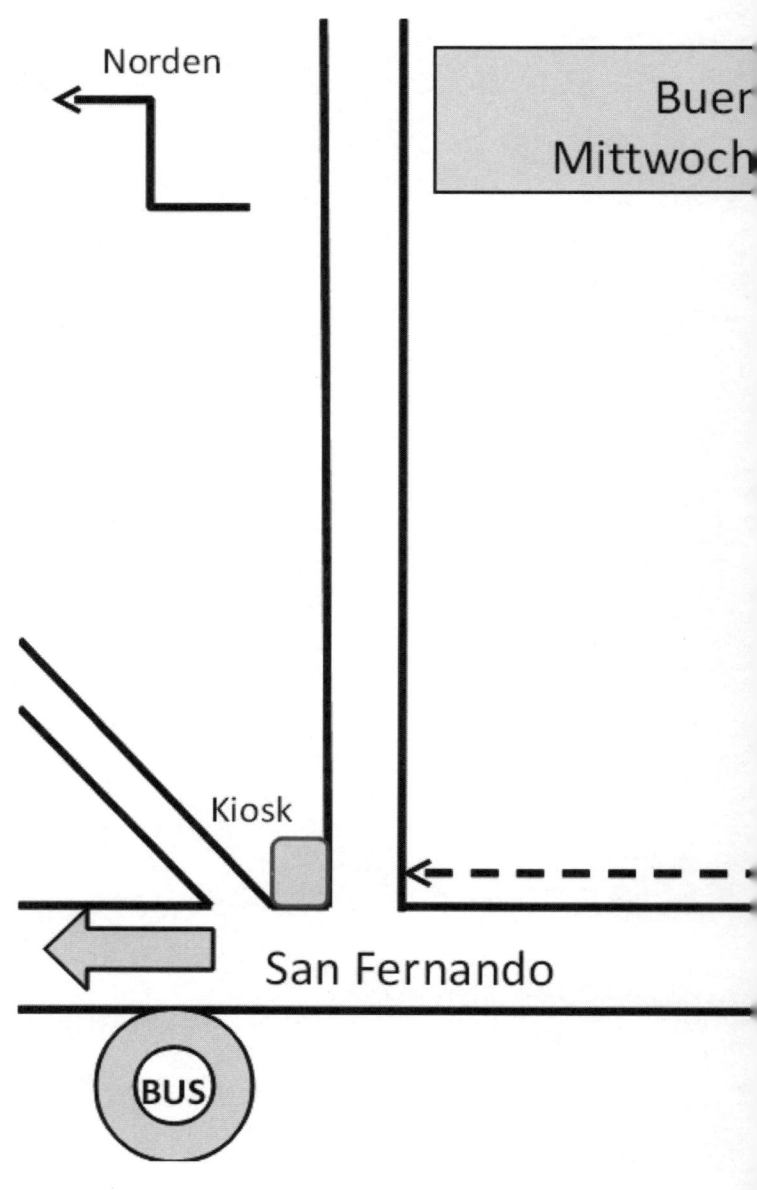

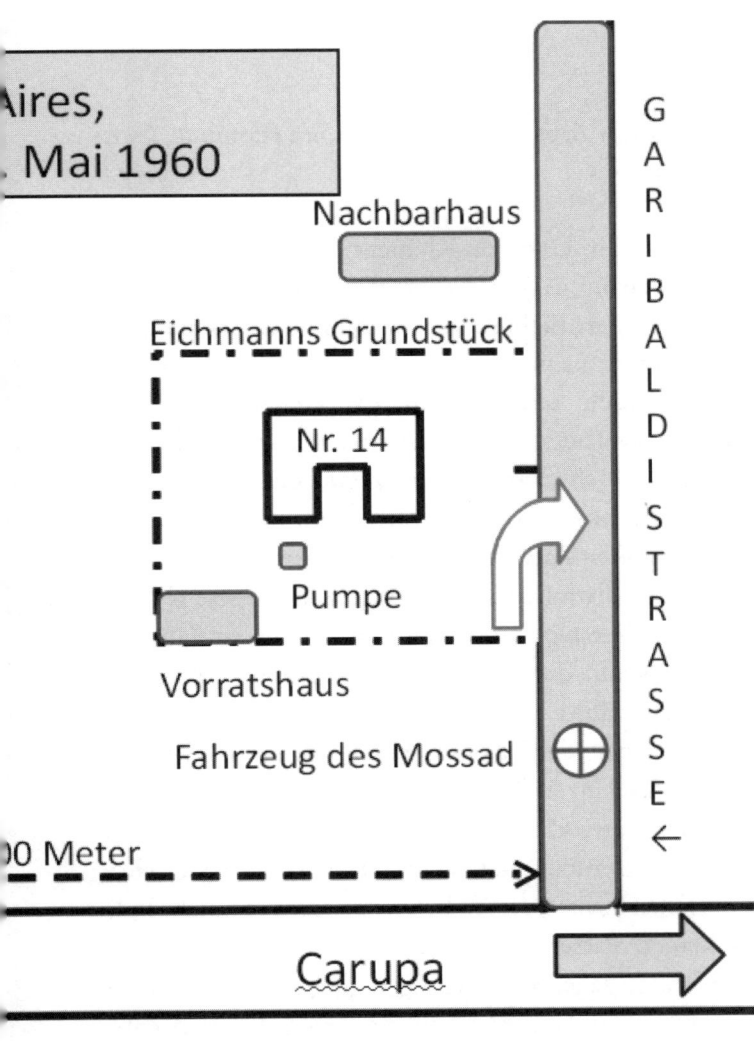

1

Buenos Aires / Argentinien, Stadtteil San Fernando, Garibaldistraße 14 | *19:55 h*

Kurz vor acht. Und von Klement keine Spur.

Zvi Aharoni, Agent des israelischen Geheimdienstes Mossad[*], unterdrückte einen Fluch und ließ das Haus mit der Nummer 14 nicht aus den Augen. Keine Stimmen, kein Geräusch, keine Schritte. Der eingezäunte Flachbau aus unverputzten Ziegelsteinen wirkte trostlos und verlassen. Doch Hermann Aronheim alias Zvi Aharoni, 1921 in Frankfurt an der Oder geborener Sohn eines wohlhabenden Anwalts, wusste es besser. Das Haus in der Garibaldistraße stand nicht leer. Es diente als Versteck. Als Versteck eines Mannes, auf dessen Fährte er war. Ein Mann, der zu den meistgesuchten Verbrechern seiner Zeit zählte.

Einsatz beenden? Kein Gedanke daran. Nicht jetzt, nach monatelangen Ermittlungen, Recherchen und bis ins Detail geplanten Operationen, bei denen nichts dem Zufall überlassen worden war. Und das alles auf dem Boden eines souveränen Staates, dessen Behörden, allen voran die Polizei, keinen blassen Schimmer davon besaßen. Riskanter, um nicht zu sagen wahnwitziger, ging es wirklich nicht. Nur ein winziger Fehler, nur ein einziges unbedachtes Wort, nur eine einzige, zum falschen Zeitpunkt stattfindende Ausweiskontrolle – und er, Zvi Aharoni, wäre gelie-

---

[*] Institut für Aufklärung und Spezialaufgaben

fert. Und mit ihm ein knappes Dutzend Agenten, die Teil der geplanten Kommandoaktion waren.

Acht Uhr. Auf die Minute genau. Um sich abzulenken, warf Aharoni einen Blick hinüber zur Haltestelle, an der, so hoffte er, das Objekt seiner Bemühungen demnächst aus dem Bus steigen würde. Fehlanzeige. Alles, aber auch alles schien sich gegen ihn und die drei Agenten, mit denen er hier Position bezogen hatte, verschworen zu haben.

Rückzug oder alles auf ein Karte setzen, Risiko oder auf Nummer sicher gehen? Genau das war momentan die Frage. Die Chancen standen fifty-fifty, das Unternehmen auf Messers Schneide. Aharoni rutschte nervös hin und her. Und was, wenn es fehlschlagen würde? So schnell würde die Gelegenheit, den Buchhalter des Todes zu fassen, nicht wiederkommen. Wer weiß, am Ende hatte die argentinische Polizei vielleicht Lunte gerochen. In einem Land, wo es von Nazi-Größen wimmelte, war auf nichts und niemanden Verlass. Leute wie Mengele*, Roschmann** und Schwammberger*** konnten sich hier frei bewegen. Verfügten über ausgezeichnete Verbindungen, bis in den Präsidentenpalast. Oder bis in die deutsche Botschaft. Und wer, fragte er sich, garantiert mir, dass unsere Tarnung hält? Kein Mensch. An Kleinigkeiten, das wusste er nur zu gut, waren schon ganz andere gescheitert als er. In der Hauptsache am Faktor Zufall. Ein brandgefährlicher, wenn nicht gar der Widersacher überhaupt.

Dennoch: Aufgeben kam nicht infrage.

Das waren er, Zvi Malchin, Zeev Keren und Rafi Eitan,

---
* KZ-Arzt von Auschwitz, bekannt für seine menschenverachtenden Experimente
** Stellvertretender Leiter des Ghettos von Riga
*** Ghetto-Kommandant von Przemysl

der auf dem Rücksitz der Limousine kauerte, ihrem Volk schuldig. Ihrem Volk und den Millionen Toten, die der Biedermann, hinter dem sie her waren, auf dem Gewissen hatte.

»Wird allmählich Zeit!«, murmelte Aharoni, eher an die eigene als an die Adresse seines Vorgesetzten gerichtet, dem die Leitung der Operation übertragen worden war. »Was machen wir eigentlich, wenn er nicht ...«

»Er wird kommen!«, knirschte Rafi Eitan, geboren in einem Kibbuz und fünf Jahre jünger als der mit 17 nach Palästina emigrierte deutsche Gymnasiast, »*warte!*«.

Aharoni nickte, nahm die Bushaltestelle erneut ins Visier – und war plötzlich hellwach. »Da drüben!«, stieß er hervor, tastete nach dem Zündschlüssel und ließ den Mann, der dem Bus der Linie 23 entstieg, nicht aus den Augen. »Zielperson im Anmarsch!«

Zvi Aharoni, Fahrer, Personenfahnder und Verhörspezialist in einer Person, zwang sich zur Ruhe. Von nun an war er zum Zusehen verdammt. Keren und Malchin waren an der Reihe. Die waren kräftiger als er. Laut Plan würde Letzterer, am linken Kotflügel über die geöffnete Kühlerhaube gebeugt, so tun, als versuche er eine Panne zu beheben. Keren, durch die Kühlerhaube verdeckt, befand sich ebenfalls in Wartestellung. Beim Herannahen von Klement, so der Plan, würde sich Malchin aufrichten, ihn ansprechen, packen, auf den Rücksitz bugsieren und zusammen mit Eitan in Schach halten. Und er, Aharoni, würde Vollgas geben. Und zusehen, dass ihnen niemand folgte.

Falls Klement, nur noch 80 Meter von der startbereiten Limousine entfernt, keinen Verdacht schöpfte. Und falls ihnen der Zufall keinen Strich durch die Rechnung machte.

Doch dem schien nicht so. Alles lief nach Plan. Das zweite, unweit der Einmündung in die Garibaldistraße geparkte Einsatzfahrzeug schaltete das Fernlicht an. Klement reagierte nicht darauf, setzte seinen Weg unbeirrt fort. Aharonis Atem ging rascher. 20, maximal 30 Sekunden. Dann war es so weit.

Und was, wenn es sich um eine Verwechslung handelte? Um ganz sicher zu sein, nahm der Mossad-Agent sein Fernglas zur Hand und richtete es auf den Mann, der im selben Moment die Staatsstraße 202 überquerte. Im gleißenden Licht, gegen das er sich mit erhobener Hand abschirmte, konnte ihn Aharoni jetzt ganz deutlich sehen. Mittelgroß, Mitte 50, leicht vornübergebeugter Gang. Hornbrille, hager, dünnes Haar, sehr hohe Stirn. Kein Zweifel. *Es war sein Mann.*

Noch 30 Meter. Dann war Zvika[*] an der Reihe.

Verdammt. Aharoni wurde aschfahl. Die linke Hand des Mannes steckte in der Manteltasche. Bloßer Zufall oder Angewohnheit?

Oder ein Indiz, dass er eine Waffe bei sich trug?

Einerlei. Er musste Zvika warnen. »Pass auf, die linke Hand!«, raunte er ihm zu und umklammerte das Steuer, während ihm der Schweiß aus den Poren quoll. »Vielleicht hat er eine Waffe!«

Das polnische Muskelpaket, von Haus aus Sprengstoffexperte und Ex-Mitglied der Haganah[**], gab keine

---

[*] Malchins Spitzname
[**] Jüdische Untergrundorganisation während der britischen Mandatsherrschaft über Palästina (1920–1948).

Antwort. Dafür war es jetzt zu spät. Der Mittfünfziger, auf den er es abgesehen hatte, war nur noch wenige Meter von der am Straßenrand geparkten Limousine entfernt. Alles war gesagt, immer und immer wieder durchgesprochen, mit einem Höchstmaß an Akribie geplant worden. Jetzt, um fünf nach acht argentinischer Zeit, würden die Dinge ihren Lauf nehmen. Und der Gerechtigkeit, so es sie gab, zum Sieg verhelfen.

Aharoni hielt den Atem an. Dann startete er den Motor. Kurz darauf tauchte linker Hand ein Schatten auf. Und dann, als er die Fahrertür bereits passiert hatte, richtete sich Zvika auf, wandte sich nach rechts und trat dem Mann in den Weg. »Momentito, Señor!«, herrschte er ihn mit unverkennbar fremdländischem Zungenschlag an.

Der Mann blieb wie angewurzelt stehen.

Im gleichen Moment sprang Malchin auf ihn zu.

*

Er hatte es kommen sehen. All die Jahre, in denen er auf der Flucht gewesen war, hatte er es kommen sehen. Auf die Idee, dass es ihn ausgerechnet hier treffen würde, war er dennoch nie gekommen. Ausgerechnet hier, nur einen Katzensprung von seiner Haustür entfernt. Und ausgerechnet heute, nachdem seine Frau wieder einmal Kassandra* gespielt und ihn beschworen hatte, nicht zur Arbeit zu gehen.

Er hatte ihre Warnungen in den Wind geschlagen. Disziplin ging ihm nun einmal über alles. Ohne sie, die

---

* Tochter des trojanischen Königs Priamos, die den Untergang ihrer Heimatstadt voraussagte, aber kein Gehör fand

Kardinaltugend schlechthin, konnte man es im Leben zu nichts bringen. Pünktlichkeit, Verlässlichkeit, Ordnungsliebe und Gehorsam natürlich nicht zu vergessen. Tugenden, die ihm in Fleisch und Blut übergegangen und die hier, fern der Heimat, bedeutsamer denn je geworden waren.

›Meine Ehre heißt Treue.‹* Damit war alles gesagt. Auf ihn, den ehemaligen SS-Obersturmbannführer, war stets Verlass gewesen. Gerade dann, wenn es ans Eingemachte ging. ›Rasche Auffassungsgabe und Gewissenhaftigkeit haben seine Arbeit ausgezeichnet.‹** Besser hätte man es nicht ausdrücken können. Ohne ihn, den Mann der Tat, wären sie damals glatt aufgeschmissen gewesen. Ob in Österreich, der Tschechei, Ungarn oder Berlin: Er hatte Tabula rasa gemacht, binnen eines halben Jahres 50.000 Wiener Juden in die Emigration getrieben, die Prager das Fürchten gelehrt, den Ungarn die Drecksarbeit abgenommen, indem er 200.000 Volksschädlinge deportieren ließ. Überhaupt – die Deportationen! Ohne seinen rastlosen Einsatz, seine Zähigkeit, die Unerbittlichkeit, mit der er den Willen des Führers in die Tat umgesetzt hatte, wäre die Endlösung ein glatter Reinfall geworden. Daran hegte er keinen Zweifel. Schade nur, dass aus den geplanten elf Millionen nichts geworden und lediglich sechs Millionen liquidiert worden waren.

Schwamm drüber, seine Schuld war es nicht gewesen. Er hatte sein Möglichstes getan, mit der Reichsbahn um jeden gottverdammten Güterwaggon gefeilscht. Er hatte gedroht, geschuftet, geackert. Rund um die Uhr.

---
* Wahlspruch der Schutzstaffel (SS)
** Personalbericht und Beurteilung vom September 1937

Und er hatte sich, im Gegensatz zu manch anderem Parteigenossen, an Ort und Stelle von der Effektivität seiner Maßnahmen überzeugt. Hatte den Schneid besessen, die Vernichtungslager zu inspizieren. Dass er Haltung bewahrt hatte, verstand sich von selbst, es sei denn, die Transporte kamen ins Stocken. Dann war er aus der Haut gefahren, hatte die Verantwortlichen zusammengestaucht, dass ihnen Hören und Sehen verging. Hasste er doch nichts mehr als Schlamperei, Unpünktlichkeit und mangelnde Zuverlässigkeit.

Aus diesem, und nur aus diesem Grund hatte er nicht auf seine Frau gehört. Getreu der Maxime, dass Pflichterfüllung an erster Stelle kam. Wie immer war er morgens aus dem Haus gegangen, in den Bus gestiegen und ins Daimler-Benz-Werk nach Gonzalez Catan kutschiert, wo er seit geraumer Zeit als Schweißer arbeitete. Nicht der erste Job hier drüben, sondern einer von vielen. Hydrologe*, Inhaber einer Wäscherei und eines Textilgeschäftes, Transportchef und zu guter Letzt Verwalter einer Kaninchenfarm. Soweit die Stationen der letzten Jahre. Richtig Fuß fassen können hatte er nirgendwo, weshalb ihm nichts anderes übrig blieb, als die zweistündige Fahrt zur Arbeit auf sich zu nehmen. Genug Zeit, um über alles nachzudenken, um das, was ihm von Himmler eingebrockt worden war, Revue passieren zu lassen.

Anlass zur Reue? Weit gefehlt. Schließlich war Krieg gewesen und er hatte Befehle auszuführen gehabt. Daran gab es nichts zu rütteln. Überdies war er nur Obersturmbannführer gewesen, einer von 1.159 gleichrangi-

---

* Wissenschaftler, der sich mit dem Wasser und seinen Erscheinungsformen befasst

gen Kameraden, um es präzise auszudrücken. Nun gut, in seiner Eigenschaft als Judenkommissar hatte er viel Macht gehabt, weit mehr als die Parteibonzen ahnten. Debattiert, Entscheidungen getroffen und sie an Subalterne wie ihn weitergegeben hatten jedoch andere. Er war lediglich Teil eines Räderwerkes gewesen, nur ein Glied in der Befehlskette, deren Aufgabe es war, den Willen des Führers in die Tat umzusetzen. Das allein hatte gezählt, sonst nichts.

»Momentito, Señor!« Ganz so einfach, wie es sich dieser Kleiderschrank gedacht hatte, würde er es seinen Häschern nicht machen. Dafür steckte noch zu viel Ehrgefühl in ihm. Er, Adolf Eichmann, SS-Obersturmbannführer, Organisator der Endlösung und Schreibtischtäter par excellence, stieß einen halblauten Schrei aus, riss die Arme in die Höhe und versuchte, den Angreifer abzuschütteln. Vergebens. Der Hüne ließ ihn nicht entkommen, stürzte sich auf ihn und riss ihn zu Boden. In seiner Not wollte er um Hilfe rufen, doch ehe es dazu kam, landete er im Straßengraben, unfähig, sich dem Griff des Unbekannten zu entziehen.

Er hatte ausgespielt, für immer. Spätestens dann, als sich ein weiterer Angreifer auf ihn stürzte und ihn unter Mitwirkung des Kraftprotzes auf den Rücksitz des schwarz lackierten Buick bugsierte, musste Adolf Eichmann alias Ricardo Klement erkennen, dass er in eine Falle getappt war. Eine Falle, aus der er sich nie mehr würde befreien können.

Weder heute, noch morgen, noch während der zwei Jahre und drei Wochen, die er noch zu leben hatte.

2

Buenos Aires / Argentinien, Haus im Stadtteil Kilmes
[Codename ›Tira‹ (Palast)] | *21:15 h*

Erste Befragung von Adolf Eichmann durch Zvi Aharoni:

»Wie heißen Sie?«
»Ricardo Klement.«
»Wie hießen Sie davor?«
»Otto Heninger.«
»Wie groß sind Sie?«
»1,77 Meter.«
»Welche Schuhgröße haben Sie?«
»42.«
»Welche Kleidungsgröße?«
»44.«
»Wie lautete Ihre Mitgliedsnummer in der NSDAP?«
»899.895.«
»Wie lautete Ihre Nummer in der SS?«
»43.326.«
»Geburtsdatum?«
»19. März 1906.«
»Geburtsort?«
»Solingen.«
»Wie war Ihr Name bei der Geburt?«
Stille. Darauf die Worte:
»Adolf Eichmann.«

DICHTUNG UND WAHRHEIT

»Ich habe der Knesset* mitzuteilen, dass vor einiger Zeit israelische Sicherheitskräfte einen der größten Naziverbrecher aufgespürt haben: Adolf Eichmann, der zusammen mit anderen Nazigrößen verantwortlich ist für das, was diese die Endlösung des Judenproblems genannt haben, das heißt, die Vernichtung von sechs Millionen Juden. Adolf Eichmann ist bereits in Haft und wird in Kürze nach dem Gesetz aus dem Jahr 1950 zur Verfolgung von NS-Verbrechern vor Gericht gestellt werden.«

(Erklärung des israelischen Ministerpräsidenten David Ben-Gurion vor der Knesset, abgegeben am 23.5.1960)

›Die traurige Wahrheit ist, dass Eichmann von einem blinden Mann entdeckt wurde, und dass der Mossad mehr als zwei Jahre benötigte, seine Geschichte überhaupt ernst zu nehmen und selbst initiativ zu werden.‹

(Aus: Zvi Aharoni/Wilhelm Dietl, *Der Jäger. Operation Eichmann: Was wirklich geschah*, Stuttgart 1996, S. 126 f.)

---

* Parlament des Staates Israel

ZWEI JAHRE SPÄTER

›Israel musste förmlich dazu gedrängt werden, Eichmann zu fangen.‹

(Aus: Uki Goñi, *Odessa. Die wahre Geschichte*, Berlin/Hamburg 2006, S. 294)

ERSTES KAPITEL

(Berlin, Donnerstag, 31. Mai 1962)

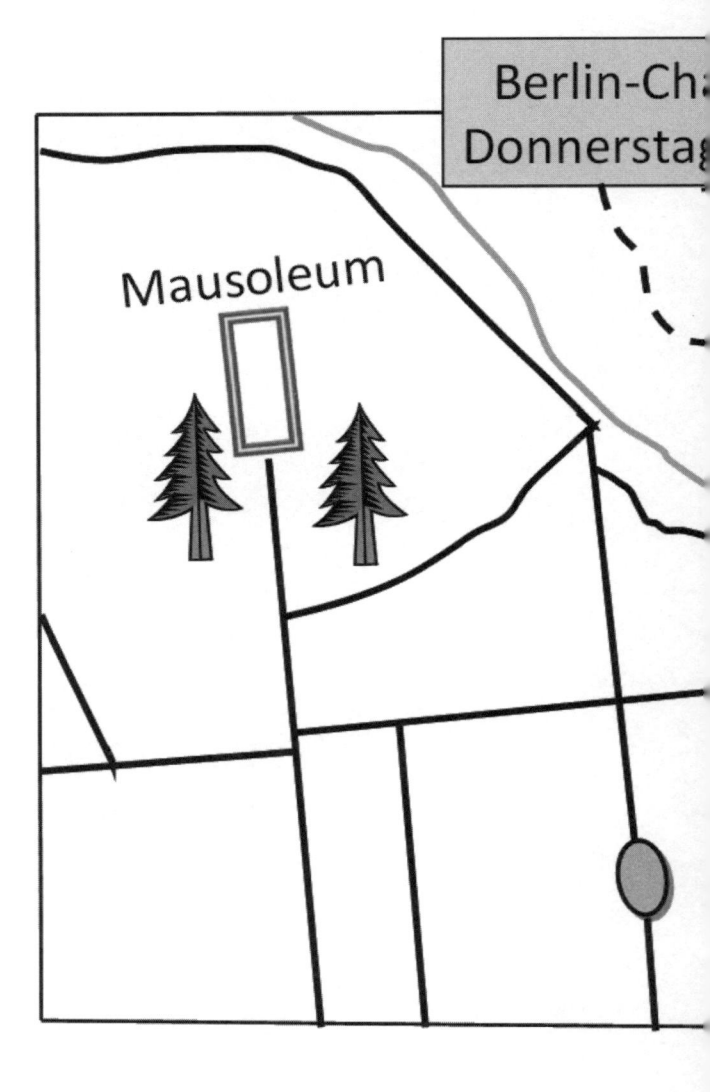

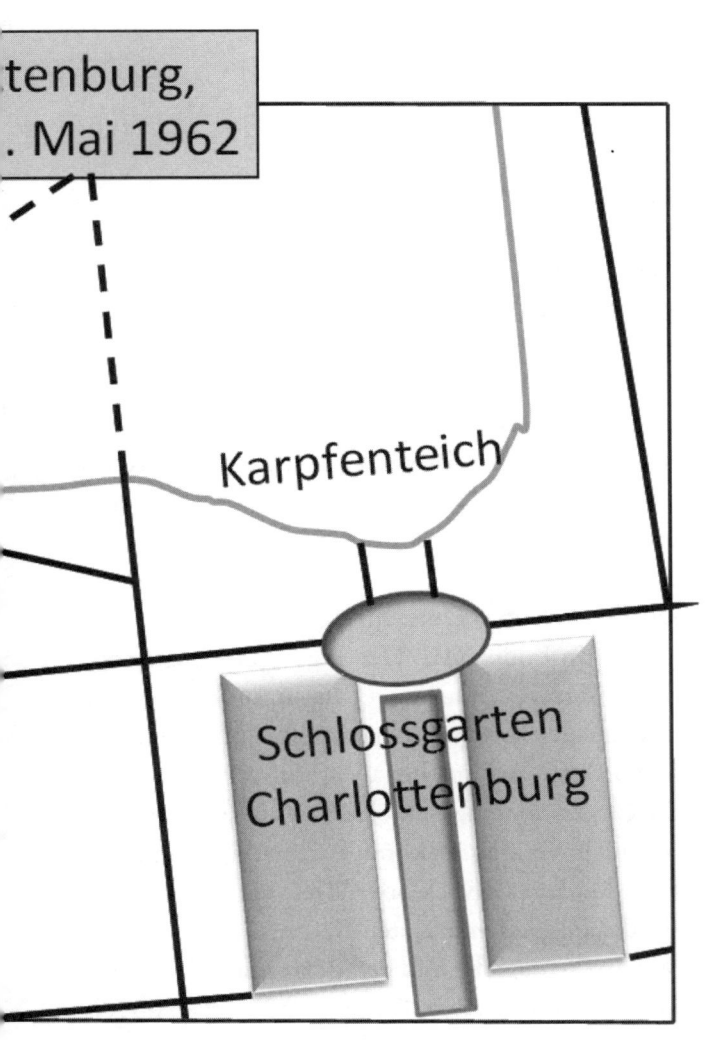

3

Berlin-Charlottenburg, Schlosspark | *12:02 h*

Der Tag, an dem Morells Rendezvous mit dem Tod stattfand, begann mit einem vertrauten Ritual. Der 52-jährige Boulevardreporter, müde, verkatert und nicht gerade erpicht auf Arbeit, suchte Halt an der Bettkante und verfluchte den Tag, an dem er zum ersten Mal Cognac getrunken hatte. Dann aber, der Einsicht zum Trotz, stieß er ein fatalistisches Seufzen aus und tastete nach dem Flakon, der stets griffbereit auf seinem Nachttisch stand. Nur ein Schluck!, schwor er sich, und nur vom Feinsten, das war er sich trotz seines Brummschädels schuldig.

Es wurde ein halbes Dutzend daraus.

Rémi Martin Louis XIII. Der Tag konnte beginnen.

Theodor Morell, dunkelhaarig, hager und mittelgroß, war ein Genießer. Cognac, Champagner und Wein aus dem Périgord gingen ihm über alles, Maßanzüge und italienische Opern mit eingeschlossen. Wenn es etwas gab, auf das er nicht verzichten konnte, dann die Premierenbesuche in Mailand, Zürich oder Wien, einerlei, wie tief er in die Tasche greifen musste.

Als ebenso kostspielig und geradezu ruinös hatte sich sein Hang zu Pferdewetten, Kasinos und Damen im reiferen Alter erwiesen, die Theodor, einem Herzensbrecher der alten Schule, nur selten widerstehen konnten. Die Frage, ob er sich dies leisten könne, stellte er sich gar nicht mehr, wohl wissend, dass er über seine Verhältnisse lebte.

Kurz und gut: Um die Annehmlichkeiten, die er sich gönnte, finanzieren zu können, reichte die Tätigkeit bei Berlins größter Boulevardzeitung nicht aus. Das war ihm ein ums andere Mal bewusst geworden. Die logische oder vielmehr fatale Konsequenz bestand darin, dass Morell begonnen hatte, Schulden zu machen. Schulden, die, wie ihm in seltenen Momenten der Reue klar wurde, mittlerweile zu einem fünfstelligen Betrag angewachsen waren.

Theodor Morell, Weltmeister im Ignorieren unbequemer Wahrheiten, focht dies allerdings nicht an. Zu einem Bonvivant, als den er sich verstand, gehörte ein entsprechender Lebensstil. Die Frage, woher das nötige Kleingeld dafür kommen sollte, war dagegen etwas für Spießer und für ihn, den einstigen Starreporter, von untergeordneter Natur. Man musste das Leben genießen, die Dinge nehmen, wie sie kamen, Schwierigkeiten tunlichst aus dem Weg gehen. Und man durfte nicht alles so heiß essen, wie es gekocht wurde.

Dass dieses Credo in Kürze überholt und sein Leben keinen Schuss Pulver wert sein würde, konnte Morell nicht ahnen. Für ihn, den Charmeur und Lebemann, war dies ein Morgen wie jeder andere. Ein Morgen, an dem es galt, den inneren Schweinehund zu überwinden, aufzustehen und sich in Schale zu werfen.

Dies war leichter gesagt als getan, und es bedurfte einer weiteren Dosis Rémi Martin, um Theodor zu animieren, sein Vorhaben in die Tat umzusetzen. Im Bad angekommen, warf er einen Blick in den Spiegel und erschrak beim

Anblick seines Konterfeis fast zu Tode. Aus dem aufstrebenden Stern am Journalistenhimmel der frühen Dreißiger war ein vor der Zeit gealterter Mann geworden. Ein Salonlöwe in den Fünfzigern, übernächtigt, unrasiert und mit tiefen Falten im Gesicht. Mit einer Fahne, deren Aroma man niemandem, am allerwenigsten seinem Chefredakteur, zumuten konnte.

Nicht willens, sich einen weiteren Rüffel wegen Zuspätkommens einzuhandeln, machte sich Theodor Morell ans Werk, wusch und rasierte sich, putzte die Zähne, verkünstelte sich an seinem Spitzbart und zerkaute mehrere Pfefferminzbonbons. Daraufhin kämmte er sich und beäugte sein Erscheinungsbild.

Erwartungsgemäß fiel dessen erneute Inspektion ungleich günstiger aus. Der Mann, den man dereinst als den ›Schönen Theodor‹ bezeichnet hatte, war wieder da. Na ja, zumindest teilweise. Morell stieß einen leisen Stoßseufzer aus. Das gewellte, nach hinten gekämmte Haar hatte sich zwar gelichtet, die Sorgenfalte auf der Stirn vertieft und der Blick der dunklen Augen leicht getrübt. Die gute Laune war ihm dennoch nicht abhandengekommen, und das war ja wohl das Wichtigste. Jetzt, da die Zeit weit vorangeschritten war, hieß es nur noch, das richtige Duftwasser auszuwählen, das weiße Markenhemd samt Krawatte und dunkelblauem Maßanzug anzuziehen und einen allerletzten Blick in den Spiegel zu werfen. Und sich im Anschluss daran den letzten Schliff in Form eines Seidenschals und eines extravaganten Panamahutes zu geben.

Fertig.

Mozarts ›Ah, tutti contenti!‹* vor sich hinsummend,

---
* Arie aus dem vierten Akt von ›Le Nozze di Figaro‹

schlenderte Morell zur Tür und verließ die Mansardenwohnung, welche er sich, wie vieles andere, nicht leisten konnte.

Er sollte sie nie wieder betreten.

Das Gleiche galt für das fünfstöckige Mietshaus in der Nähe des KaDeWe*, das soeben die Pforten öffnete. Morell ließ die Haustür ins Schloss fallen, bog nach rechts, warf der Verkäuferin des Textilgeschäftes im Parterre eine Kusshand zu und begab sich auf den Weg in die Redaktion. Der Himmel war wolkenverhangen, die Tauentzienstraße kaum bevölkert und die Stimmung, welche das morgendliche Panorama vermittelte, überaus trist. Ein Grund mehr für Morell, einen weiteren Schluck aus seinem Flakon zu sich zu nehmen, in aller Ruhe die Schaufenster zu begutachten und mit einem Bekannten, der ihm zufällig über den Weg lief, ein paar Worte zu wechseln. Erst dann, deutlich später als sonst, setzte er seinen Weg fort, überquerte die Nürnberger Straße und strebte der Gedächtniskirche zu.

Wie immer musste er dabei an jene Nacht im November 1943 denken, in der er dem Tod nur knapp entronnen war. Am Tag nach Totensonntag war über Charlottenburg, und nicht nur dort, die Hölle hereingebrochen. Knapp 700 britische Flugzeuge vom Typ Halifax und Lancaster hatten ihre tödliche Fracht abgeworfen und zwischen Messegelände und Alexanderplatz eine Schneise der Verwüstung hinterlassen. Damals wie heute war der Himmel bewölkt gewesen, dann aber, im denkbar ungünstigsten Moment, über dem Zielgebiet aufgerissen. 2.500 Tonnen Bomben waren herabgeregnet, über die Hälfte davon Brandbom-

---
* Kaufhaus des Westens

ben, die das Versteck, in dem Theodor Zuflucht gesucht hatte, nur um Haaresbreite verfehlten. An allen Ecken und Enden hatte es gebrannt, am schlimmsten im Zooviertel, und, schlimmer noch, in unmittelbarer Nähe der Gedächtniskirche. Die Kirche selbst wurde schwer beschädigt, das Dach und zwei der vier Türme, welche den Hauptturm flankierten, waren eingestürzt. Auf diesen Anblick war Morell, als er sich einen Tag später ins Freie gewagt hatte, nicht gefasst gewesen. Nie würde er diesen Moment vergessen, und obwohl dies fast zwei Jahrzehnte her war, empfand der 52-Jährige einen Stich im Herzen.

Doch wäre er nicht der gewesen, für den er sich hielt, wenn sein Gemütszustand von Dauer gewesen wäre. Getreu der Devise, man müsse stets nach vorn blicken, setzte er seinen Weg fort, überflog die Schaukästen vor dem ›Gloria‹* und fragte sich, was die Leute an Heimatschnulzen, ›Freddy und dem Lied der Südsee‹ sowie an Western mit John Wayne begeisterte. Darüber nachzudenken erschien ihm indes die Mühe nicht wert, weshalb er sich eine Schachtel Zigarillos kaufte und den Weg zu den am Kurfürstendamm gelegenen Redaktionsräumen einschlug. Für die Werbeplakate, Reklametafeln und Transparente, an denen er vorüberflanierte, hatte er nur ein müdes Lächeln übrig. ›Mach mal Pause … trink Coca-Cola.‹ Nichts lieber als das. ›Peter Stuyvesant: der Duft der großen weiten Welt.‹ Schön wär's. Morell stieß ein verächtliches Schnauben aus. Werbung, Werbung und abermals Werbung. So weit das Auge reichte. Da durfte die Dame mit dem weißen Kleid nicht fehlen. Reinwaschen, so schien es, war das Gebot der Stunde. Alles, was man dazu benötigte,

---

* Kino am Kurfürstendamm

war der sprichwörtliche Persil-Schein, und schon stand der Karriere nichts mehr im Weg. Egal, was und wie viel man sich im Dritten Reich geleistet hatte. Mit einem Wort: zum Davonlaufen. Wer wie er über zwei Jahre im Untergrund verbracht hatte, den widerte diese Form der Vergangenheitsbewältigung an. Ein Grund, weshalb er laufend aneckte, zum Beispiel bei seinem Chefredakteur, der ihn lieber heute als morgen losgeworden wäre.

Und siehe da: Als könne er es nicht abwarten, ihn zur Minna zu machen, wartete dieser bereits auf ihn. Morell war ihm überlegen, sowohl fachlich als auch intellektuell, und so ließ der Redaktionsleiter keine Gelegenheit aus, ihn herumzuschikanieren oder Aufträge zu erteilen, die genauso gut von einem Volontär erledigt werden konnten. Seit dem Tag, als Springer seine Meute auf Berlin losgelassen hatte, waren Leute wie er fehl am Platz und zu Laufburschen degradiert worden. Berichte im Lokalteil, aber nur, wenn sich niemand Besseres fand, Interviews mit Künstlern, die unter ›ferner liefen‹ rangierten, und vor allem Kontaktaufnahme zu Zeitgenossen, die ihren Mitmenschen etwas anhängen wollten. Das war der Stoff, zu dem seine Träume verkommen waren.

Der heutige Tag, wie nicht anders zu erwarten, bildete da keine Ausnahme. Da ihm nicht danach war, eine Auseinandersetzung vom Zaun zu brechen, gab Morell seinem ironischen Impuls nicht nach, ließ die Standpauke wegen Zuspätkommens über sich ergehen und ertappte sich bei dem Gedanken, wie schön es doch wäre, jetzt im ›Kranzler‹* zu sitzen, die Druck-Erzeugnisse der Konkurrenz zu studieren und die Arbeitswütigen dieser Welt

---

* Café am Kurfürstendamm

vorbeihasten zu lassen. Die Friedfertigkeit, welche er an den Tag legte, brachte seinen Chefredakteur jedoch erst recht in Rage, und was als Tadel begann, artete in einen Rundumschlag aus. Morell ließ auch dies geschehen, dachte sich seinen Teil und sehnte sich danach, einen Auftrag zu bekommen, der ihn für den Rest des Tages von der Redaktion fernhalten würde.

Sein Flehen wurde erhört. »Also: halb zwölf im Schlossgarten. Treffpunkt Mausoleum«, schnarrte der Chefredakteur, ein drahtiger Maulheld Anfang 30, der sein Sohn hätte sein können, worauf sich Morell das Salutieren gerade noch verkneifen konnte. »Und anschließend wieder hierher zum Rapport!«

Der Boulevardreporter seufzte. Schon wieder so ein Treffen, bei dem er einem obskuren Informanten – oder, laut vorliegenden Informationen, einer Informantin – auf den Zahn fühlen und mit leeren Händen zurückkehren würde. Und als Entschädigung die Möglichkeit, auf einen Sprung im ›Kranzler‹ vorbeizuschauen, den ersten Chardonnay des Tages zu genießen und in aller Ruhe Lachsschnitten mit Kaviar zu genießen. Nicht schlecht! Bis halb zwölf war noch reichlich Zeit, und die galt es auf standesgemäße Art zu überbrücken. Was die sogenannte Informantin betraf, würde er es kurz machen, im Anschluss an sein Rendezvous noch eine Weile lustwandeln und erst spätnachmittags, wenn überhaupt, wieder hier eintrudeln.

Die Miene des Boulevardreporters hellte sich auf. Dies würde ein Tag werden, wie er ihn liebte. Ein Tag, an dem er es sich gut gehen lassen würde.

*

Die Hochstimmung, in der sich Morell befand, war jedoch nicht von Dauer. Kaum war er vor dem Schloss angekommen, meldete sich bereits der Skeptiker in ihm. Eine Informantin, Mutmaßungen seines Chefredakteurs zufolge um die 40, die vorgab, das Staatsgeheimnis schlechthin in Händen zu halten. Und die, seltsam genug, Wert darauf legte, es ihm, und nur ihm, anzuvertrauen. Das roch nicht nur nach Reinfall, das stank regelrecht zum Himmel.

Reinfälle, insofern das Wort ausreichte, um das Fazit seiner konspirativen Zusammenkünfte zu umschreiben, hatte Morell in Hülle und Fülle erlebt. Die Schauplätze hatten zwar gewechselt, viel herausgekommen war dabei jedoch nicht. Neu und in der Tat ungewöhnlich war indes der Ort, an den er bestellt worden war. Das Mausoleum im Schlosspark war der Hort des Preußentums schlechthin, und er fragte sich, welche Überraschung ihn dort erwarten würde.

Was blieb, war die Hoffnung, auch einmal einen großen Coup zu landen. Spürsinn allein reichte dazu jedoch nicht aus. Man brauchte auch Glück. Eine Menge Glück. Von der Art, wie es dieser Fotograf aus Hamburg im vergangenen August, zwei Tage nach dem Bau der Mauer, gehabt hatte. Morell konnte es immer noch nicht fassen. Steht dieser Volontär doch tatsächlich an der Ecke Bernauer / Ruppiner Straße. Rein zufällig. Einfach so. Eine Kamera Marke DDR in der Hand. Das Objektiv auf einen Grenzsoldaten gerichtet, der eine Fluppe nach der anderen qualmt. Und dann, urplötzlich, lässt der DDR-Grenzer seine Kippe fallen, nimmt Anlauf und springt über den Stacheldraht. Wirft im Sprung seine

MP 41 weg. Und dieser Anfänger hält drauf und drückt ab. Genau im richtigen Moment. Ein Foto, das um die Welt gegangen war. Genau wie dasjenige von Flüchtenden, die unter Stacheldrahtrollen hindurch in die Freiheit hechten. Oder von Hausbewohnern, die aus den oberen Stockwerken entlang der Bernauer Straße springen. Oder von den Panzern, die am Checkpoint Charlie in Stellung gegangen waren. Hier die Amis, dort die Russen, nur wenige Meter voneinander entfernt. Aus diesem Stoff wurden Schlagzeilen gemacht. Das war es, was die Leute wollten. Oder vielleicht auch brauchten. Geschichten wie jene in der Bild-Zeitung, datiert vom 25. Januar. Aufmacher, mit denen die Konkurrenz ihre Auflage steigerte. Exklusiv, von zwei Ostberliner Brüdern verkauft. Einschließlich der Fotoreportage über den Tunnel, den sie gebuddelt hatten und durch den sie mit 26 Mitwissern in den Westen getürmt waren. ›Wieder Massenflucht nach West-Berlin geglückt. 28 kamen auf einen Schlag!‹ Morell stöhnte gequält auf. An die Standpauke, die ihm sein Chefredakteur noch am gleichen Tag gehalten hatte, konnte er sich noch gut erinnern. Es war der Beginn einer innigen Abneigung gewesen. Einer Antipathie, deren Intensität kaum noch zu steigern war.

Es half alles nichts, spornte sich Morell an, während er auf die Uhr schaute und das Tor des Charlottenburger Schlosses durchschritt. Man musste jede sich bietende Chance nutzen. Getreu dem Sprichwort, dass jeder, sogar ein versoffener Salonlöwe wie er, einmal ein Korn finden würde.

Die Frage war nur, wann. Und vor allem wo.

Erschrocken über den eigenen Sarkasmus, überquerte der Boulevardreporter den Ehrenhof und steuerte auf den Eingang zu, vorbei am Standbild des Großen Kurfürsten, für das er nur ein müdes Lächeln übrig hatte. Heldenposen, Preußen-Nostalgie und damit Hand in Hand gehende Phrasen von Pflichterfüllung und Disziplin waren ihm ein Gräuel, und das nicht erst seit der Zeit, die er im Untergrund verbracht hatte. Wesentlich mehr konnte er da schon den Freuden des Lebens abgewinnen, weshalb er beschloss, den Charmeur zu geben und ein wenig mit der Kassiererin, einer alten Bekannten, herumzuschäkern. Balsam für seine Seele wie auch diejenige der vollschlanken Blondine, welche den Zenit ihrer Anziehungskraft längst überschritten hatte.

Dann aber, Schlag halb zwölf, fand das Süßholzraspeln ein abruptes Ende. Theodor hauchte ein sehnsuchtsvolles »Adieu«, trat hinaus in den Park und folgte der Hauptachse, nicht ohne einen Blick auf die Prunkvasen, Buchsbaumkegel, Zierbeete und das Fontänenbecken zu werfen, welches den Mittelpunkt des Gartens bildete. An allen Ecken und Enden blühten Blumen, und der Duft von Hyazinthen und Narzissen stieg ihm in die Nase. Das Wetter indes ließ zu wünschen übrig, und wie er so dahineilte, zogen von Norden her dunkle Wolken auf. Der Park selbst war nahezu menschenleer, was das Unbehagen, welches ihn beschlich, noch verstärkte.

Am Karpfenteich, ohne Blick für die Putten, Vasen und die idyllische Szenerie, bog Theodor schließlich nach links. Der Wind, bislang eher lau, frischte merklich auf, und als er die Tannenallee erreichte, an deren Ende sich das Mausoleum befand, spürte er die ersten Tropfen auf seiner Haut. Für Morell ein Grund mehr, seinen Schritt zu beschleunigen und die wenigen Meter, welche ihn von seinem Ziel trennten, im Laufschritt zurückzulegen.

Als er dort eintraf, legte der Boulevardreporter eine Verschnaufpause ein. Das Mausoleum, ein dorischer Tempel im Kleinformat, und die dazu gehörige Säulenfront aus Findlingsgranit boten ein tristes Bild. Ein Eindruck, der von der Inschrift über dem Portal noch verstärkt wurde. Morell runzelte die Stirn. Ein Alpha, das Christusmonogramm und ein Omega, der erste und letzte Buchstabe des griechischen Alphabets.[*] Im Grunde nichts, womit man ihn, den ehemaligen Jünger von Karl Marx, hinterm Ofen hervorlocken konnte. Jeder Mensch, auch er, musste einmal sterben.

Die Frage war lediglich, wann.

Und an welchem Ort.

Überzeugt, dass es sich bei Letzterem nicht um das über 150 Jahre alte Mausoleum handeln würde, ließ der Boulevardreporter das Herumphilosophieren sein und erklomm die Stufen, die zum Portal führten. Dort angekommen, wandte er sich noch einmal um. Stille, mit Ausnahme gelegentlicher Windstöße durch nichts unterbrochene Stille. Der Geruch von Tannennadeln, verblühendem Ginster und feuchtwarmer Erde.

Friedhofsgeruch.

Und von der Frau, die er zu treffen hoffte, nichts zu sehen.

Auch nicht, als er sich im Inneren des Mausoleums umschaute, die Gedächtnishalle betrat und einen Blick auf die Grabmonumente warf. Wie jedermann bekannt,

---

[*] Bedeutung: Christus als Anfang und Ende menschlichen Lebens

war dies der Ort, an dem Luise, Königin von Preußen und Todfeindin Napoleons, ihr Mann, Friedrich Wilhelm III., sowie der gemeinsame Sohn, nachfolgenden Generationen als Kaiser Wilhelm I. bekannt, nebst Gattin Augusta begraben waren.

Beim Anblick des Sarkophags aus Carraramarmor, auf dem die früh verstorbene Königin wie eine Schlafende dargestellt war, konnte sich Morell eines beklemmenden Gefühls nicht erwehren. Er, der diesem Ort nichts abgewinnen konnte, sah sich einmal mehr um und ließ den Atem, den er unbewusst angehalten hatte, entweichen. Wider Willen und sonstige Gewohnheiten hatte er sich von der düsteren Stimmung und dem Halbdunkel ringsum anstecken lassen. Ausgerechnet er, der von der Gestapo[*] durch halb Berlin gehetzt worden war. Morell schüttelte unwirsch den Kopf. Allmählich sah er wirklich Gespenster, und ihm war, als warte er bereits seit Stunden hier.

Um der Melancholie, die ihn beschlich, Herr zu werden, warf Morell einen Blick auf die Uhr. Fünf vor zwölf, allerhand. Zehn Minuten würde er der Aufschneiderin, um die es sich wahrscheinlich handelte, noch geben. Und keine Sekunde mehr. Danach würde er zum Rückzug blasen. Und, wie nicht anders zu erwarten, eine geharnischte Strafpredigt über sich ergehen lassen müssen.

Ein Schicksal, das ihm jedoch erspart bleiben würde.

»Theodor Morell, wie er leibt und lebt.« Die Stimme im Ohr, die vom Portal ins Innere des Mausoleums drang, fuhr der Journalist herum. Ringsum herrschte Dämmerlicht, und so konnte er das Gesicht der Unbekannten kaum erkennen. »Tut mir leid, dass ich mich verspätet habe.«

---

[*] Geheime Staatspolizei

»Nicht der Rede wert.«

»Freut mich zu hören, Herr Morell«, antwortete die vermeintliche Informantin, nachdem sie am oberen Ende der Treppe angekommen und ins Innere der Gedächtnishalle getreten war. »Ich bin sicher, Sie werden es nicht bereuen.«

Morell hatte Mühe, seine Enttäuschung zu verbergen. Mit Preußens Luise, wie sie auf zahllosen Porträts abgebildet war, hatte die mittelgroße, zur Korpulenz neigende und altbacken angezogene Frau Mitte 40 genauso viel zu tun wie er mit einem Kartäusermönch*. Luise, im Teenageralter verheiratet und mit 21 Königin, war eine gefeierte Schönheit, voller Liebreiz und mit einem gehörigen Maß an Vitalität und Lebensfreude gesegnet gewesen. Und somit das genaue Gegenteil der Frau, deren Hand er soeben schüttelte. Die Frau, wie Theodor enttäuscht feststellte, reichte ihm gerade einmal bis zur Schulter, trug einen altmodischen Hut, eine Strickjacke und eine Bluse mit gestärktem Kragen. Sie hatte das Haar streng gescheitelt, am Hinterkopf zu einem Knoten geflochten und aus Gründen, die Morell nicht nachvollziehen konnte, keine Schminke aufgetragen. Vor allem der Rock, grau, gouvernantenhaft und abgetragen, würde wohl kaum für Aufsehen sorgen, und das traf, wie Theodor enttäuscht feststellte, auch auf ihr Aussehen und die dunkel gefärbten Haare zu. Die Frau sah bieder, verhärmt und beinahe schon alt aus, viel älter, als sie vermutlich war.

Um eine Enttäuschung reicher, ließ sich Theodor

---

* Angehöriger eines Ordens, der besonderen Wert auf das Schweigegebot und weltabgewandtes Leben legt

nichts anmerken und kam umgehend zum Thema. »Kommt drauf an, was Sie mir zu offerieren haben!«, antwortete er, vergaß aber nicht, den Zusatz »gnädige Frau« zu verwenden. Der Charmeur in ihm war nicht totzukriegen, auch wenn das Gespräch ein geschäftliches war.

»Sagen wir's einmal so: Dass Sie mein Angebot abschlagen werden, kann ich mir nicht vorstellen.«

»Und warum gerade ich?«, wollte Morell wissen und suchte den Blick seiner Gesprächspartnerin. »Reporter gibt es in Berlin genug.«

»Aber keinen wie Sie.«

Empfänglich für Komplimente, fiel es Theodor schwer, seine Verlegenheit zu kaschieren. »Ich … ich wüsste nicht, durch welche Heldentaten ich in letzter Zeit von mir reden …«, begann er, wurde jedoch sanft, aber bestimmt unterbrochen.

»Ich denke schon, dass Sie von sich reden gemacht haben, Herr *Morell*!«, lautete die Antwort, mit Betonung auf seinem Familiennamen. »Wenn nicht heute, dann vor 30 Jahren.«

»Darf man fragen, mit wem ich die Ehre habe?«, erwiderte Morell, der nichts mehr hasste, als um den heißen Brei herumzureden. Das war zwar alles andere als galant, sparte jedoch Zeit.

»Gestatten – Nettelbeck!«, versetzte die Frau und verzog dabei keine Miene. »Jahrgang 18, geboren in Berlin.« Und dann, mit der Andeutung eines Lächelns: »Und Sie?«

»Ich auch.«

»Wo genau?«

»In Wedding!«, schnappte Morell und ergänzte spitz: »Am 2. April 1910, falls Sie es genau wissen wollen.«

Sein Gegenüber, das eine unerschütterliche Ruhe ausstrahlte, schien sich auch an dieser Antwort nicht zu stören. »In Wedding, ja gibt's denn so was.«

»Genauer gesagt im Jüdischen Krankenhaus!«, karrte Morell verstimmt nach, worauf sich prompt der Kavalier alter Schule meldete, der ihm riet, von Grobheiten Abstand zu nehmen. »Gewohnt haben wir in der Winsstraße, Bezirk Prenzlauer Berg.«

»Wir?«

»Meine Eltern ich. Ach ja, wenn wir gerade dabei sind: Nach der Volksschule kam ich in die Jüdische Mittelschule.«

»Ich weiß.«

Morell stutzte. Anschließend betrachtete er seine Gesprächspartnerin genauer. Und ertappte sich bei dem Gedanken, dass sie, gemessen an seinem ersten Eindruck, nicht gänzlich unattraktiv war. Insbesondere ihre Augen, groß, walnussfarben und von zarten Wimpern überwölbt, hatten es ihm angetan. Grund genug, sein Urteil zu revidieren. »Und woher?«

»Winsstraße 63, hab ich recht?« Die Informantin, die offenbar nicht daran dachte, die ihr zugewiesene Rolle zu erfüllen, zog die Brauen hoch und sah ihn mit kindlichnaivem Lächeln an. »Direkt über den ... na, wie hieß die Familie doch gleich?«

»Lenuweit«, brach es aus Theodor, der den Mund fast nicht zubekam, mit nur mühsam kaschierter Verblüffung hervor. »Eine von insgesamt sechs Familien im Haus, drei jüdische und ... und ...« Morells Wortschwall brach mitten im Satz ab. Schuld daran war nicht etwa mangelnde Eloquenz, sondern die Tatsache, dass er mit unliebsamen Reminiszenzen konfrontiert wurde. An die Zeit vor 1945, eine Periode der Demütigungen, Drangsal und abgrundtiefer Barbarei, dachte er, wenn überhaupt, nur mit Schrecken zurück, und es fiel ihm nicht leicht, schmerzhafte Erinnerungen wachzurufen. »Und dann war da noch eine Familie mit drei Kindern«, fuhr er fort, als seine Verblüffung abgeklungen und sich die Gespenster, welche ihn zuweilen heimsuchten, verflüchtigt hatten. »Ich bin mir nicht sicher, aber ich glaube, es waren zwei Jungs und ... und ... da bleibt einem doch glatt die Spucke weg ... *Luise?*«

»Wurde aber auch Zeit, *Herr Rosenzweig.*«

»Was treibt dich denn hierher?« Der Boulevardreporter errötete. »Tut mir leid, dass ich so lange gebraucht habe, bis ...«

»Kein Grund, mit sich zu hadern!«, nahm ihm Luise Nettelbeck das Wort aus dem Mund. »Schließlich warst du viel älter als ich. Acht Jahre, eine halbe Ewigkeit! Macht nichts, Theodor. Wer gibt sich schon mit 15-Jährigen ab, wenn einem die Damenwelt zu Füßen liegt. Das wäre wirklich zu viel verlangt.«

»Und wie hast du rausgekriegt, dass ... dass ...«

»Dass deine Artikel unter einem Pseudonym veröffentlicht wurden, meinst du? Per Zufall. Unter tätiger Mithilfe eines Bekannten.« Luise Nettelbeck konnte sich ein Lächeln nicht verkneifen. »Dein Pech, dass er als Schriftsetzer beim ›Vorwärts‹ gearbeitet und alles brühwarm ausgeplaudert hat. Man stelle sich vor: Der attraktive junge Herr von nebenan führt ein Doppelleben – wie aufregend!«

»So, findest du.« Theodor Morell alias David Rosenzweig verschlug es die Sprache. ›Doppelleben‹ – kein schlechter Ausdruck für die Zeit, in der er als Buchhalter im Kaufhaus Wertheim* gearbeitet und seine journalistischen Ambitionen vor dem gestrengen Herrn Papa verheimlicht hatte. Wusste er doch nur zu gut, dass der pflichtbewusste, stockpreußische und patriotisch gesinnte Zweigstellenleiter der Deutschen Bank am Spittelmarkt dies nie und nimmer gut geheißen und ihm die Hölle heißgemacht hätte, wenn er ihm auf die Schliche gekommen wäre. »Merkwürdig, obwohl ich schon über 20 war, habe ich wahnsinnige Manschetten vor Vater gehabt.«

»Du brauchst dich nicht zu rechtfertigen, David.«

»Belassen wir es lieber bei Theodor«, wies der Boulevardreporter seine Gesprächspartnerin zurecht. »Den David Rosenzweig haben sie mir gründlich ausgetrieben. Ein Glück, dass meinen Eltern das Schlimmste erspart geblieben ist.«

»Da hast du recht.«

Überwältigt von seinen Erinnerungen, wandte sich Morell rasch ab und ließ die Handflächen auf dem Rand des Marmorsarkophages ruhen, unter dem sich die Ruhestätte von Friedrich Wilhelm III. befand. ›Glück‹ – noch so ein Ausdruck, der den Nagel auf den Kopf zu treffen schien. Vater, Ehrenmitglied im Reichsbund Jüdischer Frontsoldaten, war zwar relativ spät, genauer gesagt 1937, entlassen worden. An dem Schicksal, das ihm beschieden war, hatte dies jedoch nichts geändert. Nur wenige Monate später war der nierenkranke Ban-

---

* Jüdisches Kaufhaus in der Leipziger Straße

kier gestorben, knapp eineinhalb Jahre vor seiner Mutter, die dem Krebs, der ihr Knochenmark zerfraß, hilflos ausgeliefert gewesen war.

»Und du – was geschah mit dir?«

»Mit mir?« Morell lachte desillusioniert auf. »Nun, kurz nach Kriegsbeginn flatterte mir ein Brief ins Haus. Ich möge mich schleunigst in die ›Reichszentrale für jüdische Auswanderung‹ begeben, hieß es darin. Du ahnst, was man mit mir vorhatte? Genau. Die Herren in der Kurfürstenstraße wollten mich loswerden. Deportieren. Allen voran ein gewisser Eichmann, damals noch Sturmbannführer, der es sich nicht nehmen ließ, mich persönlich ins Gebet zu nehmen. Eins musste ihm der Neid lassen: Der Mann hat etwas von seinem Handwerk verstanden. Zuckerbrot und Peitsche, Drohgebärden und Versprechungen. Damit hat er versucht, mich kleinzukriegen.« Morells Miene nahm einen grimmigen Ausdruck an. »Kurzum: Meine Karriere konnte ich mir abschminken. Stattdessen verfrachtete man mich in ein Lager, in dem man auf die Auswanderung nach Palästina vorbereitet wurde. Pech, dass es kurz nach meinem Eintreffen aufgelöst wurde.«

»Und dann?«

»Tja, danach hieß es Wege schottern, Schienen verlegen, Abflussleitungen reparieren. Tiefer als ich konnte man wirklich nicht sinken.«

»Und wenn schon – Hauptsache, du hast überlebt.«

»Weißt du was, Luise? Manchmal denke ich, es wäre besser gewesen, wenn ich mir eine Kugel durch den Kopf gejagt hätte. Handlangerdienste, Schwerstarbeit für 16 Pfennig die Stunde, Hilfskoch in einem jüdischen

Waisenhaus, Totengräber, und dann, als Krönung des Ganzen, sage und schreibe zwei Jahre im Untergrund, will heißen in einer Gartenlaube – so was musst du erst mal verkraften. Von den Scheußlichkeiten, die bei Kriegsende publik geworden sind, gar nicht zu reden.«

»Hauptsache, du hast es überstanden, David.«

Im Begriff, seiner Informantin zu widersprechen, besann sich Morell eines Besseren, stieß sich von der Sarkophagkante ab und sah sie über die Schulter hinweg an. »Apropos Karriere – wie ist es dir seit damals ergangen, Luise?«

»Vater und Mutter haben sich 1942 getrennt.«

»Weshalb?«

»Gert und Hans, meine beiden Brüder, sind kurz nach Kriegsbeginn gefallen. Der eine bei einem Tieffliegerangriff an der Westfront, der andere in Polen. Mein Vater war fix und fertig, ein gebrochener Mann.«

»Und deine Mutter?«

»Die auch. Aber nicht so sehr wie Vater. Der hing von da an nur noch an der Flasche. Tja, irgendwann wurde es ihr zu bunt. Auf gut Deutsch: Sie ist abgehauen, und ich auch. Nach Bayern, zurück in die Heimat. Gerade rechtzeitig, bevor es in Berlin zur Sache ging.«

»Hauptsache, du hast es überstanden, Luise!«, echote Morell, breitete die Arme aus und blickte sich theatralisch um. »Der ideale Ort, um Erinnerungen aufzufrischen, nicht wahr?«

Die Angesprochene rang sich ein Lächeln ab. »Ich fürchte, da muss ich dich enttäuschen, mein lieber ...«

»Theo, schlicht und ergreifend Theo.« Die Arme vor der Brust verschränkt, ließ Morell den Kopf nach vorn sacken. »Wie gesagt – David Rosenzweig existiert nicht mehr.« Rasch fügte er hinzu: »Reden wir lieber über dich, Luise. Wie ist es dir seither ergangen?«

»Ich habe Karriere gemacht!«, spottete Luise Nettelbeck. »Was denkst denn du! Höhere Handelsschule, Tippse, Übersiedelung nach Bayern, Trümmerfrau, Serviererin in einem amerikanischen Offizierskasino und …«

»Und?«, bohrte Morell, dem die Unsicherheit in der Stimme seiner Bekannten nicht entging. »Wo bist du geendet?«

»Willst du das wirklich wissen, Theo?«

»Klar.«

»Na schön.« Die 44-Jährige holte tief Luft und sagte: »In der Zentrale des BND in Pullach. Als Vorzimmerdame.«

Morell pfiff überrascht durch die Zähne. »Donnerwetter!«, flüsterte er, im Zweifel, ob es klug war, das Gespräch fortzuführen. »Mir scheint, als hättest du Karriere gemacht.«

»Das schon, aber nicht so problemlos wie manch anderer.« Nicht in der Stimmung für launige Bemerkungen, nahm Luise Nettelbeck ihre Handtasche von der Schulter, öffnete sie und zog einen weißen Umschlag hervor, den sie Morell mit nachdenklicher Miene offerierte. »Für dich, Theo. Ich nehme an, das wird dich interessieren.«

Morell zögerte. Dann griff er zu.

»Apropos Karriere«, ergriff die Frau, die jede seiner Bewegungen verfolgte, erneut das Wort. »Du glaubst gar nicht, wer alles beim BND die Leiter hinaufgefallen ist. Ehemalige Mitglieder des Reichssicherheitshauptamtes, verdiente Parteigenossen, hochrangige Offiziere der SS. Und was für den BND gilt, gilt natürlich auch für das BKA* und den Polizeiapparat. Schon gewusst, dass ein ehemaliges SS-Mitglied zum Stellvertreter des BKA-Präsidenten ernannt worden ist? Und dass, vorsichtig geschätzt, knapp 50 Mitglieder des Totenkopfordens für die Behörde tätig sind? Nein? Oder dass sich der BND nicht zu schade war, die Dienste hochrangiger Nazis in Anspruch zu nehmen? So zum Beispiel diejenigen eines gewissen Alois Brunner**, der als Dank für seine Handlangerdienste von der griechischen Fahndungsliste gestrichen wurde? Da staunst du, was? Glaubt man den Herren von der CIA***, handelt es sich bei jedem zehnten Mitarbeiter des BND um einen alten Kameraden aus den Reihen der Gestapo, SS, SA oder des SD****. Allen voran der erste BND-Präsident, Ex-Generalmajor Reinhard Gehlen, ehemals Leiter der ›Abteilung fremde Heere Ost‹ des deutschen Generalstabes. Aufgabe: Ausspionieren des Gegners, unter besonderer Berücksichtigung der Sowjetunion. Ein Mann ganz nach dem Geschmack der Amerikaner. Grund genug, ihn und eine Reihe hochrangiger Offiziere für sich arbeiten zu lassen. Getreu der Devise: ›Der Feind meines Feindes ist mein Freund.‹ Klug eingefädelt, Herr Gehlen. Das macht Ihnen so schnell keiner nach. Im richtigen Moment die Fronten wechseln, das ist die Kunst!« Längst nicht mehr so beherrscht wie zuvor, ließ Morells ehemalige Verehre-

---

* Bundeskriminalamt
** SS-Hauptsturmführer und einer der wichtigsten Mitarbeiter Eichmanns bei der sogenannten ›Endlösung der Judenfrage‹ (Jahrgang 1912, Verbleib unbekannt)
*** Central Intelligence Agency, Auslandsnachrichtendienst der USA
**** Sturmabteilung und Sicherheitsdienst (parteiinterner Nachrichtendienst der SS)

rin ihrem Groll freien Lauf.«Verstehst du, was ich damit sagen will, Theo? Die Handlanger von einst sind verdammt gut über den Winter gekommen. Wo man auch hinsieht, nichts als Ex-Nazis, die es geschafft haben, wieder in Amt und Würden zu gelangen. Du glaubst gar nicht, wie mich das anwidert!« Luise Nettelbeck rang nach Luft, ließ einige Sekunden verstreichen und fragte: »Na, habe ich dir zu viel versprochen?«

Der Boulevardreporter gab keine Antwort. Stattdessen betrachtete er den Inhalt des Kuverts, das er aus der Hand seiner Gesprächspartnerin in Empfang genommen hatte. Auf den ersten Blick nichts Weltbewegendes, nur eine beschriftete Karteikarte. Namen, Daten, mit Schreibmaschine getippte Notizen. Kein Grund zur Aufregung, möchte man meinen.

Doch dem war nicht so. Das Dokument in seiner Hand war Sprengstoff pur, und obwohl er gelernt hatte, sich zu beherrschen, begann Morells rechte Hand zu zittern. »Standartenführer Eichmann befindet sich nicht in Ägypten, sondern hält sich unter dem Decknamen Clemens[*] in Argentinien auf. Die Adresse von E. ist beim Chefredakteur der deutschen Zeitung in Argentinien ›Der Weg‹ bekannt.« Um zu begreifen, was hier stand, musste Morell seine gesamte Fantasie aufbieten. Und nicht nur das. Er musste aufpassen, dass er nicht die Beherrschung verlor, damit die Wut, welche ihn packte, nicht die Oberhand gewann.

Kaum imstande, klar zu denken, zwang sich Morell zur Ruhe. Dass Eichmann sich nach Argentinien abgesetzt und bis zu seiner Entführung dort gelebt hatte, war

---
[*] Richtig: Klement

eine Sache. Schließlich war der Gerechtigkeit Genüge getan, der Völkermord, an dem er beteiligt gewesen war, nicht ungesühnt geblieben. Die Tatsache, dass dies volle 15 Jahre gedauert hatte, ließ dagegen einen schlimmen Verdacht aufkommen. Einen Verdacht, der am heutigen Tage bestätigt worden war.

21. Juni 1952. Da stand es, schwarz auf weiß. Der Aktenvermerk war vor knapp zehn Jahren gemacht worden. Aschfahl im Gesicht, hatte Morell Mühe, dem Würgen in seiner Kehle Herr zu werden. Kein Zweifel: Hier handelte es sich nicht etwa um einen Tippfehler. Die übrigen Datumsangaben, allesamt aus dem gleichen Jahr, waren Beweis genug.

Der Boulevardreporter stöhnte auf. Da war sie nun, die Story, auf die er jahrelang gewartet hatte. Ein Aufmacher der Güteklasse A, Pfahl im Fleisch all derjenigen, die geglaubt hatten, ein perfides, an Menschenverachtung nicht zu überbietendes Spiel treiben zu können. Mit welchem Motiv, lag auf der Hand. Nur ja nicht die Friedhofsruhe stören, nur ja keine Reminiszenzen an eine Zeit wecken, an die niemand, am allerwenigsten ein Mann vom Schlage Gehlens, erinnert werden wollte. Die Strippenzieher von einst waren wieder wer, und wenn sie etwas einte, dann der Wunsch, die Vergangenheit ruhen zu lassen. Besser ein Schreibtischtäter, der in Argentinien sein Dasein fristete, als ein SS-Obersturmbannführer, der auspacken und die Mitglieder des Eichmann-Syndikats mit sich in den Abgrund reißen würde. Von Mitwissern bei der CIA und Diensten, die mit ihr zusammenarbeiteten, gar nicht zu reden.

Morells Miene verfinsterte sich. Und was war mit den Opfern, mit all jenen, die seiner Willkür hilflos ausgeliefert gewesen waren? Nun, die würde man ohnehin nicht mehr lebendig machen können. Ein Grund mehr, möglichst rasch zur Tagesordnung überzugehen.

»Was hast du dir eigentlich dabei gedacht, Luise?«, fragte Morell und sah durch das offene Portal in den Park hinaus. Inzwischen regnete es in Strömen, und er fragte sich, wie lange er hier wohl würde ausharren müssen. »Wenn das rauskommt, kannst du dein Testament …«

»Ich will, dass es herauskommt, Theo, sonst stünde ich nicht hier.«

»Heißt das, du …«

»Das heißt, ich beabsichtige, dir die Karteikarte zu überlassen. *Zum Nulltarif.*«

Morell glaubte, er habe sich verhört. »Wie bitte?«, rief er aus und drehte sich auf dem Absatz um. »Du willst, dass ich sie behalte – einfach so?«

Ein sibyllinisches Lächeln im Gesicht, ließ die Angesprochene den Verschluss ihrer Handtasche einrasten, hängte sie um und schlenderte auf Morell zu. »Einfach so!«, wiederholte sie, nachdem sich ihr Lächeln wieder verflüchtigt hatte. »Mit der Bitte, sinnvollen Gebrauch davon zu machen.«

»Weißt du eigentlich, wie viel Geld dieser Fetzen wert ist?«, wollte Morell wissen und wedelte mit der Karteikarte vor dem Gesicht herum, um sie anschließend in der Bruttasche verschwinden zu lassen. »Ein Anruf bei der Konkurrenz, und du hättest ausgesorgt.«

»Mir geht es nicht ums Geld, Theodor.«

»Sondern?«

»Erinnerst du dich an das Mädchen, das zwei Häuser weiter gewohnt hat?«

»Ein Mädchen in deinem Alter?«

»Mit anderen Worten: Du erinnerst dich nicht!«, resümierte Luise Nettelbeck, woraufhin das Lächeln, an dem Morell zusehends Gefallen fand, erneut aufblitzte. »Nicht so schlimm, Herr Morell – oder soll ich nicht doch lieber Rosenzweig sagen?«

»Such es dir aus, Luise.«

»Einerlei – sie hieß Miriam Friedländer, war zwei Jahre älter, im Gegensatz zu mir bildhübsch und meine beste Freundin. Du kannst dir denken, was jetzt kommt? Kurz nach dem Beginn des Russlandfeldzuges ist sie mit ihrer gesamten Familie Richtung Osten deportiert worden. Wohin, wusste kein Mensch. Und weißt du, was das Schlimmste dabei war, Theo? Sie hat geahnt, was auf sie zukommen würde. Ich weiß gar nicht, wie oft ich auf sie eingeredet, wie sehr ich gedrängt und vor möglichen Konsequenzen gewarnt habe. Vergebens. ›Das werden sie uns nicht antun!‹, hat sie immer wieder gesagt. Und ob sie ihr das angetan haben! Zum Abschied hat sie mir dann rasch ein Dutzend Postkarten gezeigt – allesamt mit meiner Adresse. ›Alle drei Tage werde ich dir schreiben!‹, hat sie mir versichert. ›Mindestens!‹ Ich habe nie wieder etwas von ihr gehört.«

»So wie ihr ist es vielen von uns gegangen.«

»Ich weiß, David. Das Schlimmste sollte indes noch kommen.«

Morell senkte den Kopf und schwieg.

»Vor ein paar Wochen bin ich dem SS-Mann, der die Deportation beaufsichtigt hat, über den Weg gelaufen.«

»Schauplatz: die BND-Zentrale in Pullach.«

Luise Nettelbeck nickte. »Purer Zufall, aber ein Zufall mit Folgen. Von da an, Theo, gab es kein Zurück mehr für mich.«

»Und was wirst du jetzt tun? In Berlin kannst du dich ja wohl nicht mehr blicken … ich meine: Du bist nirgendwo mehr sicher, ist dir das klar?«

»Voll und ganz!«, versicherte die Ex-Sekretärin, warf ihm einen kurzen Blick zu und stieg die Treppe zum Vorraum hinab. Am Portal angekommen, drehte sie sich noch einmal um. »Ich wollte einfach noch mal nach Hause. Ein allerletztes Mal. Schließlich bin ich in Berlin groß geworden.«

Morell öffnete den Mund, um etwas zu sagen. Der Kloß in seinem Hals saß jedoch so fest, dass er keinen Ton herausbrachte.

»Heute Abend um sechs geht mein Flugzeug. Nach Frankfurt am Main, mit Anschluss nach New York. Dort lebt eine Cousine von mir, bei der ich fürs Erste unterkommen kann. Danach werden wir weitersehen.«

»Auf Wiedersehen, Luise«, brach es aus Morell hervor, obwohl ihm schwante, dass dies ein Abschied für immer sein würde. »Und pass auf dich auf!«

»Du auch, David«, antwortete sein Gegenüber, hob die Hand zum Gruß und wandte sich zum Gehen. »Sieh zu, dass du nicht vollends unter die Räder …«

Eine Hundertstelsekunde später, unter dem Eindruck der Schüsse, die wie von fern an seine Ohren drangen, brach Theodor Morells Welt endgültig zusammen. Vor Schreck wie gelähmt, wich der Boulevardreporter zurück und starrte auf die Gestalt, die, gleich einem surrealistischen Gebilde, unter dem Türsturz lag. Mit Luise, dem Nachbarskind aus Jugendtagen, hatte sie nichts mehr gemein. Ihr Kopf war förmlich explodiert, die Schädeldecke von den abgefeuerten Projektilen einfach weggerissen und in zahllose Splitter zerfetzt worden. Ringsum war der Marmorboden mit Blutspritzern übersät, vermischt mit Gehirnmasse, die aus dem offenen Schädel spritzte. Morell wollte schreien, aber alles, was er zustande brachte, war ein halblautes Gurgeln. Wollte fliehen, besaß jedoch nicht die Kraft dazu. Verdammt zum Zusehen, verharrte er auf der Stelle, wie in einem Albtraum, aus dessen Fängen er sich nicht befreien konnte.

Kurz davor, sich zu übergeben, rang der Boulevardreporter nach Luft. Kein Zweifel, dies war kein Hirngespinst, kein Trugbild, keine Ausgeburt seiner Fantasie. Dies war die Wirklichkeit, die grausame, durch nichts zu übertrumpfende, ihn wie ein Würgegriff umklammernde Wirklichkeit.

Kalkweiß im Gesicht, lauschte Morell nach draußen. Auf einmal war alles wieder so wie damals, als ihm die Peiniger dicht auf den Fersen waren. Die Beine drohten den Dienst zu versagen, das Herz hämmerte gegen die Rippen, der Atem raste, die Schläfen pochten und die Gedanken von David Emanuel Rosenzweig kreisten unentwegt um die Frage, wie lange er wohl noch zu leben haben würde.

Eine Frage, auf die er auch jetzt, 20 Jahre später, keine Antwort wusste.

4

Berlin-Tempelhof, Dorfkirche Alt-Tempelhof
| *13:20* h

Es gab drei Sorten von Menschen, auf die Tom Sydow, Hauptkommissar der Kripo Berlin, derzeit nicht gut zu sprechen war. An erster Stelle rangierten die Vopos[*], an zweiter, so merkwürdig dies auch klang, die Politiker aus Bonn und auf Platz drei Strafverteidiger und Anwälte. Besonders Letztere setzten ihm immer wieder zu, fast noch mehr als das Aktenstudium, welches ihn regelmäßig zur Verzweiflung trieb.

Was die Volkspolizisten betraf, teilte er die Antipathie, welche die Westberliner gegen sie hegten. Dass die Kollegen aus dem Osten am Mauerbau beteiligt gewesen waren, war schon schlimm genug gewesen. Darüber hinaus hatte sich einer von ihnen seine Stieftochter geangelt, nur um sie wenige Wochen nach der Hochzeit zu hintergehen. Veronika, genannt Vroni, war natürlich sofort ausgezogen, aber das änderte nichts daran, dass sie in Treptow festsaß und kein Mensch wusste, wann und wie sie wieder nach Hause in den Westen kommen würde.

Westdeutsche Politiker konnte Sydow ebenso kaum noch ertragen, vor allem nicht ihre Sonntagsreden, die zwar gut klangen, aber an dem, was Ulbricht & Co. angerichtet hatten, so gut wie nichts änderten. Da wurde über

---
[*] Angehörige der **Volkspo**lizei der Deutschen Demokratischen Republik

Nacht die Mauer hochgezogen, und Adenauer brauchte volle neun Tage, um seinen Hintern nach Berlin zu bewegen. Das sollte mal einer verstehen. Solidaritätsbekundungen kosteten bekanntlich nichts, aber damit, so seine Befürchtung, war es nicht getan. Um das Los der Berliner erträglicher zu gestalten, reichten Reden nicht aus, und nicht nur Sydow hätte es begrüßt, wenn den Worten endlich Taten gefolgt wären.

Mit der dritten Spezies, die Sydow auf dem Kieker hatte, den Herren Advokaten, war es seiner Meinung nach ebenfalls nicht weit her. Ein Vierteljahrhundert in Diensten der Berliner Kripo hatte eben seine Spuren hinterlassen, vor allem, was sein Vertrauen in die Redlichkeit von Anwälten betraf. Dieser Sorte Mensch war einfach nicht zu trauen, und niemand, nicht einmal sein Kollege und Freund Krokowski, hatte es geschafft, ihn von seiner Meinung abzubringen.

Was seinen Werdegang anging, hatte Sydow Höhen und Tiefen hinter sich. Der Tod seiner Verlobten, mit der er 1942 aus Deutschland geflüchtet war, hatte ihn wie kaum ein anderes Erlebnis geprägt, und er konnte von Glück sagen, dass es seine Tante gab. Wenn, dann war sie es, derentwillen er sich heute zusammengerissen und die Zurückhaltung, welche er gegenüber Geistlichen an den Tag legte, überwunden hatte.

Er hatte ihr viel zu verdanken, jener bestimmenden, zuweilen schroffen und überaus kühl und distanziert wirkenden Monarchistin aus märkischem Geblüt, deren sterbliche Überreste in dem schlichten Eichenholzsarg in unmittelbarer Nähe des Altars ruhten. Und er hatte sie, wenn schon nicht geliebt, so doch immerhin geschätzt und verehrt. Luise von Zitzewitz, geborene von Sydow und bei Kriegsende vor der Roten Armee geflüchtete Gattin eines pommerschen Rittergutsbesitzers, war zwar nicht gerade das gewesen, was man als Sanftmut in Person bezeichnete. Dennoch oder gerade deswegen war sie die Richtige gewesen, um Sydow wieder auf Vordermann zu bringen, und das, neben anderen Wohltaten, würde er ihr nie vergessen.

Es war nicht einfach, von Tante Lu Abschied zu nehmen, nicht zuletzt, weil er außer ihr keine Verwandten mehr besaß. Oder, um es akkurat auszudrücken, besessen hatte. Nun gut, da war noch seine Mutter, die hätte er um ein Haar vergessen. Da sie jedoch in London lebte und er sie seit eineinhalb Jahrzehnten nicht mehr zu Gesicht bekommen hatte, verband ihn kaum noch etwas mit ihr. Das hörte sich gewiss hart und herzlos an, war aber eine Folge der Familienhistorie und von der Wahrheit nicht allzu weit entfernt. Schon sehr früh, als Sydow noch die Schulbank drückte, hatte sich Abigail Wentworth, Tochter des sechsten Earl of Strafford, von seinem Vater, einem hohen Beamten im Außenministerium, scheiden lassen und war nach England zurückgekehrt. Dort hatte sie, wie viele andere auch, der Krieg zwar eingeholt. Dank außerordentlicher Zähigkeit und ihres Durchhaltevermögens hatte Mutter die Londoner Bombennächte jedoch unbeschadet überstanden.

Ein Schicksal, das dem Freiherrn Adalbert von Sydow und seiner Tochter Agnes, Sydows Schwester, nicht beschieden war. Am 3. Februar 1945, während einem verheerenden, wenn nicht gar dem verheerendsten Luftangriff des gesamten Krieges, war ihr Haus am Lützowplatz in Schutt und Asche gelegt und der Ministerialdirigent im Außenministerium mitsamt seiner Tochter im Keller verschüttet worden. Laut Aussagen von Nachbarn, bei denen Sydow nach dem Krieg Nachforschungen angestellt hatte, waren von den beiden nur noch Überreste gefunden worden. Damaligen Gepflogenheiten entsprechend waren Vater und Tochter kurz darauf in einem der zahlreichen Massengräber bestattet worden, wo genau, hatte sich nicht mit letzter Sicherheit ermitteln lassen.

Für Sydow, dem die wochenlange Suche schwer zugesetzt hatte, war dies der Tiefpunkt in einem an Widrigkeiten nicht gerade armen Jahrzehnt gewesen. Aber zum Glück gab es da noch Tante Lu, ihren unerschütterlichen Optimismus und die vielfältigen Beziehungen, welche sie zur britischen Militäradministration gepflegt hatte. Nicht zuletzt aufgrund dieser Beziehungen war Sydow schließlich wieder bei der Kripo gelandet. Angesichts der Tatsache, dass es dort von ehemaligen Parteigenossen nur so wimmelte, fast schon ein kleines Wunder. Schließlich war er nach seiner Flucht einer der meistgesuchten Regimegegner gewesen, was dem Ruf, der ihm vorauseilte, nicht gerade förderlich gewesen war.

Das Dritte Reich war mit Pauken und Trompeten untergegangen, der Geist, der in ihm geherrscht hatte, dagegen nicht. Dieser Tatsache musste man ins Auge schauen, und Sydow hegte den Verdacht, dass sie heute, 17 Jahre nach dem Krieg, nichts von ihrer Brisanz verloren hatte. Die Strippenzieher von damals waren immer noch in Amt und Würden, die Syndikate, denen sie angehörten, einflussreicher denn je.

Wie dem auch sei, Tante Lu, vor drei Tagen an den Folgen einer Lungenentzündung verstorben, hatte ihren Willen bekommen. Sydow, mit 49 nicht mehr der Jüngste, hatte ihr versprechen müssen, dass sie hier, und nur hier, bestattet werden würde. Die kleine Dorfkirche, Fontane zufolge von einem Tempelritter erbaut, war Tante Lus Taufkirche gewesen. Vieles, so zum Beispiel der nahe Weiher, die von Haselnusssträuchern und Hagebutten umgebene Kirchhofsmauer und die verwitterten Grabsteine samt Veilchenteppichen, erinnerte noch an den Dichter, in dessen Epoche man sich hier automatisch zurückversetzt fühlte. Das Gleiche galt für das Innere der aus Feldsteinen erbauten Kirche, und, nicht zu vergessen, für den Flügelalter an der Wand. Kein Zweifel, dies war ein Ort, an dem die Zeit stehen geblieben war. Und ein Grund mehr, dem Wunsch seiner Tante zu entsprechen.

Nicht ganz so leicht war ihm dies bei den anderen Punkten gefallen, die sie ihm in den Block diktiert hatte. Zunächst einmal war da die preußische Fahne, von der Tante Lu partout nicht hatte lassen wollen. Allein, Widerstand war wie so oft zwecklos gewesen, und er tröstete sich mit dem Gedanken, dass man die Politik zuweilen Politik sein lassen musste.

Kaum anders war es ihm mit der dritten Bedingung ergangen, die Tante Lu als Bestandteil eines Begräbnisses einer Dame von Stand betrachtete. Der Choral von Leuthen* musste erklingen, in voller Länge, versteht sich, untermalt von der Kirchenorgel, deren Klänge Sydow soeben wachrüttelten.

---

* Eines der bekanntesten deutschen Kirchenlieder, als ›Choral von Leuthen‹ in die Geschichte eingegangen, weil es nach dem Sieg der Truppen Friedrichs des Großen über die Österreicher im Jahre 1757 angestimmt wurde

Fast zeitgleich mit dem ›Nun danket alle Gott‹, in das er widerstrebend einstimmte, musste Sydow einen Rippenstoß seiner Frau hinnehmen, die neben ihm in der vordersten Reihe saß. Sydow lächelte verschämt. Lea, seit gerade einmal fünf Tagen 46 und somit drei Jahre jünger als ihr hochgewachsener, rotblonder und beileibe nicht mehr idealgewichtiger Mann, war nicht der Typ, der Drückebergerei durchgehen ließ. Das hätte er eigentlich wissen müssen.

»Kopf hoch, mein Schatz, bald ist es überstanden.« Nach über neun Jahren Ehe mit seiner Jugendliebe, in die er immer noch über beide Ohren verknallt war, hatte er gelernt, die ernst gemeinten von den scherzhaften Rüffeln zu unterscheiden. Eine Erfahrung, die ihm jetzt zugutekam. »Sie war 87, vergiss das nicht.«

Wie konnte er. Tom Sydow nickte und warf einen Blick auf das Schwarz-Weiß-Porträt, welches auf einer Staffelei rechts neben dem Eichenholzsarg stand. Blumen hatte sich Tante Lu verbeten, und so blieb es bei den vier Kandelabern, welche den fahnengeschmückten Sarg flankierten. Alles wirkte schlicht, bescheiden und dezent, genau so, wie es sich das Pendant von Adele Sandrock[*] gewünscht hatte.

Beinahe ebenso schlicht, um nicht zu sagen einfallslos, mutete die 08/15-Predigt des Pfarrers an, wie geschaffen, um Sydows Vorurteile zu bestätigen. Auf die Gefahr, sich einen weiteren Rippenstoß der blonden, attraktiven und zuweilen energischen RIAS-Redakteurin, mit der er verheiratet war, einzuhandeln, hörte er deshalb nur mit einem Ohr hin und blickte sich in einem unbeachteten

---

[*] Ufa-Schauspielerin der 30er Jahre (1863–1937)

Moment um. Die Trauernden konnte man an einer Hand abzählen, und wenn er ehrlich war, hatte er die Hälfte davon nie gesehen. Näher bekannt war ihm lediglich Tante Lus Anwalt, mit dem er um halb drei verabredet war, mehrere Mitbewohnerinnen des Seniorenheims, in dem sie gelebt sowie die Stationsschwester, mit der sie die meiste Zeit über zu tun gehabt hatte. Freunde, falls Tante Lu dieses Wort je in den Mund genommen hatte, waren dagegen nicht erschienen, nur ihre knapp 70-jährige Haushälterin, die 30 Jahre lang von ihr herumkommandiert worden war.

Ebenfalls anwesend war darüber hinaus eine Frau Anfang 40, ganz in Schwarz und das Gesicht hinter einer Sonnenbrille verborgen. Sydow wurde das Gefühl nicht los, sie schon einmal gesehen zu haben, drehte jedoch, als sich ihre Blicke trafen, den Kopf wieder nach vorn.

Die Predigt, welche der Pfarrer in Rekordzeit hinter sich gebracht hatte, war zu Ende. Sydow atmete auf und konnte der Versuchung, Gott oder wem auch immer dafür zu danken, nur mit Mühe widerstehen. Vonseiten seiner Frau, die anscheinend Gedanken lesen konnte, trug ihm dies ein anerkennendes Kopfnicken ein. Froh um jede Aufmunterung, rückte Sydow seine Krawatte zurecht, bot Lea den Arm an und beeilte sich, den Sargträgern, die es genauso eilig wie der Pfarrer zu haben schienen, zu folgen.

Dabei wurde ihm bewusst, dass er weder eine Träne vergossen noch sonst irgendwelche Emotionen gezeigt hatte. Er schämte sich dafür, und nicht zu knapp. Warum fiel es ihm so schwer, Gefühle zu zeigen, Lea gegenüber einmal ausgenommen? Das fragte er sich nicht zum ersten Mal und beruhigte sich mit dem Gedanken, dass dies mit seiner Erziehung zusammenhing. Während seiner Jugend, von der er einen Großteil in Internaten verbracht hatte, war Disziplin oberstes Gebot und die Zurschaustellung von Emotionen ein Ausdruck von Schwäche gewesen. Das war ihm immer wieder eingetrichtert worden, von morgens bis abends, ob auf dem Herrensitz am Ruppiner See, unweit von Wuthenow, auf dem er groß geworden, oder auf der Polizeischule, wo er auf Führer und Vaterland eingeschworen worden war. Zwar war dies nur in unzureichendem Maße gelungen, hatte aber dazu geführt, dass er sich Fremden gegenüber äußerst reserviert, wortkarg und bisweilen schroff verhalten hatte. Und wohl immer noch verhielt. Alles Eigenschaften, die den Letzten aus dem Hause derer von Sydow mit der Verstorbenen, geradezu ein Musterbeispiel an Reserviertheit, verband. Von seinem Humor, ein Erbstück seiner britischen Mutter, gar nicht zu reden.

Sydow seufzte gequält. Zum Glück gab es da noch Lea, die ihm die Flausen, welche er an den Tag legte, nicht durchgehen ließ. Sonst würde er so enden, wie es bei Tante Lu offenbar der Fall gewesen war. Respektiert, mitunter auch gefürchtet, in Ehren gehalten, aber nicht wirklich geliebt. Mit einem Wort: ein Mensch, für den das Wort ›Kompromiss‹ auf gleicher Ebene wie ›Kapitulation‹ rangierte.

»Nach Ihnen, gnädige Frau!« Weshalb er der Unbekannten im aparten schwarzen Kostüm den Vortritt ließ, konnte sich Sydow nicht erklären. Geschehen war jedoch nun einmal geschehen, und so schritt er mit Lea hinter ihr her, trat ins Freie und folgte den Sargträgern, welche den Weg zum frisch ausgehobenen Grab in unmittelbarer Nähe der Friedhofsmauer einschlugen. Die Fremde indes, blond, mit Bubi-Schnitt, gertenschlank und beinahe so groß wie er, wandte sich dagegen dem Ausgang zu. Sydow konnte nichts anders, als ihr hinterherzusehen, was, wie er sehr wohl wusste, weder an ihren Stöckelschuhen, noch an dem sündhaft teuren Kostüm, noch am Hut im Stil der Zwanziger oder an der Art lag, wie sie sich bewegte. Für Sydow, in jüngeren Jahren ein Schwerenöter, gab es außer Lea keine andere Frau, die es wert war, dass man sich näher mit ihr beschäftigte. Trotzdem war da etwas, das seine Neugierde hervorrief, weshalb, war ihm ein Rätsel.

Ein Rätsel der besonderen Art stellte jedoch auch seine Frau Lea dar. Sie, der sonst nichts entging, tat einfach so, als bemerke sie Sydows Unsicherheit und die daraus resultierende Zerstreutheit nicht, hakte sich bei ihm unter und nahm den Platz an der Spitze der Trauergemeinde ein. Sydow ließ es geschehen, in Gedanken immer noch bei der Unbekannten anstatt bei seiner Tante, die in Kürze zur letzten Ruhe gebettet werden würde.

*

Was folgte, war eine Sache von wenigen Minuten und kaum dazu geeignet, Sydows Gemüt aufzuheitern. Um nicht in Trübsal zu verfallen, beobachtete er die Trauergäste und mokierte sich insgeheim über den Nieselregen, der genau dann einsetzte, als sich der Sarg in die Erde senkte. Der Pfarrer, wahrlich kein Redner vor dem Herrn, schien dies als Wink des Himmels zu nehmen, verschärfte das Tempo erneut und entließ die Anwesenden mit den Worten, sie mögen in Frieden von dannen ziehen.

Gerührt von so viel Anteilnahme, verharrte Sydow noch eine Weile am Grab. Das hatte Tante Lu nicht verdient, das hatte niemand verdient, der ein Leben wie sie hinter sich hatte. Der Regen wurde stärker, und wie er so dastand, umgeben von Birken, Buchen, Eiben und Holunder, kam sich Sydow wie der Hauptprotagonist in einer drittklassigen Kinoschnulze vor. »Und was machen wir mit der Flagge, Herr von …?«

»Sydow, ganz einfach Sydow. Geben Sie her.« Sydow kramte sein Portemonnaie hervor, drückte dem Totengräber einen Zehnmarkschein in die Hand und wusste nicht, wohin mit seinem Hut, den er nach kurzem Zögern aufsetzte. Dann nahm er die zusammengefaltete Fahne entgegen und beschloss, sie mit nach Hause zu nehmen. Preußen, in dem seine Tante groß geworden war, war Teil seiner Familiengeschichte. Daran führte kein Weg vorbei, mochte man nun Nostalgiker wie Tante Lu oder Brandt[*]- Anhänger wie ihr aus der Art geschlagener Neffe sein. Jahrhundertelang hatten die Sydows dem Staat gedient, als Offiziere, Richter oder, wie sein Vater, als Diplomat. Oder, wie der Letzte des Hauses, als Polizeibeamter. Das durfte man über all dem Neuen, was die Nachkriegszeit Deutschland bescherte, nicht vergessen. Man musste wissen, woher man kam, sonst wusste man nicht, wohin man gehen sollte.

Allein auf weiter Flur, konnte sich Sydow von dem Grab, dessen Kopfende ein schmuckloses Holzkreuz zierte, immer noch nicht losreißen. Ob er wollte oder

---

[*] Regierender Bürgermeister von Berlin (SPD) von 1957–1966

nicht, begannen die Gedanken um seine Jugend und um das Herrenhaus am Ruppiner See zu kreisen. Mehr als alles andere hatte sich ein Ereignis in sein Gedächtnis eingegraben, an das er hier, auf dem menschenverlassenen Kirchhof, erinnert wurde. Es war die Szene, in der seine Mutter die Koffer gepackt und ihre Familie Hals über Kopf verlassen hatte. Ein Tag wie heute, wolkenverhangen, grau und entschieden zu kühl. Sydow wischte sich die Regentropfen von der Stirn. An den Grund für das Zerwürfnis zwischen seinen Eltern konnte er sich zwar nicht mehr erinnern. Eines aber war ihm bis zum heutigen Tag im Gedächtnis geblieben. Nämlich die Geräusche, welche Mutters Schritte auf dem Kiesweg vor dem Haus verursacht hatten.

Er würde sie sein Lebtag nicht vergessen.

Geräusche, so schien es, welche mit denen zu seiner Rechten identisch waren.

»Patriot ohne Wenn und Aber. Und seinem Vater wie aus dem Gesicht geschnitten.«

»Tatsächlich?« Sydow konnte es partout nicht ausstehen, wenn man ihn mit seinem Vater verglich. Nun gut, rein äußerlich betrachtet mochte dies vielleicht der Fall sein. Er war über 1,90 Meter groß, hatte eine scharf geschnittene Nase, spröde und zumeist rissige Lippen und weit auseinanderliegende blaue Augen, die von spärlichen Brauen überwölbt wurden. Und darüber hinaus, quasi als Familienerbstück, ein Paar hohe Wangenknochen nebst einem markanten Kinn. So viel zum Thema Ähnlichkeit. Das immer noch volle und ungebärdige Haar war dagegen ein Erbstück seiner Mutter und ein Teil seiner Physiognomie, auf den man in seinem Alter stolz sein konnte. Nicht ganz so stolz war er dagegen auf seinen Bauchansatz, den er nach Kräften zu kaschieren versuchte und den Kochkünsten seiner Frau zu verdanken hatte. Tja, der Geist war eben willig, das Fleisch dagegen so schwach, dass Vorsicht – und so wenig Schreibtischarbeit wie möglich – das Gebot der Stunde war. »Und wenn, was ist denn so schlimm daran?«

»Nichts, Thomas, nichts.«

Noch etwas, das ihm auf die Nerven ging und geeignet war, ihn in Nullkommanichts auf die Palme zu bringen. ›Thomas‹, mit britischer Aussprache und Kensington-Akzent. Herablassend und voll unterschwelliger Ironie. Dazu ein Hut, wie man ihn vermutlich in Ascot, und ein Kleid, das man bei einer Gartenparty oder auf den Zuschauerrängen eines Polospieles trug. Und natürlich den Stock, den die alte Dame trotz ihrer 73 Jahre nicht benötigte. Adel verpflichtete, Aristokrat blieb nun einmal Aristokrat. Von dieser Maxime war die unerwartete Besucherin zeitlebens nicht abgewichen. »Dann ist ja alles in Ordnung.«

»Findest du? Wenn man dich anschaut, könnte man meinen, morgen gehe die Welt unter.«

»Wer weiß.« In der Erkenntnis, den Tatsachen ins Auge sehen zu müssen, stieß Sydow einen Stoßseufzer aus und wandte sich seiner Gesprächspartnerin zu, welche mehrere Meter entfernt von ihm auf der Stelle verharrte und ihn im Stil eines Kolonialoffiziers musterte. Fehlt nur noch der Prägestock!, durchfuhr es den Kriminalhauptkommissar, der sich Mühe gab, ein Minimum an Wiedersehensfreude zu heucheln. »Wie dem auch sei: Willkommen in Berlin. Was verschafft mir die Ehre deines Besuchs, Mutter?«

5

Berlin-Charlottenburg, Schlosspark | *13:40 h*

»Jetzt machen Sie mal halblang, Herr Michalke! Eins nach dem andern.« Anders als sein Kollege Tom Sydow, dem schon lange der Kragen geplatzt wäre, war Kriminalkommissar Eduard Krokowski ein besonnener Mensch. Der 34-jährige Lübecker, Idealbild des deutschen Beamten, stand im Ruf, zurückhaltend, freundlich und korrekt zu sein. Attribute, von denen Sydow nur träumen konnte. Leider war ›Kroko‹, wie er im Präsidium genannt wurde, aber auch ein Paragrafenreiter und die bevorzugte Zielscheibe für Kollegen, die es mit Dienstvorschriften nicht so genau nahmen. Am Respekt, den man ihm zollte, änderte dies jedoch nichts. Krokowski ließ sich nicht für dumm verkaufen, weder von Kollegen noch während seiner Ermittlungen. Schon mancher Zeitgenosse, vor allem einer ohne weiße Weste, hatte das zu spüren bekommen. Eine Falschaussage, Finte oder offenkundige Lüge, und die vermeintliche Witzfigur ging zum Angriff über. Dann hatte der Betreffende nichts zu lachen.

Momentan, so schien es, war dies jedoch nicht vonnöten. Der Schlossgärtner, einziger Zeuge eines Mordes, den man mit Fug und Recht als Hinrichtung bezeichnen konnte, war ein redseliger Mensch. In einem Ausmaß, dass Krokowskis Geduld auf eine harte Probe gestellt wurde. »Also ehrlich, Herr Kommissar, so wat hab ick in meene janze Leben …«

»Wie gesagt: Eins nach dem andern, Herr Michalke. Und bitte so, dass man Sie versteht.«

»Hochdeutsch? Icke? Da hamse sich aber den Falschen rausjesucht.«

Krokowski, Sprachpurist aus Überzeugung, neigte das sorgsam gescheitelte Haupt und stierte wie ein Oberlehrer hinter seiner Hornbrille hervor. »Das kann doch nicht so schwer sein, *Herr* Michalke. Je schneller wir beide wieder ins Trockene kommen, desto besser, oder?«

Der Schlossgärtner, ein ungehobelter Gnom jenseits der 60, der einen verschmutzten blauen Overall trug, unentwegt an den Nägeln herumkaute und zu allem Überfluss auch noch nach Doppelkorn roch, murmelte etwas, das Krokowski nicht verstand. Doch war er klug genug, es für sich zu behalten.

Stattdessen machte er sich daran, seine Fingernägel zu begutachten und blitzte den Kripobeamten scheel an. Krokowski tat so, als bemerke er dies nicht, verharrte schweigend unter seinem Regenschirm und ließ den Blick über die von Buchsbaumkegeln begrenzte Rasenfläche schweifen, welche sich in unmittelbarer Nähe des Luisenmausoleums befand.

»Weil Sie's sind, Herr Kommissar.«

»Na also, geht doch.« Als Zeichen seiner Gunst brach Krokowski sein Schweigen und sah den Gnom mit hochgezogener Braue an. »Also: Was genau haben Sie gesehen? Beziehungsweise gehört?«

»Zwee ... äh ... zwei Schüsse, Herr Kommissar.«

»Wann genau?«, fragte Krokowski, drückte Michalke den Regenschirm in die Hand und straffte sein Jackett. Gerade Letzteres, beziehungsweise sein Muster, war zur

Quelle zahlreicher Scherze der Kollegen geworden. Ein Krokowski ohne Karo-Jackett, Fliege und bis oben hin zugeknöpftes Hemd hätte das gesamte Präsidium in Aufregung versetzt und Anlass zu wilden Spekulationen gegeben. Allein schon deshalb sah der Kriminalkommissar, der seine Rolle als Exot genoss, von Experimenten auf dem Gebiet der Dienstkleidung ab. »Aber nur, wenn Sie präzise Angaben machen können.«

»Kann ick, Herr Kriminaler, kann ick.«

»Heißt?«

»Es war zwee ... es war genau zwei nach zwölf, als ich die Schüsse gehört habe. Ich weiß das deshalb so genau, weil ich kurz davor auf die Uhr geschaut habe. Ab halb eins ist nämlich Mittagspause.«

»Daraus, fürchte ich, wird so schnell nichts werden!«, erwiderte Krokowski brüsk und ließ sich den Regenschirm wieder aushändigen. Dann fragte er: »Womit waren Sie zum Tatzeitpunkt beschäftigt?«

»Mit Heckenschneiden – da drüben.« Michalke deutete nach links. »Verdammt anstrengend, das kann ich Ihnen ...«

»Zweifellos. Und dann?«

»Na, wat denn wohl! Ich hab die Heckenschere weggeschmissen und bin wie 'ne gesengte Sau hierher gepest. Und dann hab ich auch schon diesen Kerl gesehen – da vorne, mit einer Knarre in der Hand.«

»Wo genau?«

»Hinter dem Holzstapel, dort, wo der Weg auf die Tannenallee stößt.«

»Können Sie den Mann beschreiben?«

Michalke zuckte mit den Achseln. »Groß, blond, um

die 40, gut gekleidet. So leid es mir tut, Herr Kommissar, viel Zeit, mir sein Gesicht einzuprägen, hab ich nicht gehabt.«

»Und wieso?«

»Kaum war der Kerl verschwunden, ist die Chose erst richtig losgegangen. Und wissen Sie auch, warum? Da kam nämlich dieser feine Pinkel auf mich zu. Quer über den Rasen. Hätte mich beinahe über den Haufen gerannt, der Fatzke.«

Kein Wunder bei der Größe!, dachte Krokowski im Stillen, erschrocken, wie sehr er sich Sydow angepasst hatte. »Mit anderen Worten: Es handelte sich um einen vornehm gekleideten Mann.«

»Kann man so sagen – ja.«

»Alter?«

»Was weeß ... was weiß ich, Mitte 50, würde ich sagen.«

»Sie behaupten, der Unbekannte habe Sie beinahe über den Haufen gerannt«, fuhr Krokowski fort. »Aus welcher Richtung ist er denn gekommen?«

»Von da drüben«, antwortete Michalke und deutete auf die vier Säulen, hinter denen sich der Eingang des Grabmals befand. »Aus dem Mausoleum.«

Krokowski folgte seinem Blick. Der Leichnam befand sich immer noch an Ort und Stelle, verhüllt durch eine Plane, unter der sich die Umrisse der Getöteten abzeichneten. Unmittelbar daneben lagerten die Gerätschaften der Spurensicherung, die dabei war, das nahe gelegene Waldstück zu durchkämmen. Auf Peters, den Gerichtsmediziner, würde Krokowski dagegen noch eine Weile warten müssen. Wie so häufig hatte er alle Hände voll zu tun, unter anderem als Dozent an der FU.[*]

Anwesend, oder vielmehr am Boden zerstört, war indessen eine korpulente und auf jung getrimmte Blondine Ende 40, die beinahe unentwegt in ihr Taschentuch schniefte. Mit ihr, der Kassiererin, würde sich Krokowski als Nächstes zu beschäftigen haben. Ob als Trostspender oder Ermittler, würde sich zeigen.

Aufgeschreckt durch ein Räuspern, mit dem Michalke auf sich aufmerksam machte, nahm Krokowski den Gesprächsfaden wieder auf. »Sind Sie in der Lage, ihn näher zu beschreiben?«

»Den Fatzke? Na klar!«, brüstete sich Rumpelstilzchen und kaute hingebungsvoll an seinem Daumennagel herum. »Typen wie den hab ick nämlich gefressen. Harmlose Leute anrempeln, ist ja wohl das Letzte!«

Krokowski, dessen Geduld zur Neige ging, verkniff sich den Kommentar, der ihm auf der Zunge lag, klappte den Schirm zu und begann zu Füßen der Freitreppe hin und her zu wandern.

»Sehe ich das richtig, Herr Michalke«, kehrte er geraume Zeit später zum Thema zurück, »Sie sind sich sicher, im Abstand von … stimmt – das hätte ich beinahe vergessen: Wie viel Zeit ist zwischen den Schüssen eigentlich vergangen? Und wenn wir gerade dabei sind, wie viele sind es insgesamt gewesen?«

»Zwei. Das hab ich Ihnen doch schon …«

»Sicher?«

Der Schlossgärtner lief vor Wut rot an. »Sehe ich vielleicht so aus, als ob ich zu blöd wäre, auf drei …?«

---

[*] Freie Universität Berlin

»Also zwei!«, fuhr Krokowski dazwischen, da er es nicht über sich brachte, die einzig mögliche Antwort zu geben. »Kurz nacheinander, richtig?«

Der Schlossgärtner zögerte. »So genau kann ich das nicht sagen, Herr Kommissar.«

Krokowski lächelte süffisant. »Noch kurz ein paar Worte zu dem Mann, der Sie angerempelt und anschließend das Weite gesucht hat. Wie hat er eigentlich ausgesehen?«

»Wie ein Fatzke eben so aussieht.«

»Nur keine Hemmungen, Herr Michalke, ich brenne darauf, dazuzulernen.«

»Lackschuhe, Anzug, Seidenschal, Panamahut – wenn das normal ist, weiß ich auch nicht mehr.«

»Sonst noch was?«

Michalke lachte verächtlich auf. »Wollen Sie das wirklich wissen, Herr Kommissar?«

»Ich kann's kaum erwarten.«

»Er ist andersrum.«

Krokowski fehlten die Worte.

»Jede Wette!«, versetzte Michalke, verschränkte die Arme und schnitt eine Grimasse, die Unklarheiten bezüglich seiner Meinung erst gar nicht aufkommen ließ. »So einen erkenne ich auf 100 Meter.«

»Sie sind wirklich zu beneiden, Herr Michalke«, flüchtete sich Krokowski in Ironie. »Um Ihre Menschenkenntnis, meine ich.«

Die Bemerkung verhallte ungehört. »Wenn das keine Tunte war, will ich Charlie Chaplin …«

»Wenn du dich da mal nicht irrst, Egon.«

Krokowski stutzte und gesellte sich zu der Kassiererin, die ihren Platz unter dem Vordach aufgegeben und sich ihm bis auf wenige Meter genähert hatte. »Wie darf ich das verstehen, gnädige Frau?«

Die Kassiererin senkte den Kopf und schwieg.

»Soll das heißen, dass Sie den Tatzeugen kennen?«

»Kennen ist vielleicht das falsche Wort, Herr Kommissar.«

»Augenblick, gnädige Frau. Ich bin sofort bei Ihnen.« Froh, ihn loszuwerden, wandte sich Krokowski an den Gnom und verkündete, er habe keine weiteren Fragen mehr. Danach wandte er sich aufs Neue der Kassiererin zu. »Tut mir leid, wenn ich Sie von der Arbeit abhalte, Frau …«

»Krüger. Heidemarie Krüger.«

»Gestatten – Krokowski, Kripo Berlin.« Der Kriminalkommissar räusperte sich. »Wie gesagt: Tut mir leid, Ihnen Unannehmlichkeiten zu bereiten, Frau Krüger. Aber ich muss Ihnen ein paar Fragen stellen.«

»Meinetwegen.«

»Ich habe Sie herbitten lassen, um mich nach verdächtigen Besuchern zu erkundigen.« Krokowski trat von einem Bein aufs andere, setzte die Brille ab und rieb sie am Ärmel seines Jacketts. »Frau Krüger: Ist Ihnen irgendetwas Verdächtiges aufgefallen, vor allem, was die Zeit zwischen neun und zwölf Uhr betrifft? Apropos – wie viele Eintrittskarten haben Sie denn verkauft?«

»Wenn's hoch kommt, ein paar Dutzend.« Die Schlossbedienstete begann zu frieren, und das trotz des selbst gestrickten Pullis, den sie unter ihrer Wolljacke trug. Und klagte: »Liegt wahrscheinlich am Wetter.«

Krokowski schien die Bemerkung überhört zu haben. »Darf man fragen, woher Sie den Tatzeugen kennen?«

»Was heißt hier ›kennen‹, Herr Kommissar«, druckste die Kassiererin herum, zuckte die Achseln und wusste vor lauter Verlegenheit nicht, wo sie hinschauen sollte. »Wir sind ein paar Mal ausgegangen, sonst lief da nicht viel.«

Als Junggeselle mit einem überschaubaren Kontingent an amourösen Erfahrungen hätte Krokowski liebend gern erfahren, was unter ›lief da nicht viel‹ zu verstehen war. Wie nicht anders zu erwarten, behielt seine gute Kinderstube die Oberhand und er wandte sich wieder dem Gesprächsthema zu. »Das heißt, Sie können bezeugen, dass sich Ihr Bekannter zum fraglichen Zeitpunkt im Schlossbereich aufgehalten beziehungsweise eine Eintrittskarte gelöst hat.«

»Nicht nötig.«

»Wie meinen?«

»Er ist Reporter. Freier Eintritt für die Presse, Anweisung von j.w.o.*«

»Auch in der Freizeit?«

»Er war nicht zum Vergnügen hier«, betonte Heidemarie Krüger, ein wehmütiges Lächeln im Gesicht, aus dem die mit reichlich Rouge bedachten Wangen besonders hervorstachen. »Leider.«

»Sondern?«

»Das wollte er mir nicht sagen. Auf einmal hatte er es dann furchtbar eilig. Ein Lächeln, und weg war er!«

»Wann genau war das?«

»Um halb zwölf.«

---

* Janz weit oben (Berliner Dialekt)

»Hat er erwähnt, mit wem er sich treffen wollte?«

»Wo denken Sie hin, Herr Kommissar! Theo ist ein diskreter Mensch. Und überaus zuvorkommend.« Heidemarie Krüger geriet ins Schwärmen. »Jemanden wie ihn trifft man nicht alle Tage.«

Krokowski tat so, als sei er auf das Polieren seiner Brillengläser fixiert. Dann aber, auf ein Aufseufzen der Kassiererin hin, blickte er wieder auf und sagte: »Ihre Reminiszenzen in Ehren, Frau Krüger – aber ich wäre Ihnen dankbar, wenn Sie mir seinen Namen nennen könnten.«

»Ich kann es einfach nicht glauben, Herr Kommissar. Theo ist doch so ein herzensguter ...«

»Theo wie?«

»... Mensch. Für ihn würde ich die Hände ins Feuer legen.« Schier untröstlich, zerrte die Kassiererin ein Tempotaschentuch hervor und betupfte die rot geweinten Augen. Von der Tatsache, dass Krokowskis Mitgefühl sich in Grenzen hielt, nahm sie dabei ebenso wenig Notiz wie von den Spuren, die ihr verlaufender Lidschatten hinterließ. »Darauf gebe ich Ihnen mein Wort, Herr Kommissar.«

»Wie heißt er, Frau Krüger?«

Aufgeschreckt durch den harschen Ton, beendete die Kassiererin ihr Lamento und senkte den Blick. »Morell!«, stieß sie schließlich hervor und fügte mit tränenerstickter Stimme an: »Theodor Morell.«

»Na also, Frau Krüger. Mehr will ich gar nicht wissen.« Krokowski, alles andere als ein emotionaler Mensch, runzelte die Stirn. Irgendwie hatte er das Gefühl, den Namen schon einmal gehört zu haben. Nur wo oder bei welcher Gelegenheit, das war die Frage. »Es sei denn, Sie hätten noch etwas hinzuzufügen.«

Mehr als Adresse und Telefonnummer Morells, die Krokowski sich umgehend notierte, sprang jedoch nicht heraus. Ergiebiger waren da schon die Angaben, die sein Gegenüber über Morells offenkundigen Intimfeind und das Betriebsklima bei seinem derzeitigen Arbeitgeber machte. Zeitungen wie diese waren ihm suspekt und das Papier nicht wert, auf dem sie gedruckt waren. Eine Neigung, die längst nicht alle Berliner mit ihm teilten.

»Kann ich jetzt gehen?«, schniefte die Kassiererin und hantierte umständlich an ihrem Haarband herum. »Wir sind nämlich nur zu zweit, wissen Sie.«

»Nicht, bevor wir beide einen Blick auf den Leichnam geworfen haben, Frau Krüger. Wer weiß, vielleicht können Sie sich wenigstens an die Kleidung erinnern – ohne dass wir Sie dem Anblick des Ge… Tut mir leid, aber ich kann Ihnen das nicht ersparen.«

»Wirklich nicht?«

»Bedaure, gnädige Frau.« Krokowski machte eine einladende Geste in Richtung Treppe, entsann sich seiner Brille und setzte sie wieder auf. Aus dem Inneren des Mausoleums, dessen Torflügel offenstanden, waren die Stimmen von Beamten der Spurensicherung zu hören. »Sie können sich vorstellen, dass wir für jeden Hinweis dankbar sind.«

»Gut und schön, aber wieso kommen Sie ausgerechnet auf mich?«

»Gegenfrage, Frau Krüger: Auf welche Weise gelangt man in den Park?«

»Durch den Eingang, wie denn sonst?«

»Na also.« Krokowski näherte sich der Kassiererin und geleitete sie behutsam zur Treppe. »Das heißt, das Mordopfer musste zuvor eine Karte lösen. Zumindest theoretisch. Gut möglich, dass die Dame Ihnen aufgefallen ist. Dass sie nicht allein, sondern in Begleitung war. Oder dass Sie mitbekommen haben, wie sie sich mit jemandem unterhalten hat. Jedes Detail, Frau Krüger, jede noch so banal erscheinende Kleinigkeit könnte von Bedeutung sein. Später werde ich dann auch noch ihre Kollegin befragen. Aber zuerst, gnädige Frau, sind Sie an der Reihe.«

Die Kassiererin schlug die Hände vors Gesicht, schob sie zur Seite und ließ die Fingerkuppen über die Schläfen gleiten. »Tja, wenn das so ist, Herr Kommissar, werde ich mich wohl nicht drücken können!«, antwortete sie, hakte sich bei Krokowski ein und ließ sich von ihm zum Ort des Geschehens führen.

*

»Na, der pressiert es aber!«, stellte Waldemar Naujocks, Leiter der Spurensicherung, verwundert fest, nachdem die Kassiererin einen kurzen Blick auf den Leichnam geworfen, auf dem Absatz kehrtgemacht und es plötzlich sehr eilig gehabt hatte, wieder an die Arbeit zu gehen. »Satz mit X, hab ich recht?«

Krokowski musste ihm beipflichten. Trotz allem ließ er sich jedoch nicht beirren und nahm den hoch aufgeschossenen, aus Potsdam stammenden und Anfang der Fünfziger in den Westen geflüchteten Experten in Sachen Spurensicherung beiseite, um ihn auf den neuesten Stand zu bringen. Naujocks hörte geduldig zu, mit einem Ohr bei den Gesprächsfetzen, die aus dem Inneren des Grabmals ins Freie drangen. »Auf gut Deutsch –«, schlussfolgerte er am Ende von Krokowskis Bericht, »du glaubst, dass er es nicht nur auf die Frau abgesehen hatte.«

»Sondern auch auf Morell, du sagst es!«, bekräftigte der Kommissar, dem der Name immer noch irgendwie bekannt vorkam. »Und was ist mit euch, schon irgendeine heiße Spur?«

»Wenn du mich so fragst – nein.« Naujocks, der alles daransetzte, seinem Idol Elvis Presley möglichst ähnlich zu sehen, steckte sich eine Camel an, wobei er es sich nicht nehmen ließ, das Streichholz am Stiefelabsatz zu entzünden.

Kein Freund von Halbstarkenjacken, Jeans und Haartollen, gab sich Krokowski mit der Antwort nicht zufrieden. »Mit einem Wort: das perfekte Verbrechen«, entgegnete er und genoss es, seinen Kollegen aus der Reserve zu locken. »Dann können wir ja einpacken.«

»Das nun auch wieder nicht!«, warf Naujocks beleidigt ein und zog an seiner Zigarette. Spekulationen waren ihm ein Gräuel, aber da er nicht als Dilettant dastehen wollte, konnte er dem Drang, Krokowski Kontra zu geben, nicht widerstehen. »So doof, wie wir aussehen, sind wir nämlich nicht.«

»Hat das jemand gesagt?«

»Nein, aber angedeutet. Na schön, damit du endlich Ruhe gibst: Man kann davon ausgehen, dass die Schüsse, welche auf die Tote abgefeuert wurden, mit hoher Wahrscheinlichkeit von vorn beziehungsweise aus südlicher Richtung gekommen sind.«

»Entfernung?«

»Gute Frage«, druckste Naujocks herum. »Ich fürchte, da muss ich passen.«

Krokowski ließ jedoch nicht locker. »Was meinst du, von wo aus könnten sie abgefeuert worden sein?«

»Schwer zu sagen. Die Jungs sind gerade dabei, die Gegend zu durchkämmen.« Naujocks, Sanguiniker von hohen Gnaden, wog bedächtig das Haupt. »Mal sehen, was Peters dazu sagt.«

»Und du? Was ist mit dir? Komm schon, Waldemar, lass dir die Würmer nicht einzeln aus der Nase …«

»Wenn du mich fragst, kommt nur eine einzige Stelle in Betracht.« Naujocks setzte sich in Bewegung, steuerte auf die Freitreppe zu und bedeutete Krokowski, ihm zu folgen. »Da vorne«, fügte er an und deutete auf die Allee, die vom Mausoleum aus schnurgerade Richtung Süden verlief und auf beiden Seiten von Tannen, Buschwerk und Gestrüpp begrenzt war. Es hatte aufgehört zu regnen, und die Nadelbäume entlang des Kiesweges erstrahlten in sattem Grün. An manchen Stellen waren noch Pfützen zu sehen, silbergrau schimmernd im Licht der Nachmittagssonne, die just in diesem Moment die Wolken durchbrach. Um die Postkartenidylle zu vervollkommnen, trippelte ein Eichhörnchen aus dem Unterholz, spitzte die Ohren und verschwand so schnell, wie es aufgetaucht war. Die Szene hatte etwas Beschauliches an sich, etwas, das überhaupt nicht zu den Geschehnissen passte.

»Und die wäre?«

»Der Holzstapel da hinten. Idealer könnte die Schussposition nicht sein.« Naujocks sog an seiner Camel und sah seinen Nebenmann aus dem Augenwinkel an. »Und der Giftzwerg, mit dem du dich vorhin unterhalten hast ... dieser ...«

»Michalke? Sagt das Gleiche wie du«, gab Krokowski zurück, wedelte den Zigarettenrauch beiseite und folgte dem ausgestreckten Zeigefinger seines Kollegen. »80 Meter – ganz schöne Entfernung, was?«

»Mit Zielfernrohr kein Problem«, entgegnete Naujocks und nahm einen neuerlichen Zug. »Wie hat der Kerl eigentlich ausgesehen?«

»Groß, blond, um die vierzig und gut gekleidet!«, seufzte Krokowski und warf seinem Kollegen einen jener Blicke zu, die gewöhnlich dazu führten, dass seine Gesprächspartner das Rauchen einstellten. Nicht so Naujocks, der sich die Freude nicht verderben ließ. »Ich fürchte, es gibt noch viel zu tun.«

»Weißt du, was ich mich frage?«

»Nein.«

»Wie kommt jemand überhaupt dazu, einen derart brutalen Mord ... wie hieß die Dame doch gleich?«

»Nettelbeck, Luise Nettelbeck.« Krokowski kramte seinen Notizblock hervor, schlug den Deckel zurück und berichtete: »Jahrgang 1918, geboren in Berlin. 1,70 Meter groß, dunkelbraune Augen, zuletzt wohnhaft in Gauting bei München. Von Beruf Sekretärin.«

»Da sage mal einer was gegen Handtaschen.«

Krokowski rümpfte die Nase. Im Gegensatz zu Naujocks, in puncto Humor Sydow fast ebenbürtig, handelte es sich bei ihm um eine eher zartbesaitete Natur. »Wie dem auch sei, außer einem westdeutschen Pass, einem Flugticket von Frankfurt nach Berlin und wieder zurück, ihrem Zimmerschlüssel aus dem ›Excelsior‹ und allerlei Krimskrams besitzen wir keinerlei Anhaltspunkte.«

»Ich weiß gar nicht, was du hast!«, hielt Naujocks betont optimistisch dagegen. »Das ist doch immerhin etwas. Apropos – wann genau wollte sie wieder zurückfliegen?«

»Planmäßige Rückreise ab Tegel mit den Trans World Airlines um 18.20 Uhr. Zielflughafen Frankfurt, von dort aus Weiterflug nach New York.« Krokowski schüttelte nachdenklich den Kopf. »Merkwürdig.«

»Was denn?«

»Kommt gestern Mittag hier an und will knapp 30 Stunden später die Zelte wieder abbrechen. Mir scheint, die Dame hatte es eilig. Sehr eilig sogar.«

Naujocks zuckte die Achseln. »Manche Leute sind eben so. Einen kurzen Abstecher Richtung Heimat, um alte Erinnerungen aufzufrischen, und schon zieht die Karawane weiter.«

»Warum aber gleich nach New York?«

»Mit anderen Worten, Kriminalkommissar Eduard Krokowski steht im Begriff, eine Hypothese zu entwickeln.«

»Nenn es, wie du willst, Waldemar, aber könnte es nicht sein, dass die Dame allen Grund hatte, möglichst rasch zu verschwinden?« Krokowski steckte den Notizblock wieder ein, starrte ins Leere und ließ den Zeigefinger der linken Hand über das Kinn gleiten. »Vergessen wir nicht, wer dieser Morell ist. Nämlich ein Journalist.«

»Und sie eine Informantin, meinst du?«

»Spricht etwas dagegen?«

»Wenn du mich so fragst – nein. Davon abgesehen, dass uns die Beweise fehlen.«

»Und was ist mit dem Ort, an dem das Treffen stattgefunden hat?«, ereiferte sich Krokowski, offenbar ganz in seinem Element. »Abgelegener als das Mausoleum geht es ja wirklich nicht. Du verstehst, was ich damit sagen will, Waldemar?«

Naujocks nickte. »Wieso sich die Mühe machen, durch den halben Schlosspark zu stiefeln, wenn man sich ebenso gut im Hinterzimmer eines Cafés treffen könnte.«

»Genau. Was bedeutet, dass die Informationen, die es an den Mann zu bringen galt, überaus brisanter Natur waren.«

»So brisant, dass der oder die Täter bereit waren, über Leichen zu gehen.«

»Ich sehe, wir sind uns einig.« In Gedanken beim Tathergang, verfiel Krokowski ins Brüten. »Fragt sich, was so wichtig ist, dass man beschließt, eine derart ruchlose Tat zu begehen.«

»Darüber, mein lieber Kroko, können wir derzeit nur spekulieren.« Naujocks atmete tief durch. »Ich denke, es ist das Beste, auf dem Boden der Tatsachen … Mensch, Paule, was schleppst du denn mit dir rum?«

Paul Gersdorf, Naujocks' rechte Hand, strahlte über das ganze Gesicht und hielt seinem Vorgesetzten ein Plastiksäckchen vor die Nase, bei dessen Anblick sich seine Miene schlagartig erhellte. »Ein Walkie-Talkie!«, verkündete er mit stolzgeschwellter Brust und reichte seinen Fund an Naujocks weiter. »Nicht übel, oder?«

»Darf man fragen, wo Sie das *Sprechfunkgerät* gefunden haben, Gersdorf?«

Der Kriminalassistent, ein Sunnyboy Anfang 20, der fortwährend zu lächeln schien, gab bereitwillig Auskunft und ließ seiner Antwort eine wahre Flut an technischen Details folgen. Dies nahm mehr Zeit in Anspruch, als Krokowski lieb war, weshalb er nur mit einem Ohr hinhörte und sich den Ablauf der Tat erneut vorzustellen versuchte.

Am Ende war es Naujocks, der ihn wieder in die Gegenwart zurückholte. »Sag mal, hörst du uns eigentlich zu, Kroko?«, hörte er den Leiter der Spurensicherung sagen, worauf ihm nichts übrig blieb, als sich wortreich zu entschuldigen. »Sieht so aus, als seien wir einen Schritt weiter, oder?«

»Kompliment, Waldemar – und ein Hoch auf deinen Kollegen.«

»Die Freude ist ganz auf meiner Seite. Jetzt müssen wir nur noch diesen Morell aufspüren, und dann ... warum so nachdenklich, Kroko?«

Morell, Theodor Morell. Woher kannte er bloß diesen Namen?

»Ist dir klar, dass wir es mit einem organisierten Komplott zu tun haben?«

»Wofür hältst du mich eigentlich, Kroko?«, entrüstete sich Naujocks und schüttelte den Kopf. »Darauf wäre ich auch von alleine gekommen.«

»Tut mir leid, Waldemar, ich wollte dich nicht ...«

»Klarer Fall von generalstabsmäßiger Planung, keine Frage. Das Mordopfer wird auf dem Weg hierher beschattet, unter Umständen bereits im Hotel. Dann, als feststeht, dass Luise Nettelbeck ihr Rendezvous einhalten wird, ergeht der Befehl, sie umzu... sie aus dem Weg zu räumen, wollte ich sagen. Ein Schicksal, dem sich ihr Kavalier namens Morell ...«

Na endlich. Wurde auch langsam Zeit. Krokowski atmete auf.

Und starrte geistesabwesend in die Ferne.

»... durch Flucht entzog. Darf man erfahren, worüber sich der Herr Kommissar den Kopf zerbricht?«

»Darfst du, Waldemar, darfst du!«, versicherte Krokowski und sah Naujocks mit nachdenklicher Miene an. »Eins kann ich dir sagen – wenn Tom davon erfährt, wird es ihn glatt vom ...«

»Stuhl katapultieren!«, vollendete Naujocks todernst. Und bohrte: »Warum so nachdenklich, Herr Kommissar?«

6

Berlin-Tiergarten (Hansa-Viertel), Holsteiner Ufer
| 14:20 h

»So geht man mit seiner Mutter nicht um, Tom. Und das weißt du auch.«

Um Lea den Wind aus den Segeln zu nehmen, verzichtete Sydow darauf, ihr die in seinen Augen passende Antwort zu geben, drosselte das Tempo und parkte seinen Aston Martin vor dem Haus, in dem sich die Kanzlei von Tante Lus Anwalt befand. Dies war nicht die Zeit für Diskussionen, schon gar nicht, wenn sie sich um das gestörte Verhältnis zu seiner Mutter drehten. Der Abschied von Tante Lu war ihm unter die Haut gegangen, mehr als er zuzugeben bereit war. Auf Ärger konnte er deshalb verzichten, und sei es nur, um seine Nerven zu schonen.

»So, wir sind da!«, war folglich alles, was Sydow zu sagen hatte, und er sagte es so, als ob dies ein Termin wie jeder andere war. Das war er freilich nicht, weit mehr als bloße Routine oder ein Treffen, welches man rasch wieder vergaß. Die Testamentseröffnung, zu der er geladen war, lag ihm seit geraumer Zeit im Magen, und je mehr sich die Stunde X genähert hatte, desto größer wurden sein Missmut und Unbehagen.

»Das sehe ich.«

Sydow stellte den Motor ab und seufzte. So leicht wie erwartet ließ sich Lea offenbar nicht besänftigen. Nach acht Jahren Ehe hätte er dies eigentlich wissen müssen.

»Also ehrlich, Tom Sydow, du solltest dich was schämen!«

Der Getadelte zog es vor, auch diese Bemerkung zu ignorieren. Die Tatsache, dass Lea ihn mit Vor- und Nachnamen anredete, war ein Alarmzeichen, Vorsicht demnach oberstes Gebot. »Wie heißt dieser Winkeladvokat doch gleich?«

»Lenk nicht ab, Tom«, erwiderte Lea und dachte offenbar nicht daran, aus dem Aston Martin zu steigen. »Ob du es nun hören willst oder nicht – so geht man mit seiner Mutter nicht um.«

»Wie man in den Wald hineinruft, so schallt es wieder raus.« Eine Beerdigung und im Anschluss daran ein Disput, bei dem er nicht gerade gute Karten hatte. Und dann noch die anstehende Testamentseröffnung.

Das konnte ja heiter werden.

»Guck nicht so, Tom, du weißt genau, dass ich recht habe. Man schiebt seine Mutter nicht einfach ab.«

»Was heißt hier ›abschieben‹«, rang sich Sydow dazu durch, Widerstand zu leisten. »Ich finde, sie braucht erst mal Ruhe. Aufstehen in aller Herrgottsfrühe, der anstrengende Flug, der Rummel bei der Beerdigung – eine Frau in ihrem Alter verkraftet das nicht so leicht. Deswegen, mein Schatz, habe ich sie einstweilen ins Hotel chauffieren lassen. Kein Grund zur Aufregung, heute Abend sind wir wieder vereint.«

»Du bist ein Heuchler, Tom Sydow, weißt du das?«

»Und dann erst diese Testamentseröffnung«, fuhr Sydow unbeirrt fort, erleichtert über den amüsierten Tonfall in Leas Stimme. War dies der Fall, hatte er Kap Hoorn umschifft, wofür er unter den gegebenen

Umständen dankbar war. »Ich denke, wir sollten ihr das ersparen.«

»Illustre Gesellschaft, muss ich schon sagen.«

»Meine Familie, meinst du?«

Die Miene von Sydows Frau entspannte sich, und obwohl sie dagegen ankämpfte, stahl sich ein Lächeln auf ihr Gesicht. Es war dieses Lächeln, auf das er, je länger er verheiratet war, mit umso größerer Hilflosigkeit reagierte und widerstandslos die Waffen streckte.

»Nicht nur die.«

»Ach so, du meinst diese Frau.« Lea gab keine Antwort, woraus Sydow folgerte, dass er mit seiner Vermutung richtig lag. »Möchte wissen, wer das war.«

»Ich auch.«

»Fraglich, ob wir es je herausfinden werden!«, antwortete Sydow und machte Anstalten, aus dem Wagen zu steigen. »Ich weiß nicht, aber irgendwie hatte ich das Gefühl, sie zu kennen.«

»Kommt drauf an, wie viele Leichen du im Keller hast, mein Schatz.«

»Jede Menge, aber keine, von der du nicht weißt!«, versetzte Sydow mit einer Bestimmtheit, die seine Frau bewog, die Sache auf sich beruhen zu lassen und die Wagentür zu öffnen. »So, und jetzt komm, damit wir die Sache hinter uns bringen.«

*

Dr. Carl Malinowski, Anwalt von Tante Lu, gehörte zu den Zeitgenossen, die Sydow nicht geheuer waren. Dabei wusste er nicht einmal genau, wieso. An der Art, wie er mit ihm im Vorfeld der Bestattung umgegangen war, konnte es nicht liegen. Der Anwalt, in etwa 15 Jahre älter als er, besaß gepflegte Umgangsformen, galt als ausgewiesener Experte und stammte zudem aus der gleichen Gegend wie er. Darüber hinaus war er beredt, humorvoll und auf dem Laufenden, was seine Meriten und die Karriere bei der Berliner Kripo betraf. Entweder hatte er dies aus der Zeitung, folgerte Sydow, oder Tante Lu, berstend vor Stolz, hatte mit ihrem Lieblingsneffen geprahlt. Ein Rest von Argwohn, den Lea offenbar nicht teilte, ließ sich jedoch nicht vertreiben, weshalb Sydow sich vornahm, nichts Privates preiszugeben.

Malinowski, dem Sydows Reserviertheit nicht entgangen war, ließ es beim üblichen Small Talk bewenden und sprach ihm nochmals sein Beileid aus. Beinahe im gleichen Atemzug beauftragte er seine Sekretärin, Kaffee aufzusetzen und bat Lea und ihn in sein Büro, von wo aus sich ein ungehinderter Blick auf die Spree eröffnete. An einem Tag wie heute, wo man besser daran tat, zu Hause zu bleiben, war dieser zwar nicht viel wert. Dennoch fiel auf, dass er es hier nicht mit einem jener Hinterhofadvokaten zu tun hatte, mit denen er jahrzehntelang aneinandergeraten war. Das Büro, in dem Malinowski residierte, war geräumig, picobello aufgeräumt und verriet ein Faible des Besitzers für antikes Mobiliar, Perserteppiche und gediegene Behaglichkeit. Allein schon der Schreibsekretär, vom Eingang aus gesehen rechts postiert, musste ein Vermögen gekostet haben, und das Gleiche traf Sydows Schätzung zufolge auf eine Sitzgruppe im klassizistischen Stil und die dazu passende Vitrine mit Folianten und Vasen aus Meißener Porzellan zu. Das absolute Prunkstück des Büros, in dem man das Gefühl bekam, ein Auktionshaus zu betreten, war jedoch der Schreibtisch, der, wie Malinowski nicht ohne Stolz erklärte, dereinst zum Mobiliar des Kronprinzen gehört hatte. Die Wände, selbstredend mit Stuck versehen, und der an der Fensterfront entlanglaufende Balkon mit Aussicht auf die Spree vervollständigten den Eindruck, dass hier, in einem der wenigen unzerstörten Häuser aus der Zeit vor dem Ersten Weltkrieg, kein verkrachter Doktor der Jurisprudenz logierte.

»Bitte, nehmen Sie doch Platz, gnädige Frau.« Vielleicht war es die Art, wie Malinowski Lea umgarnte, die sein Unbehagen noch steigerte. Nichts gegen Höflichkeit, aber was sich der grauhaarige, gut gekleidete und offenbar auch gut situierte Experte für Erbschaftsangelegenheiten hier leistete, ging zu weit. Nicht genug, dass er ihr einen Stuhl unterschob, machte er auch noch eine Verbeugung, wartete, bis Lea es sich bequem gemacht hatte, und hing hinfort an ihren Lippen. Lea ertrug es mit Fassung, wartete ebenfalls ab, bis Malinowski hinter seinem Schreibtisch saß, und blickte Sydow auffordernd an.

Jedoch war nicht er es, der das Wort ergriff, sondern der distinguierte Herr im Tennispullover, welcher zu allem Überfluss auch noch eine Brillenkette trug. »Wie fühlen Sie sich?«

»Den Umständen entsprechend«, kam Sydow einer Antwort seiner Frau zuvor und handelte sich einen missbilligenden Seitenblick ein. Bei so etwas verstand Lea keinen Spaß, was Malinowski, dem ihr Unmut nicht entging, mit einem hintergründigen Lächeln quittierte. »Nicht weiter verwunderlich, oder?«

»Nein, keineswegs.« Der Wink mit dem Zaunpfahl zeigte Wirkung, und da der Tonfall die Musik machte, verkniff sich der Anwalt weitere Floskeln und nahm den versiegelten Umschlag zur Hand, der neben ihm auf dem blank polierten Schreibtisch lag. »Na, dann wollen wir mal!«, rief er aus, wie selbstverständlich den Blick auf Lea und erst dann auf Sydow gelenkt. »Zuvor muss ich Sie jedoch fragen, ob Sie, Herr Kriminalkommissar, das Erbe überhaupt anzunehmen gedenken.«

»Kriminalhauptkommissar.«

»Verzeihen Sie, Herr von Sydow, ich vergaß.«

»Sydow, ganz einfach Sydow.«

»Aber, aber, Herr Hauptkommissar!«, parierte Malinowski im Stil eines Oberlehrers, der einem ungebärdigen Zögling Manieren beibringt. »Wenn das Ihre Tante wüsste.«

»Finden Sie nicht, Herr Anwalt, wir sollten allmählich zur Sache kommen?«, antwortete Lea, deren Hand Sydow plötzlich auf seinem Knie spürte. »Meinem Mann ist derzeit nicht nach Scherzen zumute, wissen Sie.«

»Natürlich, gnädige Frau!«, entgegnete Malinowski verschreckt, erbrach das Siegel, mit welchem der Umschlag versehen war, und ging daran, die darin verwahrten Schriftstücke hervorzuholen. »Deshalb sind wir ja hier.«

»Sie sagen es.« Wie recht Lea doch hatte. Alles andere als entspannt, vertrieb sich Sydow die Zeit, indem er einen Blick aus dem Fenster warf. Das Wetter zeigte sich nicht von seiner besten Seite, und der Regenschleier, der über der Spree niederging, war nicht geeignet, seine Laune zu heben. An einem Tag wie heute, der eher an den

April als an den bevorstehenden Sommer erinnerte, blieb man besser zu Hause, oder, falls die Umstände es erforderten, im Präsidium. Bestimmt gab es dort eine Menge zu tun, und obwohl Sydow sich dafür schämte, hätte er es vorgezogen, im Anschluss an Tante Lus Beerdigung wieder an die Arbeit zu gehen. Das Auftauchen seiner Mutter und die Testamentseröffnung hatten ihm jedoch einen Strich durch die Rechnung gemacht, was bedeutete, dass er die Angelegenheit möglichst rasch hinter sich bringen musste.

Wer weiß, vielleicht tat er gut daran, hinterher noch kurz im Präsidium vorbeizuschauen. Auf einen Sprung, versteht sich, um nach dem Rechten zu sehen. Man konnte ja nie wissen, wofür das gut sein würde.

»So, was mich betrifft, wäre ich so weit.« Malinowski blickte kurz auf, zur Abwechslung einmal in Sydows Richtung, was dieser mit skeptischer Miene quittierte. »Verlieren wir also keine Zeit.«

Sydow begnügte sich mit einem Nicken.

»Gehe ich recht in der Vermutung, dass Sie bereit sind, das Erbe Ihrer Tante anzunehmen?«

Gehst du!, dachte Sydow bei sich. Wird mir ja nichts anderes übrig bleiben. Reichtümer, um es krass auszudrücken, waren ohnehin nicht zu erwarten, umso mehr, als Tante Lus Einkünfte eher bescheiden und die Kosten für das Einzimmerappartement im Pflegeheim nicht gerade niedrig gewesen waren.

»Bin ich, Herr Doktor, bin ich.«

Erfreut über so viel Wertschätzung, richtete sich Malinowski zu voller Größe auf, ließ die Fingerkuppen auf der Schreibtischkante ruhen und erläuterte: »Was jetzt kommt, werte Herrschaften, ist Teil der üblichen Prozedur. Ich bitte darum, mir dies nicht übel ...«

»Wie kämen wir dazu, Herr Doktor!«, versicherte Lea und verstärkte den Druck ihrer Hand, die immer noch auf Sydows Knie ruhte. »Mein Mann und ich haben vollstes Verständnis dafür, nicht wahr, Tom?«

Sydow schnitt eine gekünstelte Grimasse. »Aber gewiss doch, Liebes!«, beeilte er sich zu antworten, bereit, die Komödie mitzuspielen. »Nur zu – wir sind ganz Ohr!«

»Freut mich zu hören«, erwiderte Malinowski, wobei Sydow sicher war, dass er ihn durchschaute. »Also: Sind Sie Thomas Randolph von Sydow, Sohn des Freiherrn Adalbert von Sydow, von Beruf Kriminalhauptkommissar, geboren am 13. März 1913 in Neuruppin?«

»Ich denke schon.«

»Aus den mir vorliegenden Unterlagen und dem letzten Willen Ihrer Tante Luise von Zitzewitz, geborene von Sydow, geht hervor, dass Sie – aufgrund beiliegender, vom 11. des Monats datierter Willenserklärung – das einzige noch lebende und somit erbberechtigte Familienmitglied ihrer kinderlosen Tante sind.« Malinowski räusperte sich, zwirbelte an seinen opulent sprießenden Brauen herum und fragte: »Aus beiliegender, an Eides statt abgegebenen Erklärung vom April 1946 geht überdies hervor, dass Ihr Vater und Ihre Schwester namens ... äh ... wie lautete der Name doch gleich?«

»Agnes.« Sydow holte tief Luft. »Beide Opfer eines amerikanischen Luftangriffs auf Berlin. Sterbedatum: 3. Februar 1945. Todesursache: Rauchvergiftung, genau wie bei meinem Vater. Nachzulesen in der eingangs erwähnten Erklärung einer Nachbarin, die den Luftangriff überlebt hat und unter den Ersten war, die sich in den Keller vorgearbeitet haben. Ort der Bestattung: unbekannt, da beide in einem nicht mehr exakt lokalisierbaren Massengrab beigesetzt worden sind.« Sydows Miene verfinsterte sich. »Tja, Herr Anwalt, so ist das, wenn weit über 1.000 US-Bomber von der Leine gelassen werden. Da bleibt kaum ein Stein auf dem anderen, und wenn man dann noch das Pech hat, in einem unzureichend gesicherten Kellerloch zu hocken, gehen die Chancen gegen null. Wenn wir gerade dabei sind: So wie Vater und Agnes ist es 3.000 anderen Berlinern auch ergangen. Führer, wir danken dir!«

Peinlich berührt, zog Malinowski es vor, die Worte seines Gesprächspartners kommentarlos hinzunehmen. »Kurzum: Aus sämtlichen mir vorliegenden Unterlagen geht hervor, dass Sie, Herr Kriminalhauptkommissar, berechtigt sind, die Erbschaft Ihrer Tante anzutreten.«

»Wenn Sie es sagen, Herr *Doktor*«, erwiderte Sydow, wobei er das letzte Wort seiner Replik besonders betonte und Leas Griff, der allmählich die Schmerzgrenze erreichte, unter Aufbietung all seiner Selbstbeherrschung ignorierte, »wenn Sie es sagen, wird es ja wohl stimmen, oder?«

Malinowski, dem die Vorfreude auf das Kommende ins Gesicht geschrieben stand, tat so, als bemerke er den Sarkasmus Sydow'scher Prägung nicht, lehnte sich zurück und sah sein Gegenüber lange und eindringlich an. »Und da dem so ist, habe ich eine gute Nachricht für Sie!«

»Und die wäre?«

»Nach herkömmlicher Auffassung sind Sie, Herr *von* Sydow – und damit auch Sie, hochverehrte gnädige Frau – vom heutigen Tag an ein reicher Mann.« Ein Lächeln, so breit wie missgünstig, erschien auf Malinowskis Gesicht, und es hatte den Anschein, als würde es dort ewig haften bleiben. »Reich, Herr von Sydow, Sie haben richtig gehört. So reich, dass Sie Ihren Beruf an den Nagel hängen können.« Sichtlich zufrieden, lehnte sich Doktor jur. Carl Malinowski zurück und weidete sich an der Verblüffung, die sich in den Blicken seiner beiden Gäste spiegelte. »Für den Fall, Herr Kriminalkommissar, dass Sie diese Absicht überhaupt hegen!«

DER PROZESS

›JERUSALEM, 11. April. Vor dem Jerusalemer Bezirksgericht hat am Dienstagmorgen, 9 Uhr Ortszeit, der Prozess gegen den früheren SS-Obersturmbannführer Adolf Eichmann begonnen. Er ist der Beteiligung an der Ermordung mehrerer Millionen Juden angeklagt. Die erste Sitzung war mit der erwarteten zähen, aber korrekt geführten Auseinandersetzung zwischen dem Verteidiger und dem Generalstaatsanwalt über die Zuständigkeit des Gerichts ausgefüllt. Diese Auseinandersetzung wird vermutlich noch einige Zeit beanspruchen. Erst wenn das Gericht über diese Frage entschieden und der Generalstaatsanwalt seine Anklagebegründung abgegeben hat, kann der Vorsitzende an Eichmann die Frage stellen, ob er sich zu den 15 Punkten der Anklage schuldig oder nichtschuldig bekennt – ein Augenblick, auf den das Auditorium mit größerer Spannung wartet als auf den von beiden Seiten mit langen straf- und völkerrechtlichen Argumenten ausgetragenen Streit. Er wurde sofort nach Verlesung der Anklageschrift durch den Vorsitzenden, Richter Landau, von Rechtanwalt Servatius eingeleitet, der beantragte, sowohl alle drei Richter als befangen zu erklären, wie auch die Zuständigkeit des Gerichts abzulehnen. Er forderte, als Beweis für die völkerrechtswidrige Entführung Eichmanns aus Argentinien zwei israelische Zeugen zu vernehmen.‹

(Aus: *Frankfurter Allgemeine Zeitung*, Mittwoch, 12. April 1961, S. 1)

›Es darf angenommen werden, dass, hätten sie dieser Aufgabe höhere Priorität beigemessen, die CIA, der deutsche Verfassungsschutz oder der israelische Mossad Eichmann ohne Weiteres hätten ausfindig machen können.‹

(Aus: Tom Segev, *Simon Wiesenthal. Die Biographie*, München 2010, S. 12)

ZWEITES KAPITEL

(Berlin, Donnerstag, 31. Mai 1962)

7

Berlin-Charlottenburg, Hotel Savoy in der Fasanenstraße | *14:55 h*

›Satan in der Zelle‹ – aha!, dachte sie, nachdem sie den Fehler begangen hatte, die neueste Ausgabe eines Hamburger Nachrichtenmagazins durchzublättern. Diese Schmierfinken ließen sich doch immer etwas Neues einfallen.

Datum: 29. April 1962. Schauplatz: das Besucherzimmer des Gefängnisses von Ramla in Israel. Hauptfiguren: ein zum Tod verurteilter SS-Obersturmführer und seine Ehefrau, eingeflogen, um Lebewohl zu heucheln. Ein Lebewohl ohne Händedruck, Umarmungen oder sonstige Zärtlichkeiten, da beide durch eine Glaswand voneinander getrennt sind und Eichmann, Vater dreier Söhne, einen Kopfhörer aufsetzen muss, um ein paar Belanglosigkeiten mit der molligen Mittfünfzigerin auf der anderen Seite der Glaswand auszutauschen.

Soweit also der Artikel des Hamburger Schmierblattes, die für die Öffentlichkeit bestimmte Version einer Geschichte, über die sie, Ex-Geliebte des Todeskandidaten, nur lachen konnte. Eichmann war schon immer ein Heuchler gewesen, was das betraf, war er sich selbst treu geblieben. Kaum verheiratet, hatte er die erste Geliebte gehabt, die erste von über einem Dutzend, zu dem auch sie, zum damaligen Zeitpunkt 24, gehört hatte. Nicht, dass sie ihm auch nur ein Wort geglaubt hätte. Dazu war sie viel zu realistisch und nüchtern gewesen. Im Gegensatz zu den anderen ›Pantscherln‹, wie er seine Anhängsel zu titulieren pflegte, hatte sie sich von Anfang an keine Illusionen gemacht. Ohnehin nicht der Typ, der sich etwas vorgaukelte, hatte sie Eichmann, ihren Bettgenossen aus Theresienstädter Tagen, für ihre eigenen Ziele benutzt. Das war auch dringend geboten gewesen, damals, als man nicht wusste, was aus einem werden sollte. Als man gezwungen war, sich Gedanken über die Zeit nach dem Krieg zu machen.

Darin war Eichmann, der ohne Flachmann aufgeschmissen gewesen wäre, übrigens einsame Spitze gewesen. Er, der Millionen auf dem Gewissen hatte, war nicht so dumm wie all die anderen gewesen, die den Amerikanern oder den Russen in die Arme gelaufen waren. Adolf Eichmann, Chef des ›Judenreferats‹ im Reichssicherheitshauptamt, Abteilung IV B 4, hatte sich so seine Gedanken gemacht. Und das rechtzeitig. Glück im Unglück, dass er wie der Durchschnittsbürger schlechthin ausgesehen hatte. Mittelgroß, lichtes Haar und die Aura eines kaufmännischen Angestellten. Die halbe Miete, um zu überleben. Um in der Menge all jener, die von nichts gewusst haben wollten, unterzutauchen.

Apropos ›untertauchen‹ – darin war sie dem Beispiel des Mannes, der ihr dabei behilflich gewesen war, gefolgt. Dazu war Eichmann, den sie am 6. April 1945 zum letzten Mal zu Gesicht bekommen hatte, allemal gut gewesen. Damals schon ein mit allen Wassern gewaschener Komödiant und Halunke, der seinesgleichen suchte. Bringt es doch tatsächlich fertig, eine Rotkreuz-Delegation durch das Lager zu führen und zu betonen, wie gut es sich unter Himmler und Konsorten dort leben ließ. Bringt es fertig, alle zum Narren zu halten, indem er eine Art ›Muster-KZ‹ schuf. An der Tatsache, dass es als Wartesaal des Todes gedient und Tausenden, Richtung Osten deportiert, zum Verhängnis geworden war, hatte dies jedoch nichts geändert. Tauchte Eichmann auf, hatten alle, das Personal mit eingeschlossen, volle Deckung genommen. Auch sie. Pech, dass sie seine Aufmerksamkeit erregt hatte, wie so viele, die blond, drall und arisch gewesen waren.

Auf die Idee, Eichmann einen Korb zu geben, war sie dennoch nie gekommen. Sie hatte die Gelegenheit beim Schopf ergriffen, um der Vorteile willen, die sich aus der Liaison ergaben. Und sie hatte, dank ihrer Abgebrühtheit, nach Kräften davon profitiert, unter anderem durch den gefälschten Pass, den er ihr besorgt hatte.

Die schlanke, hinter einer Sonnenbrille verborgene und trotz ihrer 42 Jahre nach wie vor anziehende Blondine mit den nachgezogenen Brauen, dem Bubi-Schnitt und dem Schönheitsfleck auf der mit Rouge betupften Wange beendete ihre Lektüre und hielt Ausschau nach dem Ober, um ihren Campari zu bezahlen. Dann nahm sie den Fünfmarkschein zur Hand und entschied sich, vor dem Gehen noch einen Blick in ihren Handspiegel zu werfen.

›SS-Untersturmführer Otto Eckmann‹ – zum Umfallen komisch, dachte sie beim Betrachten ihres Gesichts, wenn es nicht so makaber gewesen wäre. Fast so makaber wie die Tatsache, dass man ihr einen Pass aushändigte, der auf den Namen Helene Mertens ausgestellt war. Helene war der Name ihrer Freundin gewesen, der besten, die sie jemals gehabt hatte. Bald nach der Machtergreifung hatten sich ihre Wege getrennt, was Wunder, wenn die eine Tochter eines Spitzenbeamten und die andere der Spross eines sozialdemokratischen Parteifunktionärs war. Was aus Helene geworden war, wusste sie nicht, nur, dass sie im Mai 1942 untergetaucht war. Anders als sie, die sie als Sekretärin bei der SS angeheuert und somit auf der richtigen Seite gestanden hatte. Nun gut, ein paar Skrupel hatte sie schon gehabt. Aber, getreu der Devise, dass jeder seines Glückes Schmied ist, gottlob nicht allzu viele. Man musste zusehen, dass man auf der Seite der Sieger stand. Oder clever genug sein, um ins Lager des Gegners zu wechseln, wenn der Wind im Begriff war, sich zu drehen. Zeitlebens hatte sie versucht, diese Maxime zu beherzigen. Und war gut damit gefahren, vor allem nach dem Krieg.

»Vielen Dank, die Dame!« Der Ober und sie strahlten um die Wette. Er, weil er fast zwei Mark Trinkgeld bekommen hatte, sie, weil es ihr Vergnügen bereitete, umgarnt zu werden. Mal sehen, dachte sie, während sie ihre Zunge über die Oberlippe gleiten ließ, vielleicht werde ich nachher wiederkommen und mir nach getaner Arbeit einen Drink genehmigen. Und ein wenig herumflirten, nur zum Spaß. Männer hatten es nicht anders verdient, als an der Nase herumgeführt und so lächerlich wie möglich gemacht zu werden.

Ein Mannequin-Lächeln im Gesicht, wandte sich die Unbekannte zum Gehen und stolzierte in Richtung Rezeption, Blickfang von einem Dutzend Männern, die jeden ihrer Schritte verfolgten. Dort ließ sie sich ein

Taxi rufen und flirtete mit dem Empfangschef, um sich die Zeit bis zum Aufbruch zu verkürzen.

Greta Garbo war hier gewesen, Romy Schneider, Karajan – aber heute, am Tag der Wahrheit, würde sich alles nur um sie drehen. Heute würde sie den Coup ihres Lebens landen, und niemand, am allerwenigsten einer der Lackaffen, die ihr fortwährend auf den Hintern starrten, würde sie davon abbringen. Heute war ihr Tag, der Tag, auf den sie seit Jahren hingearbeitet hatte.

Knapp zehn Minuten später und um etliche Komplimente reicher rauschte die Unbekannte ins Freie, gefolgt vom Empfangschef, der es sich nicht nehmen ließ, ihr die Wagentür aufzuhalten. Ein Lächeln, ein kleiner Scherz, und schon thronte sie auf dem Rücksitz, nannte dem Fahrer ihr Ziel, steckte sich eine Benson & Hedges an und erweckte den Anschein, als stehe es ihr zu, derart hofiert zu werden.

Doch der Schein trog. Kaum hatte sich das Taxi in Bewegung gesetzt, verschwand die einstudierte Pose und wich einem Blick, der den Fahrer bewog, sowohl Neugierde als auch Plauderlaune für den Rest der Fahrt zu unterdrücken. An Konversation, so schien es, war die Unbekannte nicht interessiert, und das traf auch auf die Sehenswürdigkeiten entlang der Route zu.

Und so kam es, dass der Mittfünfziger, der dem Klischee des schnoddrigen, schwadronierenden und frei nach Schnauze parlierenden Berliners perfekt entsprach, seine Mitteilsamkeit bezähmte und den Weg zum Ernst-Reuter-Platz einschlug. Dort angekommen, bog er nach rechts, darauf bedacht, nach vorn und keinesfalls in den Rückspiegel zu schauen.

Die Frau, deren Blick er wie eine Messerspitze im Nacken spürte, wurde ihm unheimlich. So unheimlich, dass er stur geradeaus blickte.

*

Das war nicht das Berlin, wie sie es kannte, nicht mehr *ihr* Berlin. Die Stadt, in der sie aufgewachsen war, existierte nicht mehr, und vieles deutete darauf hin, dass es kein Zurück mehr geben würde.

Vieles, aber nicht alles.

Noch aber gab es Leute wie sie. Menschen, die sich nicht einlullen, die sich vom Ungeist, der immer mehr um sich griff, nicht in die Irre führen lassen würden. Volksgenossen, auf die Verlass war, auf die man in Zeiten wie diesen zählen konnte.

Niemand, nicht einmal dieser Wiesenthal[*], würde das Kunststück fertigbringen, sie ausfindig zu machen. Exakt 22 Jahre hatte sie in dieser Stadt verbracht, Höhen und Tiefen durchlitten, Wurzeln geschlagen. Dann aber, einem untrüglichen Instinkt folgend, hatte sie sämtliche Brücken abgebrochen und den Großteil der restlichen drei Kriegsjahre fernab der Hölle verbracht, die über Berlin hereingebrochen war. Sie, die Frau ohne Gesicht, das Phantom, an das sich kein Mensch, geschweige denn irgendein Schnüffler, erinnern würde.

Schnüffler, oder solche, die sich dazu auserkoren fühlten, in den Leichenbergen von damals zu wühlen, gab es in der Tat genug. Kaum ein Tag, an dem nicht von den

---

[*] Simon Wiesenthal (1908–2005), Gründer des jüdischen Dokumentationszentrums in Wien und sogenannter ›Nazi-Jäger‹

Sünden der Vergangenheit gefaselt, zu Kreuze gekrochen oder das Büßergewand übergestreift wurde. Kein Tag, an dem in der Presse nicht von Eichmann und dem Exempel, das an ihm statuiert werden sollte, die Rede war. Die Unbekannte im Fond des Taxis, welches sich der Siegessäule näherte, lachte verächtlich auf. Hinterher, sinnierte sie, will es eben niemand gewesen sein. Schon gar nicht, wenn die Suche nach den Schuldigen beginnt.

»So, Gnädigste – da wären wir.« Ja, da waren sie nun. Endstation Brandenburger Tor. Circa 100 Meter von der Mauer entfernt.

»Schöne Bescherung, wa?«

»Kann man wohl sagen.«

»Wollense vielleicht aussteigen und eenen Blick von der Aussichtsplattform nach drüben …«

»Nicht nötig!«, entschied sie barsch, ein Relikt aus der Zeit, als die Häftlinge in Theresienstadt nach ihrer Pfeife tanzen mussten. »Ich habe genug gesehen.«

»Wat nu?«

Gute Frage!, dachte sie. Und höchste Zeit, Teil zwei ihres Plans in die Tat umzusetzen. »Seien Sie doch bitte so gut und fahren mich zu dieser Adresse hier!«, erwiderte sie nach längerem Nachdenken über Sinn und Unsinn ihres Vorhabens, hielt dem Fahrer einen Zettel vor die Nase und beeilte sich, ihn wieder verschwinden zu lassen.

»Jeht in Ordnung!«, antwortete der Taxifahrer und tippte an den Schirm seiner Prinz-Heinrich-Mütze, die mindestens so alt wie ihr Besitzer zu sein schien. »Is' ja nich weit von hier.«

Nein, weit weg von hier war der Ort, an dem sie ihre

Jugend verbracht hatte, ganz gewiss nicht. Direkt am Landwehrkanal, zwei Kilometer Luftlinie vom Brandenburger Tor entfernt. Sie hätte auch allein hingefunden. Falls nötig, mit verbundenen Augen.

Schon die Zweite!, stellte sie beunruhigt fest, eine Schachtel Benson & Hedges in der Hand, die normalerweise eine ganze Woche reichte. Doch dann, in Sichtweite des Großen Sterns, wo das Taxi nach links abbiegen würde, gab sie dem Verlangen nach einer weiteren Zigarette nach, zündete sie an und machte es sich auf dem Rücksitz bequem. Die Gelassenheit, welche sie sich erhofft hatte, wollte sich jedoch nicht einstellen. Im Gegenteil. Je näher dem Ziel, desto größer die Anspannung, die sich in ihr breitmachte. Eine Tatsache, die ihr zu denken gab, widerstrebte es ihr doch, wenn die Fassade, hinter die sie sich geflüchtet hatte, ins Wanken geriet.

Am Großen Stern, so ihr Eindruck, hatte sich seit damals wenig verändert. Der Verkehr war immer noch der gleiche, wenngleich sich die Fahrzeuge voneinander unterschieden. Bismarck, Roon[*] und Moltke[**] befanden sich immer noch an Ort und Stelle, als hätten die Kriege, in die ihr Vaterland verwickelt war, nie stattgefunden. ›Vaterland‹ – noch so ein Wort, das aus der Mode gekommen war. Die Unbekannte im Fond des Mercedes Benz W 121 verzog das sorgfältig geschminkte Gesicht. An die Einweihung des neu gestalteten Platzes aus Anlass von Hitlers 50. Geburtstag konnte sie sich noch sehr gut erinnern. Sie selbst war damals 19 und mit Vater, einem

---

[*] Albrecht von Roon (1803–1879), preußischer Kriegsminister
[**] Helmuth von Moltke (1800–1891), Generalfeldmarschall und Chef des Generalstabes

hohen Beamten im Reichsaußenministerium, unter den Zuschauern auf der Ehrentribüne gewesen. Doch damit nicht genug. Im Vorbeigehen hatte der Führer ein paar Worte mit ihr gewechselt. Mit ihr, der Tochter eines subalternen Beamten! Kaum vorstellbar, aber wahr. Ihr Vater, ein stockkonservativer Preuße, war davon nicht gerade angetan gewesen. Sie selbst, seit jenem Tag glühende Hitler-Verehrerin, umso mehr.

Überhaupt – der Führer. Anlass für hitzige Debatten, insbesondere mit ihrem Bruder. Was Vater betraf, hatte er sich stets herausgehalten und in diplomatischer Zurückhaltung geübt. An ihrer Treue zum Regime hatte dies jedoch nichts geändert, nicht einmal bei Kriegsende, als halb Berlin bereits in Trümmern gelegen hatte.

In jenen Tagen, als es drunter und drüber ging, hatte sie in der Tat eine Menge Glück gehabt. Mehr Glück als Verstand, um es plastisch zu formulieren. Am Tag ihrer Abreise, dem 3. Februar 1945, waren genau hier, über diesem Teil Berlins, die Schalen des Zorns ausgegossen worden. Tausende von Sprengbomben, Brandsätze und Luftminen waren vom Himmel herabgeregnet, hatten die Gegend dem Erdboden gleichgemacht, das Columbushaus am Potsdamer Platz in eine lichterloh brennende Fackel verwandelt. Sie aber hatte – wieder einmal – Glück gehabt. Nur ein paar Minuten, nur ein paar lächerliche Minuten vor Beginn des Luftalarms um 10.27 Uhr hatte ihr Zug den Anhalter Bahnhof und das Inferno, welches über Berlin hereinbrach, hinter sich gelassen. Fasziniert von dem grauenerregenden Spektakel, war sie noch lange am Fenster ihres Abteils gestanden, auch dann, als der Motorenlärm der US-Bomber und das Geräusch der Detonationen und explodierenden Minen allmählich abgeklungen war.

Wie gesagt: Sie hatte Glück gehabt. Vater und eine junge Nachbarin, der sie zum Abschied ihren Wintermantel geschenkt hatte, bedauerlicherweise nicht. Wider Willen stahl sich so etwas wie Wehmut in ihr Gesicht. Ein Luxus, den sie sich immer seltener gönnte. Pauline, so der Name ihrer Altersgenossin, hatte ihr zum Verwechseln ähnlich gesehen, und eine Zeit lang waren die Tochter eines Universitätsdozenten und sie unzertrennlich gewesen. Die Ähnlichkeit hatte immer wieder zu Verwechslungen und darüber hinaus für kompromittierende Situationen gesorgt. Sehr zum Ärger einer Reihe von Verehrern, die von ›Hanni und Nanni‹* an der Nase herumgeführt worden waren.

Wieder zurück in Theresienstadt, hatte sie bei ihrer Dienststelle Erkundigungen eingezogen. Das war gar nicht so einfach und vor allem zeitaufwendig gewesen, hatte ihr jedoch die Gewissheit beschert, dass Vater tot war und die stolze Besitzerin eines Wintermantels vermisst wurde, vermutlich unter den 3.000 Toten, die Opfer des amerikanischen Terrorangriffs geworden waren.

Verblüfft, um nicht zu sagen aus der Fassung gebracht, hatte sie indes etwas anderes. Verblüfft, amüsiert und wenig später sogar stimuliert. Auf den Verlustlisten, so die Auskunft, sei der Name einer gewissen Agnes von Sydow zu finden. *Ihr Name*. Bestimmt liege da eine Verwechslung vor, da sie, wovon sich jedermann überzeugen könne, putzmunter und am Leben sei.

---
* Kinder- bzw. Jugendbuchreihe der englischen Autorin Enid Blyton (1897–1968)

Na, so putzmunter auch wieder nicht!, hatte sie in einem Anfall von grimmigem Humor, dem Markenzeichen derer von Sydow, gedacht. Dann aber, nach kurzem Nachdenken, war ihr die Tragweite der Nachricht klar geworden. Jetzt, da man sie für tot hielt, waren ihre Aktien erheblich gestiegen. Nun ja, zum Teil wenigstens, denn welche Frau in ihrem Alter sehnte sich schon nach einem Stelldichein mit den Russen. Doch wohl keine einzige. Ergo: Die Papiere, die ihr Eichmann verschafft hatte, waren so nutzlos nicht. Irgendwie, besonders in derart turbulenten Tagen, musste man sich schließlich ausweisen können. Dazu war der Fetzen, ein Produkt aus der Fälscherwerkstatt der SS, allemal gut genug.

Gut genug, weil vermögend, war auch der amerikanische Offizier gewesen, welcher ihr nach der Flucht nach Österreich über den Weg gelaufen war. Von Natur aus wählerisch, hätte sie es vorgezogen, wenn ihr Zukünftiger etwas ansehnlicher und weniger korpulent beziehungsweise nicht so einfach gestrickt gewesen wäre. Andererseits hatte John Francis Fitzpatrick, genannt ›Big Fitz‹, Helene Mertens alias Agnes von Sydow keinerlei Fragen bezüglich ihrer Vergangenheit gestellt. Die Freude über den Fang, der ihm in einem ›Displaced Persons Camp‹* gelungen war, hatte die Bedenken bei Weitem überwogen, und kaum war der Krieg zu Ende, hatte Big Fitz sie schon vor den Traualtar gezerrt und nach seiner Entlassung aus der Armee überredet, mit ihm in die USA zu gehen. Dass der elterliche Betrieb in La Grange/Texas auf dem flachen Land lag, von wo aus es fast 100 Meilen bis zur nächsten Stadt waren, hatte ihr Johnny-Boy

---
* Lager für heimatvertriebene bzw. kriegsbedingt geflüchtete Zivilisten

geflissentlich verschwiegen. Darüber, wie über manches andere, war sie jedoch hinweggekommen. Geld roch nicht, vor allem, wenn es sich um amerikanische Dollars handelte. Dollars, über die sie nach dem Tod ihres Mannes vor zwei Monaten frei verfügen konnte.

»So, die Dame, da wären wir.« ›Dame‹ – wenn du wüsstest!, fuhr es ihr durch den Sinn, bevor sie ihr Konterfei im Rückspiegel begutachtete und entschied, den Lippenstift vor dem Aussteigen nachzuziehen. »Macht ...«

»Stimmt so!«, flötete sie in einem Ton, der erfahrungsgemäß dafür sorgte, dass man ihr nicht widersprach. Dann warf sie einen abermaligen Blick in den Spiegel und nestelte so lange an der Krempe ihres Charleston-Hutes herum, bis er an der gewünschten Stelle saß. »Machen Sie sich einen schönen Tag damit.«

Nicht etwa, dass sie zur Freigebigkeit neigte. Das mit Sicherheit nicht. Zuweilen machte es ihr jedoch Spaß, die Domestiken, mit denen sie sich umgab, sprachlos zu erleben. So wie diesen Proleten, der den Mund vor Überraschung nicht mehr zubekam.

Und der ihr, nachdem sie ausgestiegen war, bestimmt hinterhergaffte. Sie war es gewohnt, genoss es, legte es darauf an.

Sie mochte es, wenn ihr die Männer, egal welchen Typs, hinterherschauten, sich an ihrer Figur weideten. Schwarz, die Farbe ihres Dior-Kostüms, war diesbezüglich von Vorteil, genau wie die Stöckelschuhe, die sie bei ihrem Zwischenstopp in Paris gekauft hatte. Adrett auszusehen hieß, dass einem die Türen offenstanden, nur darauf kam es in dieser Welt an.

»Na, dann wollen wir mal«, murmelte sie und ließ den

Blick über den Platz schweifen, in dessen Zentrum sich eine parkähnliche Grünfläche befand. Bis auf zwei Häuser, einzige Überbleibsel der Bombennächte, war nichts mehr so, wie es war. Keine Trambahn, kein Herkules-Denkmal, keine Mehrfamilienhäuser aus der Gründerzeit. Nichts. Nur noch diese beiden Häuser, zwei von einem guten Dutzend, dazu reichlich Grün und spielende Kinder. Der Rest, ihr Elternhaus inbegriffen, wie vom Erdboden verschluckt.

Kurzum: ein echter Glücksfall.

Wind kam auf, wehte von Norden über den Landwehrkanal und direkt in ihr Gesicht. Die Bö war so heftig, dass ihr der Hut vom Kopf gerissen und wie ein Spielball davongeweht wurde. Nichts war ihr mehr zuwider als das. Nichts peinlicher als die Tatsache, hinter einem sündhaft teuren Filzhut herzurennen und sich zum Gespött der Passanten an der nahen Bushaltestelle zu machen.

Schließlich war sie wer, das heißt, sie war es gewesen. Inzwischen waren jedoch mehr als 17 Jahre vergangen. Eine Zeit, in der sich der Backfisch mit den langen Zöpfen in ein Phantom verwandelt hatte, in ein Trugbild, eine Schimäre – ein Nichts.

Ein Vorteil, aus dem es Kapital zu schlagen galt.

Endlich wieder im Besitz ihres Huts, atmete die von den Passanten begaffte Unbekannte auf. Das war es, worauf sie hingearbeitet, was sie bewogen hatte, an den Ort ihrer Jugend zurückzukehren. Sie musste es sehen, spüren, am eigenen Leib erleben. Sie musste sich vergewissern, dass es keinen Weg zurück mehr gab, keine Spuren, keine Bande, durch die sie mit der Vergangenheit verknüpft sein würde.

Und niemanden, der imstande war, sich an sie zu erinnern.

Das Phantom, welches sich Helen Fitzpatrick nannte, gestattete sich ein vergnügtes Lächeln und hielt Ausschau nach einem Taxi, das sie zurück ins Hotel bringen sollte. Teil zwei der geplanten Operation war erfolgreich abgeschlossen, Teil eins, ein Auftritt nach ihrem Geschmack, nicht minder. Wenn nicht einmal ihr Bruder in der Lage war, sie wiederzuerkennen, wer dann? Ergo: Ihrem Vorhaben stand nichts mehr im Weg. Höchste Zeit, mit Phase drei, dem krönenden Abschluss, zu beginnen. Auf dass von Agnes, dem bestgehassten Menschen auf dieser Welt, nicht das Geringste übrig bleiben würde.

»Mein Gott, diese Ähnlichkeit ... entschuldigen Sie, wenn ich Sie einfach anspreche, aber ...«

Weitergehen. Einfach weitergehen. So tun, als habe sie nichts gehört. Ins Taxi steigen, das soeben rechts rangefahren war. Und zusehen, dass sie von der Bildfläche verschwand.

»Entschuldigen Sie, aber kann es sein, dass wir uns schon einmal gesehen haben?«

Aber natürlich konnte das sein. Tagtäglich, mitunter mehrere Male. Und das mehr als 20 Jahre lang. Im Flur, auf der Treppe, beim Einkaufen, auf dem Heimweg von der Schule.

»Ist zwar schon ein paar Jahre her, aber man kann ja nie wissen!«

Nein, man konnte nie wissen, ob ein minutiös ausgearbeiteter Plan funktionieren würde. So viel zum Thema Strategie. Ärgerlich nur, dass sie sich diesbezüglich etwas vorgemacht hatte. Ärgerlich, aber nicht zu ändern.

»Was heißt da ›ein paar Jahre‹! ›Jahrzehnte‹ trifft es vermutlich besser.«

Wie recht du doch hast!, dachte sie, nur noch wenige Schritte von dem wartenden Taxi entfernt. Und falls es dich beruhigt: Ich habe dich damals schon gehasst. Gehasst wie nur irgendetwas. Und weißt du auch, warum? Weil du hinter mir herspioniert, mich bei Vater verpetzt, mich bei Tom, meinem ach so anständigen Bruder, permanent angeschwärzt hast. Weil dir nichts, aber auch gar nichts entgangen ist.

Weil du mich einfach nicht in Ruhe gelassen hast.

»Moment mal, wie lange ist das eigentlich …«

»Verzeihung, aber ich glaube, hier liegt eine Verwechslung vor.«

»… her? Kaum zu glauben, schon 17 Jahre!«

Kühl bis ins Mark, drehte sie sich um, rückte ihre Brille zurecht und nahm die Pose ein, von der sie annahm, dass sie den gewünschten Effekt erzielen würde. Und das ausgerechnet jetzt! Da half nur noch die Flucht nach vorn, und, falls ihre Schroffheit nicht fruchtete, ein Griff ins Sammelsurium ihrer Drohgebärden.

»Wie gesagt: Ich denke, hier liegt eine Verwechslung vor!«, wiederholte sie, Auge in Auge mit der Rentnerin, deren Miene verriet, dass ihre Schauspielkünste nicht ausreichen würden, um den Kopf aus der Schlinge zu ziehen. »Sorry, Ma'am, aber ich kann mich nicht an Sie erinnern!«

8

Berlin-Spandau, Johannesstift in der Schönwalder Allee | *15:35 h*

»Jetzt komm schon, Tom, davor kannst du dich nicht drücken!« Wie recht Lea doch hatte. Davor konnte sich der frisch gebackene Universalerbe namens Sydow in der Tat nicht drücken. Es galt, den Tatsachen ins Auge zu sehen, ob es ihm passte oder nicht. Und das bedeutete, er musste Tante Lus Habseligkeiten durchforsten, zwischen Wichtigem und Entbehrlichem unterscheiden, Erinnerungsstücke aufbewahren und den Rest, der ein gutes Dutzend Kisten füllen würde, auf dem Trödelmarkt verhökern.

So einfach war das. Und doch so schwer.

Schwer vor allem, weil dies hier nicht nur Tante Lus Wohnzimmer, sondern auch ein Teil seiner eigenen Vergangenheit war. Wohin er auch blickte, überall Gegenstände, die eine Erinnerung in ihm wachriefen. Reminiszenzen an zu Hause, an seine Kindheit in der Nähe von Neuruppin, an den Hickhack mit der kleinen Schwester, die partout nicht auf ihn hatte hören wollen. Erinnerungen aber auch an die großen Ferien, die er hin und wieder auf dem Gut von Onkel Erwin, Tante Lus Gatten und Freiherr von Zitzewitz, verbracht hatte. Dort, unweit von Varzin in Hinterpommern, hatte man nach Herzenslust herumtoben, ausreiten, bei der Heuernte helfen oder zusammen mit den Nachbarskindern die

Gegend unsicher machen können. Kein Mensch, schon gar nicht seine kinderlose Tante und ihr sanftmütiger Gatte, hatte etwas dagegen gehabt. Anders als zu Hause, wo er ständig von Mutter herumkommandiert und nach Kräften gemaßregelt worden war.

Bei einem dieser Besuche, irgendwann in den frühen Zwanzigern, wäre es dann beinahe zu einer Tragödie gekommen. Agnes, damals noch ein kleines Kind, hatte sich klammheimlich auf Entdeckungstour begeben. Und das ausgerechnet in einer Gegend, in der es von Teichen, Tümpeln und kleinen Seen nur so wimmelte. Sie konnte nicht schwimmen, hatte es zeitlebens nicht gelernt. Das ganze Gut war auf den Beinen, und die Aufregung, die der Wildfang verursacht hatte, war immens gewesen. Zu guter Letzt hatte er, Sydow, die Kleine entdeckt, am Ufer eines der Seen, die zu Onkel Erwins Ländereien gehörten. Sydow konnte sich nicht erinnern, jemals so schnell gerannt, so erschrocken und zugleich so wütend gewesen zu sein. Doch alles Rufen, alles Schreien und wildes Gestikulieren hatte keinen Zweck gehabt. Als gäbe es ihn und die aus sämtlichen Himmelsrichtungen herbeieilenden Bediensteten nicht, hatte Agnes sich nicht beirren lassen, Anlauf genommen und war in den See gesprungen. Einfach so, ohne mit der Wimper zu zucken. Gefolgt von ihrem Bruder, der alle Hände voll zu tun hatte, sie aus dem Wasser zu ziehen.

»Na, mein Schatz – dabei, alte Erinnerungen aufzufrischen?«

»Wenn man so will – ja.« Ein Ölgemälde in der Hand, auf dem eine Pappelallee, ein Herrenhaus nebst Wirtschaftsgebäuden und der angrenzende Schwanenteich zu sehen waren, trat ein wehmütiges Lächeln auf Sydows Gesicht. »Schade, dass wir damals noch nicht ...«

»Damals noch nicht, erst ein paar Jahre später!«, vollendete Lea mit einem Schmunzeln, das zum gegenwärtigen Zeitpunkt genau richtig kam. »Die Jahre, in denen wir uns aus den Augen verloren hatten, nicht mitgerechnet.«

»Nein, die natürlich nicht.« Sydow hängte das Bild wieder an seinen Platz, nahm den Kopf seiner Frau zwischen die Hände und küsste sie auf die Stirn. Wie man mit Mitte 40 noch so aussehen konnte wie sie, war ihm ein Rätsel, wobei er den Vergleich mit dem eigenen Konterfei vermied. Lea wirkte mindestens zehn Jahre jünger als sie war, im Grunde immer noch so wie Anfang der Dreißiger, als er ihr zum ersten Mal begegnet war. Blondes, auf die Schultern herabfallendes Haar, bläulich schimmernde Augen und ein Schmunzeln im sommersprossigen Gesicht. So hatte sie ausgesehen, als er ihr das erste Mal über den Weg gelaufen war. Und so sah sie, dem Älterwerden zum Trotz, immer noch aus. »Schwamm drüber, kann ich da nur sagen.«

Ein Lippenbekenntnis, wie nicht nur er, sondern auch Lea sehr wohl wusste. Die Dekade, während der das Unheil über Berlin hereingebrochen war, die Zeit, in der Vater und er sich auseinandergelebt hatten, die Nacht, während der er sich mit der Gestapo, der SS und so ziemlich jedem angelegt hatte, der einen Schießprügel in der Hand halten und hinter ihm herballern konnte. Er war einfach nicht imstande zu vergessen, die Erlebnisse hatten ihn geprägt, verfolgten ihn bis heute.

Und würden ihn für den Rest seines Lebens verfolgen.

»So, Tom Sydow – Zeit, sich an die Arbeit zu machen.«

Vor allem die Erinnerung an jenen Sonntag im Juni 1942, als sein Leben komplett aus den Fugen geraten war. Damals, mitten im Krieg, war er auf das Staatsgeheimnis schlechthin gestoßen. Auf den ersten Blick hatte es sich nur um ein Besprechungsprotokoll gehandelt, um eines unter vielen, die nach dem Krieg publik geworden waren. Bei näherem Hinsehen war ihm die Tragweite dessen, was er nach England geschmuggelt hatte, jedoch mehr als klar geworden. Ausgerechnet er, der 29-jährige, unerfahrene und anscheinend grenzenlos naive Beamte der Kripo Berlin, war auf das Protokoll der Konferenz am Großen Wannsee gestoßen, bei der unter dem Vorsitz eines gewissen Reinhard Heydrich[*] die Ausrottung von elf Millionen Juden beschlossen worden war. Um es abzusegnen, hatten die 15 Teilnehmer, darunter nicht weniger als sieben Akademiker, keine zwei Stunden gebraucht, insofern es überhaupt etwas abzusegnen gab. Tonangebend war vor allem Heydrich gewesen, gefolgt von seinem Adlatus, der ihm zum damaligen Zeitpunkt gänzlich unbekannt gewesen war. Dank der Tatsache, dass Eichmann mittlerweile in aller Munde war, hatte sich dies jedoch geändert. Nicht geändert respektive noch vergrößert hatte sich sein Unvermögen, die ans Licht gekommenen Details zu begreifen. Damals wie heute war Sydow vor einem Rätsel gestanden, sowohl emotional als auch rational. Wie konnte es sein, dass man sich dazu hergab, Protokoll bei einer

---

[*] SS-Obergruppenführer und Chef des Reichssicherheitshauptamtes, 1942 durch ein Attentat getötet

Konferenz zu führen, die darauf abzielte, den gewaltsamen Tod von elf Millionen Menschen zu sanktionieren? Wie kam es, dass keiner der Anwesenden einen Finger gerührt hatte? Und vor allem: Wie kam es, dass Eichmann so lange unentdeckt geblieben war?

»Sag mal, hörst du mir überhaupt zu, Tom?«

»Natürlich, Lea, das weißt du doch.«

»Thema Nummer eins, hab ich recht?«

Sydow deutete ein Nicken an. Zwar fiel es ihm schwer, dies zuzugeben, aber wenn er zurückblickte, war die Konfrontation mit der Vergangenheit für ihn beinahe zum Lebensinhalt geworden. Manchmal, vor allem bei seiner Rückkehr nach Berlin, hätte er sich gewünscht, sie wie ein lästiges Kleidungsstück abstreifen und einfach liegen lassen zu können. Aufgrund der Erfahrungen, die er gesammelt hatte, war dies jedoch nicht möglich gewesen. Ein Großteil von Berlin war zerstört, Vater und Agnes bei einem Bombenangriff getötet, Parteigenossen, die jede Menge Dreck am Stecken hatten, in einflussreiche Positionen gehievt worden. Gerade so, als wäre nichts geschehen. Da konnte er, wollte er nicht einfach zur Tagesordnung übergehen. Und hatte sich prompt jede Menge Probleme eingehandelt. Ärger mit Vorgesetzten, die es vorzogen, Gras über die Vergangenheit wachsen zu lassen, Schwierigkeiten mit Kollegen, bei denen sein Hang, reinen Tisch zu machen, auf Unverständnis stieß, Gesprächsstoff mit Lea, die sich allmählich Sorgen um ihn machte.

»An die Arbeit, Tom, sonst werde ich dir die Freundschaft kündigen!«

Alles, nur das bitte nicht. »Aye aye, Sir!«, flachste

Sydow, verscheuchte die düsteren Gedanken und nahm sich vor, die Vergangenheit ruhen zu lassen. »Wie lauten Ihre Befehle?«

»Wir beide werden jetzt klar Schiff machen, je gründlicher, desto besser.«

»Muss das sein?«

Lea nickte und fixierte ihn mit einem Blick, der weitere Einwände im Keim erstickte. »Das bedeutet, du wirst jetzt diese Kommode durchforsten und dir dabei so viel Mühe wie möglich geben. Haben wir uns verstanden, Herr Kriminalhauptkommissar?«

»Vollkommen!«, jammerte Sydow und durchmaß Tante Lus gute Stube, in der man sich in längst vergangene Tage zurückversetzt fühlte. Eins musste man der alten Dame lassen: Hier sah es aus, als habe es die Zeit zwischen 1913, seinem Geburtsjahr, und der Gegenwart überhaupt nicht gegeben. An der gegenüberliegenden Wand hing ein Porträt Hindenburgs*, flankiert von einem Foto ihres Gatten und dem Ölgemälde, welches den Herrensitz derer von Zitzewitz zeigte. Unmittelbar daneben befand sich ein Flügel, auf dem, soweit er sich entsinnen konnte, Tante Lu allerdings nie gespielt hatte. Überhaupt war der Raum mit Schnickschnack, Nippes und Krimskrams derart vollgestopft, dass man sich kaum rühren konnte. Da war zum einen die Kommode, bei deren Anblick er sich fragte, ob es überhaupt möglich war, sie von der Stelle zu bewegen und ob er nicht besser daran täte, sie mitsamt ihrem Inhalt an einen Antiquitätenhändler zu verscherbeln. Das Gleiche galt

---

* Paul von Hindenburg (1847–1934), Chef der Obersten Heeresleitung und späterer Reichspräsident

für den mit Seidendamast bespannten Ohrensessel, auf dem die alte Dame mit Vorliebe gethront hatte, für die Standuhr in der gegenüberliegenden Ecke, den Wandschirm und vor allem für die Chaiselongue aus dunklem Leder, bei deren Anblick der Rücken schon im Voraus schmerzte. Alles, angefangen bei dem echten Perser, über die Porzellanvasen in der Vitrine, bis hin zu dem Rokoko-Tischchen, das so etwas wie ihr Heiligtum gewesen war, aber auch rein alles erinnerte an Anno Dazumal. An die Zeit vor 1914, in der die Welt angeblich noch in Ordnung gewesen war.

Sydow stieß einen Stoßseufzer aus. Dies hier war das reinste Museum, und das Einzige, was noch fehlte, war ein Schild mit der Aufschrift ›Bitte nicht berühren!‹

Am Klarschiffmachen, das verriet Leas Blick, würde jedoch kein Weg vorbeiführen. »Ach du meine Güte!«, rutschte es Sydow heraus, nachdem er einen ersten Blick in die Kommode geworfen hatte, die so voll war, dass ihm die Lust auf das Durchforsten der Schubladen verging. »Tischdecken und Gehäkeltes, so weit das Auge reicht!«

»Wie wär's mit dem Sekretär? Wer weiß, auf welche Geheimnisse du stößt!«

»Wenn du meinst.« Um des lieben Friedens willen knöpfte sich Sydow Tante Lus Schreibsekretär vor und öffnete das oberste von zehn Schubfächern, welche das circa 100 Jahre alte Prunkstück aus Mahagoni enthielt. Zum Vorschein kamen mehrere Briefbündel, sorgsam verschnürt und nach Absendern geordnet. Sydow musste wider Willen schmunzeln. Das sah Tante Lu ähnlich, Ordnung musste eben sein.

»223.000 D-Mark auf dem Konto, Wertpapiere und sonstige Besitztümer nicht mitgerechnet«, murmelte Lea beim Durchforsten der Unterlagen, die Sydow aus den Händen von Malinowski in Empfang genommen und beharrlich ignoriert hatte. »Sieht so aus, als hätte ich eine gute Partie gemacht.«

»Lass mich bloß mit dem Papierkram in Ruhe!«, grummelte Sydow und zog das Jackett aus, welches er Lea zuliebe angezogen hatte. Dann nahm er das Bündel, das er dem Schieber entnommen hatte, genauer in Augenschein. »Morgen ist auch noch ein Tag.«

»Da erbst du einen Haufen Geld und es interessiert dich nicht einmal. Das soll mal einer verstehen.«

»Geld allein macht nicht glücklich.«

»Bevor du mir einen Vortrag hältst, was Glück bedeutet, lass dir gesagt sein, dass …«

»Geld eine ungeheuer beruhigende Wirkung hat, ich weiß«, vollendete Sydow, was dazu führte, dass Lea überrascht aufblickte und ihren Mann prüfend ansah. Im Gegensatz zu sonst war ihm nicht nach Scherzen zumute, und die Miene, die er zur Schau trug, ließ sie die Unterlagen vergessen.

»Irgendetwas nicht in Ordnung, Tom?«

»Gute Frage.«

»Familiengeheimnisse?«

»Kann man wohl sagen!« Die Stirn in Falten, ließ es Sydow bei der knappen Antwort bewenden und nahm auf dem Stuhl vor dem Schreibsekretär Platz. Dann öffnete er den Umschlag, der an seine Tante adressiert war, faltete den darin befindlichen Briefbogen auseinander und begann zu lesen. Naturgemäß nahm dies geraume

Zeit in Anspruch, aber Sydow schien so sehr in seine Lektüre vertieft, dass er jegliches Zeitgefühl verlor.

Er hatte Blut geleckt, konnte offenbar nicht genug bekommen. Kaum hatte er den Brief gelesen, zusammengefaltet und wieder in den Umschlag gesteckt, nahm er sich den nächsten vor, auch er, wie das restliche halbe Dutzend Schriftstücke, die Sydow studierte, an seine zum damaligen Zeitpunkt noch in Pommern beheimatete Tante adressiert. »Hör dir das mal an, Lea.«

»Was denn?«

»Eine Glückwunschkarte von Vater. Poststempel: 30. Dezember 1944. ›Prosit Neujahr‹ – na, der hatte vielleicht Nerven!«

»Die Hoffnung stirbt bekanntlich zuletzt, oder?«, erwiderte Lea Sydow, legte die Kladde mit der Aufschrift ›Von Zitzewitz – letztwillige Verfügung (Kopie)‹ beiseite und trat neben ihren Mann, der mit jeder Minute, während der er sich in die Korrespondenz seiner Tante vertiefte, nachdenklicher geworden war. »Dass er sterben würde, konnte dein Vater nicht wissen.«

»Hm.« In Gedanken woanders, hörte Sydow nur mit einem Ohr hin. »Hier!«, sprach er geraume Zeit später und überreichte Lea einen Bogen, der die gestochen scharfe Handschrift seines Vaters trug. Der Brief stammte vom 12. Januar 1945, dem Tag, an dem die sowjetische Winteroffensive begann. Millionen Deutsche hatten damals die Flucht ergriffen, unter anderem auch Tante Lu. »Das musst du dir mal ansehen.«

Eher zögerlich nahm Lea den Brief zur Hand und begann zu lesen, während Sydow eine Schwarz-Weiß-Fotografie in die Hände fiel, von deren Anblick er sich lange Zeit nicht losreißen konnte. Die Rückseite trug die Aufschrift ›24. Dezember 1944‹, die Vorderseite zeigte Vater und Agnes, friedlich vereint unter dem Weihnachtsbaum. Eine – sozusagen die deutsche – Hälfte der Familie, während sich die andere im fernen London aufhielt.

Während sein Blick von Agnes zu Vater und zurück zu seiner Schwester wanderte, spürte Sydow einen faustdicken Kloß im Hals. Zum damaligen Zeitpunkt hielt er sich bereits zweieinhalb Jahre in England auf, im Beisein von Rebecca, mit der er sich am gleichen Tag verlobt hatte. Weder von Vater noch von Agnes hatte er je wieder etwas gehört, und er fragte sich, was sie mit der Uniformträgerin auf dem Bild und dem Wildfang aus Kindheitstagen gemeinsam hatte.

Nach der Machtergreifung, kaum merklich zunächst, hatten sich die Wege der beiden Geschwister getrennt, und das nicht nur im räumlichen Sinn. Agnes war dem BdM* beigetreten, weniger aus Überzeugung, wie sie freimütig bekannte, sondern weil sie im Gegensatz zu ihm gerne unter Leuten und ständig auf der Suche nach Abwechslung und Unterhaltung war. Richtig schlimm war es mit ihr erst an Hitlers Fünfzigstem geworden, als sie dem größten Verbrecher aller Zeiten persönlich begegnet war. Von da an, kurz vor Kriegsbeginn, hatte man kein vernünftiges Wort mehr mit ihr reden können, schon gar nicht, als sich abzeichnete, dass Deutschland den Kürzeren ziehen würde. Mit jedem Tag, an dem neue Hiobsbotschaften von der Front eintrafen, war Agnes

---

* Bund deutscher Mädel, weiblicher Zweig der Hitlerjugend für die Altersgruppe der 10–18-Jährigen

ein Stück fanatischer geworden, hatte ihr Studium abgebrochen, Karriere bei der NS-Frauenschaft gemacht und sich in eine willfährige Marionette des Regimes verwandelt. Zäh wie Leder, skrupellos wie Himmler und fanatischer als Goebbels, um es in Abwandlung des sattsam bekannten Führer-Diktums zu formulieren. Wie geschaffen für eine Clique, für die das Wort ›Verbrechen‹ offenbar nicht existierte.

»Das ... darf doch wohl nicht ... Tut mir leid, Tom, das konnte ich nicht wissen.«

»Kein Grund, sich Vorwürfe zu machen. Irgendwann wäre die Sache ans Licht gekommen. Lieber jetzt als in ein paar Jahren, oder?«

»Mag sein.« Lea ließ den Brief sinken und starrte an die gegenüberliegende Wand. »Ich frage mich, wie es dazu kommen konnte.«

»Nicht nur du, Lea – nicht nur du.«

Aschfahl im Gesicht, begann Sydows Frau zu lesen. »›Du kannst dir vorstellen‹«, begann sie und vermied es, ihren Mann anzuschauen, »›Du kannst dir vorstellen, Luise, dass ich allmählich beginne, mir Sorgen zu machen.‹«

»Späte Einsicht, findest du nicht auch?«

»Besser spät als nie, Tom.« Lea räusperte sich und fuhr fort: »›Du weißt ja, wie Agnes ist: Wenn sie sich etwas in den Kopf gesetzt hat, kann kein Mensch sie davon abbringen. Immer und immer wieder habe ich sie ermahnt, habe ihr ins Gewissen geredet, sie beschworen, von ihrem Weg abzuweichen. Aber sie hat nicht auf mich gehört, weder vor noch nach Toms Verschwinden. Nimm es mir nicht übel, Luise, aber du kannst Dir nicht vorstellen, wie sehr ich darunter gelitten habe. Zuerst verlierst du den Sohn, wirst vorgeladen, verhört, bedrängt, nach seinen Motiven und nach seinem Aufenthaltsort befragt. Welch eine Demütigung, der Junge weiß nicht, was er mir angetan hat.‹«

»›Demütigung‹ – aha!«

»Tu mir den Gefallen und bleibe sachlich, Tom. Wo war ich gerade stehen ge... genau! ›Ich weiß, dass er dein Augapfel ist, Luise, du musst mir die Bemerkung verzeihen. Wie dem auch sei, nie und nimmer hätte ich mir träumen lassen, dass Agnes zu so etwas imstande sein würde. Man stelle sich das einmal vor: Einer jungen Frau aus gutem Hause fällt nichts Besseres ein, als sich in den Dienst einer Verbrecherclique zu stellen und Aufseherin in einem Konzentrationslager zu werden. BdM, NS-Frauenschaft, Luftwaffenhelferin, Sekretärin im RSHA* in der Wilhelmstraße und Aufseherin im KZ Theresienstadt. Welch eine Karriere, welch Albtraum für einen Vater, der mit ansehen muss, wie seine Tochter sich in eine Kriminelle verwandelt.‹« Lea Sydow ließ den Briefbogen sinken und öffnete das Fenster. Dort blieb sie geraume Zeit stehen, müde, deprimiert und unfähig, den Brief zu Ende zu lesen.

»Was will uns der Name sagen?«, murmelte Sydow, der die daraufhin einkehrende Stille nicht ertrug und sich umwandte, um Leas Blick zu suchen.

Seine Frau schien es jedoch nicht zu bemerken. »Theresienstadt?«, fragte sie und fügte nach dem Ausblei-

---

* Reichssicherheitshauptamt, in einer Behörde zusammengefasste Dienststellen des SD (parteiinterner Sicherheitsdienst), der Gestapo (Geheime Staatspolizei) und der Reichskriminalpolizei

ben einer bekräftigenden Antwort an: »Was er einem eben so sagt: angebliches »Vorzeigeghetto« – mit Betonung auf ›angeblich‹. Zwischenstation auf dem Weg in die Vernichtungslager, oder, um es ungeschminkt auszudrücken, Endstation für Zehntausende europäischer Juden.« Sydows Frau seufzte gequält auf. »Du siehst, meine Kenntnisse lassen zu wünschen übrig.«

»Meine auch, da kann ich dich beruhigen.«

»Wenn du willst, kann ich mich erkundigen. Ein Kollege von mir kennt sich bestens aus.«

»Tu das, mein Schatz, tu das«, ermunterte Sydow seine Frau, nicht unbedingt erpicht, Licht ins Dunkel der Familienhistorie zu bringen. »Dann wissen wir wenigstens Bescheid.«

»Nanu!«, rief Lea aus, drehte sich um und sah ihren Mann mit gerunzelten Brauen an. »Was ist denn auf einmal in dich gefahren?«

Sydow zuckte die Achseln.

»Aus dir soll mal einer schlau werden, Tom!«, fuhr seine Frau kopfschüttelnd fort. »Erst setzt du Himmel und Hölle in Bewegung, um zu erfahren, was aus deiner Familie geworden ist, und dann, wenn die Sache richtig spannend wird, ziehst du dich in den Schmollwinkel zurück.«

»Glaub mir, Lea: Mein Bedarf an makabren Details ist gedeckt. Insbesondere, was den Werdegang meiner Schwester betrifft.« Ohne sich an Leas überraschtem Blick zu stören, öffnete Sydow die Vitrine, in der Tante Lu ihre geistigen Getränke aufbewahrte, nahm ein Glas heraus und goss sich einen Sherry ein. Dann prostete er ihr zu und trank es leer. »Irgendwann, mein Schatz, ist einfach Schluss. Ich weiß nicht, woran es liegt, aber allmählich kann ich das alles nicht mehr ertragen. Seit ich denken kann, bin ich gezwungen, mich mit dem Thema Agnes rumzuschlagen. Agnes hier, Agnes dort, Agnes, die ständig die Aufmerksamkeit meiner Eltern auf sich zieht. Agnes, die Kokette, Papas Liebling.« Sydow lachte verbittert auf. »Und was, bitte schön, war mit mir? Die beiden hat es doch einen Scheiß interessiert, mit welchen Problemen ich mich ...«

»Das Problem, Tom Sydow, warst *du*. Beziehungsweise ein Teil davon. Oder glaubst du, dein Vater war froh, dass du von der Bildfläche verschwunden bist?«

»Jetzt will ich dir mal was sagen, mein Schatz. Mein Vater, mein ach so anständiger Vater, gehörte zu den engsten Mitarbeitern eines gewissen Herrn Doktor Luther, Unterstaatssekretär im Auswärtigen Amt. Na, fängt's an zu klingeln?«

»Schrei nicht so, Tom. Ich verstehe dich auch so.«

»Tatsächlich? Das bezweifle ich.«

»Kein Grund, ironisch zu werden. Sag, was du zu sagen hast – aber bitte nicht in diesem Ton.«

»Tut mir leid, Lea, aber ich ... ich ... Was ich damit sagen will, ist: Vater war nicht so unwissend, wie er tat.«

»Wie kommst du darauf?«

Bevor er fortfuhr, holte Sydow tief Luft. Dann sagte er: »Doktor Luther, seines Zeichens Unterstaatssekretär, war ein Duzfreund von Vater.«

»Und was, bitte sehr, ist daran so schlimm?«

»Gar nichts. Außer vielleicht, dass er zu den Teilnehmern der Wannseekonferenz gehörte. Du weißt schon, jene 15 ehrenwerten Herrschaften, denen es gefiel, Millionen von Menschen in den Tod zu schicken. Protokollant: Adolf Eichmann, unlängst in Israel zum Tode verurteilter SS-Obersturmbannführer.«

»Sei nicht so zynisch, Tom. Wer weiß, wie du dich verhalten hättest, wenn du in der Position deines Vaters gewesen wärst.«

»Ich?«, empörte sich Sydow und deutete sich mit dem Zeigefinger auf die Brust. »Was ich damals getan hätte, willst du wissen? Kann es sein, dass ich dir die Geschichte schon hundert Mal erzählt habe?«

»Hast du, mein Schatz, hast du.« Ein mitleidvolles Lächeln im Gesicht, war Lea nicht darauf aus, eine Auseinandersetzung vom Zaun zu brechen, trat auf Sydow zu und strich ihm über die Wange. »Ich weiß, was du mitgemacht hast, Tom. Du musstest mit ansehen, wie dein Kollege auf offener Straße niedergeschossen worden ist, bist von der Gestapo durch halb Berlin gejagt worden, bist mit Mühe und Not entkommen. Musstest sämtliche Brücken hinter dir abbrechen. Ausgerechnet du, mein Vorzeigeberliner.«

»Das hast du aber schön gesagt, Schatz.«

»Hatte ich dich nicht darum gebeten, dir jegliche Ironie …?«

»Schon gut, Lea. Ich werd's mir merken.«

Die Angesprochene quittierte es mit einem Stirnrunzeln. Dann sagte sie: »Weißt du, was das Gute daran ist, Tom?«

»Ich weiß nicht, ob es mir guttut, ständig in Abgründe blicken zu müssen.«

»Aber du weißt, was ich sagen will, oder?« Die Hand

auf seiner Schulter, studierte Lea den Gesichtsausdruck ihres Mannes und sagte: »Sie ist tot, Tom. Hörst du? Deine Schwester Agnes lebt nicht mehr. Sieh zu, dass du mit der Vergangenheit ins Reine kommst.«

»Tot«, wiederholte Sydow in nachdenklichem Ton und betrachtete das Foto in seiner Hand. Dann aber, von einem Moment auf den anderen, hob er den Blick und ließ es in seiner Brusttasche verschwinden. »Tot, sagst du.«

»Ja, tot, genau wie dein Vater, Tante Lu und ... sag mal, Tom, was ist denn eigentlich los? Komm schon, mir kannst du es ja wohl sagen!«

»Kann ich nicht.«

»Darf man fragen, warum?«

»Weil du mich sonst für bekloppt halten würdest – darum.« Einem plötzlichen Impuls folgend nahm Sydow seiner Frau den Brief aus der Hand, legte ihn zurück ins Schubfach und begann mit versteinerter Miene auf und ab zu gehen.

»Was immer es ist, das dir durch den Kopf geht, Tom – auf die Art kommen wir nicht weiter. Lass uns ein andermal wiederkommen. Ist wahrscheinlich nicht dein Tag. Und meiner auch nicht.« Einen Seufzer auf den Lippen, blickte Lea auf die Uhr. »Außerdem müssen wir uns demnächst um deine Mutter kümmern. Halb fünf im Hotel – schon vergessen?«

»Wie könnte ich!«, seufzte Sydow mit schicksalsergebener Miene, blieb stehen und wirbelte ohne Vorankündigung herum. »Wenn wir gerade über Pflichterfüllung reden!«, rief er plötzlich aus, vom einen auf den anderen Moment nicht mehr wiederzuerkennen. »Du hast doch nichts dagegen, wenn ich kurz im Präsidium anrufe, dauert nicht lange, mein Schatz, wer weiß, vielleicht werde ich dort gebraucht, du weißt doch, ohne mich kommen die auf keinen grünen …«

»Lange Rede, kurzer Sinn: Du möchtest, dass ich die Betreuung der Frau Mama übernehme!«, rief Lea aus, nachdem der Redeschwall ihres Mannes abgeebbt war. »Sag mal, schämst du dich eigentlich nicht?«

»Doch, mein Schatz, doch!«, beteuerte Sydow, griff zum Hörer und wartete das Ende einer Diskussion, bei der er garantiert den Kürzeren ziehen würde, erst gar nicht ab. »Versteh doch – als Kripo-Beamter ist man immer im Dienst!«

»Und was ist mit der Abendgesellschaft bei deinem Chef? Davor kannst du dich nicht auch noch drücken.«

»Aber die ist doch erst um acht, Lea!«, wiegelte Sydow ab, wählte Krokowskis Nummer und setzte eine Unschuldsmiene auf, bei deren Anblick Lea in ungläubiges Gelächter ausbrach. »Bis dahin bin ich längst wieder … Bist du's, Kroko? … Da denkst du richtig, ich habe frei. Ich dachte, ruf mal kurz an, um zu fragen, ob bei denen alles in … Wie bitte? Theo Morell? Willst mich wohl veräppeln, was?«

»Du bist das hintertriebendste Schlitzohr, das ich kenne, Sydow, weißt du das?«

Natürlich wusste er das. Und er wusste sehr wohl, was der Tonfall seiner Frau und das Ignorieren seines Vornamens zu bedeuten hatten. Aller Einsicht zum Trotz gab er jedoch keine Antwort, schleuderte den Hörer auf die Gabel und bedeutete Lea, ihm zu folgen.

»Erklär' ich dir später!«, war alles, was ihm zu sagen einfiel, nachdem sie ihrem Unmut Luft gemacht und er sie unter Aufbietung all seiner Überredungskünste dazu gebracht hatte, in seinen Aston Martin zu steigen. »Bin schneller wieder da, als du denkst.«

Oder auch nicht, fuhr es ihm im gleichen Moment durch den Sinn.

Aber das wagte er nicht auszusprechen.

Und gab Gas.

9

Berlin-Charlottenburg, Friedhof Heerstraße | 15:40 h

Rien ne va plus. Nichts geht mehr, altes Haus.

Theodor Morell, Berlins meistgesuchter Mordzeuge, wog die Steine, welche er aufgesammelt hatte, in der Fläche seiner Hand, trat an das verwahrloste Grab und murmelte das jüdische Totengebet. Es war lange her, dass er zum letzten Mal hier gewesen war, zu lange, um behaupten zu können, er halte seine Retterin in Ehren.

Angebracht wäre dies nämlich allemal gewesen. Frau Jähnke, die hier begraben lag, war es zu verdanken, dass Theo Morell alias David Rosenzweig überhaupt noch am Leben war. Die Rentnerin hatte nicht gezögert, ihm Unterschlupf zu gewähren, und das, obwohl sie den Neffen ihrer Freundin nur vom Sehen kannte. Ihre Laube, Teil einer Kolonie unweit des Kurfürstendamms, war zwar nur mit Teerpappe verkleidet und nicht übermäßig geräumig gewesen. Dennoch waren ihm die fünf Quadratmeter, wo er über zwei Jahre ausharren musste, zeitweise wie das Paradies vorgekommen.

›Elsbeth Jähnke (1877-1957)‹ – er war ihr zu Dank verpflichtet, weit mehr, als er mit Worten ausdrücken konnte. Muttchen, wie er sie liebevoll nannte, hatte das Wenige, was sie besaß, mit ihm geteilt und ihr Leben aufs Spiel gesetzt, um seines zu retten. Morells Blick schweifte in die Ferne. Gut drei auf zwei Meter, eigentlich nur ein Bretterverschlag, der durch eine Tapetentür zugänglich war. Ausgestattet mit einer Liege, vornehme Bezeichnung für eine Matratze, die auf einem Holzrahmen ruhte. Dazu ein Tisch, ein wackeliger Stuhl und ein Fenster, das so klein war, dass man nicht einmal den Kopf hindurchstecken konnte. Die Tüllgardine, die den Blick ins Innere verwehrte, nicht zu vergessen.

Das war seine Welt gewesen, nicht gerade das Adlon, unter den gegebenen Umständen jedoch die Rettung. Richtig schlimm war es erst in den Bombennächten geworden, während denen er gezwungen war, dort auszuharren. Während sich andere in den Luftschutzkellern verkrochen hatten, war er, der Verfemte, dem Inferno schutzlos preisgegeben gewesen. Eines Nachts, als die Gefahr besonders groß gewesen war, hatte er sogar zu beten begonnen. Ein Ereignis, das er nie und nimmer für möglich gehalten hätte.

Gefangen im Netz der Erinnerungen, ließ Morell seinen Reminiszenzen freien Lauf. Er hatte gebetet, gut und schön, religiös war er deswegen noch lange nicht. Seit Jahren, wenn nicht gar Jahrzehnten, hatte er keine Synagoge mehr von innen gesehen, und nichts deutete darauf hin, dass sich dies in absehbarer Zeit ändern würde. Das hieß jedoch nicht, dass er ein Atheist war, höchstens ein wenig skeptisch, was den Ratschluss des Gottes seiner Vorväter betraf.

Der Grund hierfür lag auf der Hand. Es war noch nicht lange her, als Deutsche, und nicht nur Deutsche jüdischen Glaubens, verfolgt, gedemütigt, ihrer Rechte beraubt und millionenfach ermordet wurden. Wo war Gott in jener Zeit gewesen, hatte er sich von seinem Volk abgewandt? Wo war er gewesen, als Leute wie Himmler,

Heydrich und Eichmann die Szene betreten und ihr blutiges Handwerk verrichtet hatten?

Wo nur, verdammt noch mal, wo?

Eine Frage, über die er jetzt, da ihm das Wasser bis zum Hals reichte, lieber nicht nachdenken wollte. Morell unterdrückte ein Seufzen und begann damit, die Steine auf der Oberkante des schmucklosen Grabsteins aus Rosengranit zu platzieren. Guter Rat war in der Tat teuer, und das nicht nur bezüglich der Frage, wie er mit den unlängst ergatterten Informationen umgehen sollte. An wen – und wie – er sie weitergeben würde, war ein Teil des Problems, ein anderer, in welche Art von Schwierigkeiten er dadurch geraten würde. Um herauszubekommen, wer hinter dem brutalen Mord an Luise steckte, bedurfte es keiner großen Fantasie, um sich auszumalen, was ihm blühte, nur eines Mindestmaßes an Instinkt. Die Herren vom BND würden sämtliche Hebel in Bewegung setzen, um wieder in den Besitz der Karteikarte zu kommen, was das bedeutete, war ihm vollauf bewusst.

Es bedeutete, dass man Jagd auf ihn machen würde, wieder einmal, um es präzise zu formulieren, genau wie vor 20 Jahren. Wieder einmal war Morell ins Fadenkreuz der Mächtigen geraten, und es war sinnlos, darüber nachzugrübeln, aus welchem Grund dies geschah. Jetzt galt es, einen kühlen Kopf zu bewahren, wenngleich die Chancen, ihn aus der Schlinge ziehen zu können, nicht übermäßig günstig standen.

Ein Lächeln im Gesicht, das zwischen Resignation und Entschlossenheit schwankte, genehmigte sich Morell einen Schluck aus seinem Flakon und ließ das Erlebte

Revue passieren. Kein Zweifel, wer nicht zögerte, einen derart brutalen Mord zu begehen, würde so schnell nicht aufgeben. Käme heraus, was nicht herauskommen durfte, würde dies nicht nur zu einem handfesten Skandal, sondern darüber hinaus zu unabsehbaren politischen Konsequenzen und einer Erschütterung des gesamten Systems führen. Das galt es zu verhindern, zumindest aus der Sicht derjenigen, die nicht gezögert hatten, die Öffentlichkeit hinters Licht zu führen. ›Standartenführer Eichmann befindet sich nicht in Ägypten, sondern hält sich unter dem Decknamen Clemens in Argentinien auf.‹ Soweit der entscheidende, vor mittlerweile 10 Jahren niedergeschriebene Satz. Ein Satz, der, harmlos ausgedrückt, im Bonner Kanzleramt für erhebliche Unruhe sorgen würde.

Und nicht nur dort.

Auf einen Schlag hundemüde, hatte Morell Mühe, zu einem Entschluss zu gelangen. Wieso, fragte er sich, den Zorn der Mächtigen auf sich ziehen, wenn derjenige, um den es ging, demnächst das Schafott besteigen würde? An der Tatsache, dass Eichmanns Schicksal besiegelt war, würde dies nicht das Geringste ändern. Vor zwei Tagen, am 29. Mai, war das Todesurteil durch das Oberste Gericht des Staates Israel bestätigt worden, und nichts deutete darauf hin, dass sein Gnadengesuch, die letzte sich bietende Chance, beim israelischen Staatspräsidenten Gehör finden würde. Adolf Eichmann war ein toter Mann, im übertragenen und demnächst wohl auch im wörtlichen Sinn.

Ein Grund mehr für ihn, so schien es, keinen Wirbel zu verursachen und die Affäre auf diskrete Art und

Weise zu beenden. Ein Anruf oder zwei, und die Sache war erledigt. Und er, Theodor Morell, ein freier Mann.

Frei?

Morells Miene verdüsterte sich, und wie um dies zu unterstreichen, zogen erneut dunkle Wolken herauf. Freiheit – welch hehres Wort. Damals, am Ende des Krieges, hatte er noch daran geglaubt. Wie alle, die mit heiler Haut davongekommen waren, hatte er Freudentänze aufgeführt, an den Beginn einer neuen Ära geglaubt. Er hatte sich zu früh gefreut, zum einen, weil längst nicht alle Schuldigen bestraft, zum anderen, weil viele von ihnen bald wieder in Amt und Würden gewesen waren. Eichmann war nur die Spitze des Eisberges gewesen, einer von vielen, die es verdient hätten, vor den Kadi zitiert zu werden.

Nachkarren brachte jedoch nichts, nicht jetzt, da er eine Entscheidung zu fällen hatte. ›Und sie möge wieder erstehen zu ihrer Bestimmung am Ende der Tage. Amejn.‹* Der Mann, der sich Theodor Morell nannte, hob den Blick und ließ ihn über die anmutige und von Kiefern, Laubbäumen, Säulenpappeln sowie einem See durchsetzte Parklandschaft schweifen. Wenigstens hier blieb er unbehelligt, denn abgesehen von einer Rentnerin, die soeben in sein Blickfeld geriet und alsbald wieder zwischen den Grabsteinen verschwand, war kein Mensch zu sehen.

Morell irrte sich, nicht zum ersten und auch nicht zum letzten Mal an diesem Tag.

Er irrte sich, wenn er glaubte, man sei ihm nicht

---

* Aus dem ›El Male Rachamim‹, einem jüdischen Gebet für die Verstorbenen.

gefolgt. Er täuschte sich, wenn er sich einredete, wenigstens hier, am Grab seiner Gönnerin, unbeobachtet zu sein. Und er machte sich etwas vor, als er zu dem Schluss kam, man würde ihm nichts tun.

Es war die Rentnerin, die ihm das Leben rettete, nicht etwa sein Urteilsvermögen. Wäre sie nicht aufgetaucht, hätte der Boulevardreporter, im Fadenkreuz eines Karabiners vom Typ Mauser 98, nur noch wenige Sekunden zu leben gehabt.

Theodor Morell, 52, von Beruf Reporter und unbelehrbarer Optimist, spielte ein gefährliches Spiel. Das, und vieles andere, würde ihm im weiteren Verlauf des Tages bewusst werden.

Einstweilen aber ging ein Ruck durch ihn, und es schien, als habe er wieder Mut gefasst. Mut, sein Vorhaben in die Tat umzusetzen, Mut, mit den Mächtigen dieser Welt die Klingen zu kreuzen. So wie damals, im Jahre '43, als er sich geweigert hatte, das ihm zugedachte Schicksal zu akzeptieren.

Er würde ihn brauchen, diesen Mut, am heutigen Tage mehr denn je.

10

*Berlin-Moabit, Pathologisches Institut des Städtischen
Krankenhauses in der Turmstraße* | *15:55 h*

Professor Heribert Peters, Chefpathologe mit Lehrstuhl an der FU Berlin, war ein zu cholerischen Ausbrüchen neigender, überbeschäftigter und zu allem Unglück auch noch übergewichtiger Mann. Die leiseste Anspielung auf seine 112 Kilo, die sich auf 1,80 Meter Körpergröße verteilten, und dem Betreffenden verging das Lachen. Es sei denn, er hieß Tom Sydow, der Einzige, dem gestattet war, ihn damit aufzuziehen.

Peters war eine unumstrittene Koryphäe, verehrt von seinen Studenten, geachtet von den Fakultätskollegen, gefürchtet von all jenen Mitarbeitern, die Opfer seiner Wutausbrüche geworden waren. Im Grunde war er eine Seele von Mensch, doch wenn man sich erdreistete, ihm in die Quere zu kommen, Anordnungen nicht zu befolgen oder gar überflüssige Fragen zu stellen, dann verwandelte sich der Zweizentnermann in einen Vulkan, und sein Gegenüber tat gut daran, den Rückwärtsgang einzulegen.

Professor Blaffke, so sein Spitzname, duldete keine anderen Götter neben sich, schon gar nicht heute, da er von Zahnschmerzen geplagt wurde. Das hinderte ihn jedoch nicht daran, seiner Arbeit nachzugehen, denn er war, wie allgemein bekannt, ein pflichtbewusster Mensch. Die einzige Schwäche, die er sich gönnte, waren Süßigkeiten, am liebsten Lakritzstangen, die er bei jeder sich bietenden Gelegenheit konsumierte.

Einstweilen war ihm der Appetit jedoch gründlich vergangen. Schuld daran waren nicht nur die Zahnschmerzen, mit denen er sich seit dem Vortag herumplagte, sondern der Leichnam, der vor ihm auf dem Seziertisch lag. Die linke Hand an der Backe und die rechte auf der Tischkante, gab Peters einen unterdrückten Schmerzenslaut von sich. Anblicke wie diesen war er eigentlich gewohnt, aber heute, so schien es, war offenbar alles anders.

Ein Grund hierfür war mit Sicherheit der Zustand, in dem sich der Schädel der Getöteten befand. Peters stöhnte innerlich auf. Von einem ›Schädel‹, der diese Bezeichnung verdiente, konnte nicht im Entferntesten die Rede sein, viel eher von zwei Dutzend Fragmenten. So etwas bekam man nicht alle Tage zu Gesicht, und er fragte sich, was der Grund für die brutale Vorgehensweise gewesen war.

Dies festzustellen war indes Sache der Kripo. Eine Aufgabe, um die er seinen Freund Tom nicht beneidete.

»Pinzette.«

»Hier, Herr Professor.«

»Hab ich Ihnen nicht gesagt, sie sollen sich den Professor spa…«

»Das haben Sie, *Herr Professor*, aber ich finde, das gehört sich so«, unterbrach ihn seine Assistentin, ein Bild von einer Frau und darüber hinaus auch kompetent. Dafür, dass sie erst sechs Semester auf dem Buckel hatte, kannte sich die zerbrechlich wirkende Doktorandin gut aus, weshalb er beschloss, noch einmal Gnade vor Recht ergehen zu lassen. »Dass man Sie mit Ihrem Titel anredet, meine ich.«

»Titel oder nicht«, maulte Peters, entfernte eine weitere Patrone, welche im Hinterkopf steckte, und hielt sie gegen das Licht. »Was will uns dieses Geschoss sagen?«

»Dass der Schütze auf Nummer sicher gehen wollte.«

»Das beantwortet nicht meine Frage.«

»Doch, Herr Professor. Er wollte sichergehen, dass sein Opfer sofort tot ist, und darüber hinaus wohl auch, dass …«

»Darüber nachzudenken ist Aufgabe der Polizei, Fräulein Miesbach, nicht die unsrige.«

»… es schwer beziehungsweise unmöglich sein würde, die Frau zu identifizieren.«

Nicht bereit, die Missachtung seiner Majestät hinzunehmen, beförderte Peters das Projektil in die dafür vorgesehene Blechwanne und richtete sich zu voller Größe auf. Unter normalen Umständen wäre jetzt eine Strafpredigt fällig gewesen. Aber was war am heutigen Tag schon normal. »So, meinen Sie«, lautete die für seine Verhältnisse klägliche Replik, ein Dilemma, das Peters aus Gründen der Selbstachtung seinen Zahnschmerzen zuschrieb. »Und was bringt Sie dazu, dies zu vermuten?«

»Ganz einfach: das Projektil!«, erwiderte Elise Miesbach, gebürtige Berlinerin und knapp halb so alt wie die Koryphäe, welche sie mit verkniffener Miene beäugte. »Wenn mich nicht alles täuscht, stammt es aus einer großkalibrigen Waffe.«

»Hm.«

»Beziehungsweise aus einem Repetiergewehr.«

»Was Sie nicht sagen.«

»Diesbezüglich kämen mehrere Modelle infrage, aber wenn ich einen Tipp abgeben müsste ...«

»Dann?«, echote Peters, Opfer einer neuerlichen Schmerzwoge, die seinen Drang, Kontra zu geben, im Keim erstickte. »Bitte, tun Sie sich keinen Zwang an, *Frau Doktor*.«

Die Doktorandin mit dem Madonnengesicht, hinter dem ein überaus durchsetzungsfähiger Charakter steckte, ließ sich nicht aus dem Konzept bringen, rückte ihre Brille zurecht und entgegnete: »Dann würde ich auf eine Präzisionswaffe tippen.«

»Modell?«, ächzte Peters, dem der Geruch, der in dem fensterlosen Kellergewölbe herrschte, zusätzlich auf den Magen schlug. Natürlich hatte er gelernt, mit den Duftnoten zu leben, welche Formaldehyd, Essigsäure, diverse Lösungsmittel und die Ausdünstungen malträtierter Leichname nach sich zogen. Das galt jedoch nicht für die Räumlichkeiten, mit denen er seit Jahren vorliebnehmen musste. Hier drunten, in einem Loch, das verteufelte Ähnlichkeit mit dem Labor eines Gruselfilms besaß, hielt es niemand lange aus. Außer man war so abgebrüht wie diese Göre, die dabei war, lieb gewonnene Vorurteile zu entkräften. »Nicht etwa, dass ich Ihnen misstraue, aber ...«

»Sie doch nicht, Herr Professor!«, rief Elise Miesbach mit gespielter Entrüstung, griff in die Tasche ihres Arztkittels und zog eine Schmerztablette hervor. »Hier – hilft garantiert.«

»Ehrlich gesagt wären mir Lakritzstangen lieber.«
»Jetzt stellen Sie sich nicht so an. Daran ist noch keiner gestorben.«
»Es gibt immer ein erstes Mal, Fräulein. Wer weiß, vielleicht wollen Sie mich vergiften!«
»Und warum, bitte schön, sollte ich das tun?«, fragte Elise Miesbach mit bierernster Miene, worauf Peters lachend ausrief: »Na, wegen meiner Stelle, weshalb denn sonst? Auf die sind mindestens ein halbes Dutzend Fakultätskollegen scharf. Nee, nee, Fräulein: erst die Arbeit, dann der Giftbecher.«
»Sprach Sokrates und gab dem Gefängniswärter frei.«
Elise Miesbach gab einen Seufzer von sich. »Männer, was soll ich sagen.«
»Gar nichts. Es sei denn, Sie hätten die Absicht, fortzufahren.«
»Nichts lieber als das!«, erwiderte die Studentin, aus der, wie Peters erkannt hatte, binnen Kurzem eine Kapazität werden würde. »Wie gesagt: Rein theoretisch kämen mehrere Modelle infrage, aber wenn Sie darauf bestehen, hier mein Tipp.«
»Und der wäre?«
»Eine Mauser. Mit an Sicherheit grenzender Wahrscheinlichkeit.«
»Eine Frau, die sich mit Waffen auskennt – alle Achtung.«
»Und warum, bitte schön, sollte sich eine Frau nicht mit Karabinern …«
»Schon gut, schon gut. Nur ein Scherz, Frau Kollegin, fahren Sie fort.«
»Heißt das, ich werde befördert?«, gab die Assisten-

tin eines sichtlich geknickten Heribert Peters zurück und wartete eine Antwort gar nicht erst ab. »Was mich betrifft, würde ich auf eine K 98 tippen. Mit Zielfernrohr. Bestens geeignet für Scharfschützen, Sondereinheiten und Attentäter. Lieblingskarabiner der deutschen Landser, deutlich höher im Kurs als das Gewehr 43. Der größeren Reichweite und Präzision wegen, sagt man.«

»›Man‹?«

»Mein Vater ist kurz vor Kriegsende gefallen. In der Schlacht um die Seelower Höhen.« Die Miene der Medizinstudentin wurde ernst, und das burschikose Auftreten, welches sie an den Tag gelegt hatte, war verflogen. »Erstaunlich, was man als Kind alles mitbekommt.«

»Erstaunlich, aber unter den damaligen Umständen kein Wunder.«

»Da haben Sie recht. So viel habe ich in meinem Leben nie mehr dazulernen müssen. Und das innerhalb kürzester Zeit.« Elise Miesbach holte tief Luft. »Das mit den Waffen, nun ja, das habe ich aufgeschnappt, wenn Vater sich mit meinen Brüdern unterhalten hat. Merkwürdig, aber die beiden konnten nicht genug von seinen Geschichten kriegen.«

»Und Sie?«

»Ich? Tja, ich musste lernen, was es heißt, auf sich allein gestellt zu sein.«

»Heißt das, Sie …«

»Das heißt, ich verlor damals nicht nur den Vater, sondern auch meine Mutter. Und das ausgerechnet am 8. Mai. Auch daran, wie an den Einmarsch der Russen, kann ich mich sehr genau erinnern. So genau, als sei es gestern gewesen. Kaum zu glauben, da überlebt die Frau diesen Krieg, verlässt eines Morgens das Haus, um hamstern zu gehen – und kehrt nicht mehr zurück. Verschwindet von der Bildfläche, einfach so, ohne Spuren zu hinterlassen.«

»Unbegreiflich.«

»Sagen Sie! Nun ja, so spurlos nun auch wieder nicht, wie ich ein paar Tage später erfuhr. Kurzum: Es hat sich herausgestellt, dass sie auf die russische Kommandantur wollte. Um eine Beschwerde vorzubringen, falls Sie verstehen, was ich meine.«

Peters, bei Kriegsende Stabsarzt in einem Lazarett, verstand sehr wohl, was sein Gegenüber damit meinte. Es hatte Mut dazu gehört, Vergewaltiger anzuzeigen, und nur Wenigen, die den Schritt gewagt hatten, war Gehör geschenkt worden.

»Und da saß ich nun, sechs Jahre alt und Vollwaise. Der Vater tot, Mutter verschollen, irgendwo verscharrt oder nach Sibirien deportiert, der ältere meiner beiden Brüder mit der Panzerfaust in der Hand krepiert. Volkssturm – wenn ich das Wort nur höre! Das Ende vom Lied: Mein anderer Bruder und ich kamen ins Waisenhaus. Ein Schicksal, um das einen niemand beneidet, aber was mich anging, hatte ich das Glück, an hingebungsvolle Pflegeeltern zu geraten. Haben jede Mark zweimal umgedreht, damit etwas aus mir wird. Tja, wie sagt man doch gleich: Ich habe mich durchboxen müssen. Und muss es noch immer.« Elise Miesbach atmete geräuschvoll aus. »So, Herr Professor, und jetzt tun Sie mir den Gefallen und nehmen endlich die Tablette.«

Peters gehorchte. »Brrr – scheußlicher Geschmack.«

»Lange nicht so scheußlich wie das, was ... Apropos – wie hieß die Dame doch gleich?«

»Nettelbeck, Luise Nettelbeck!«, antwortete Peters nach einem kurzen Blick in die Kladde, in der er die Notizen aufbewahrte, welche er sich während seines Gesprächs mit Krokowski gemacht hatte. »Mitte 40, gebürtige Berlinerin, ledig, zuletzt wohnhaft im ›Excelsior‹.«

»Ich frage mich, Herr …«

»Heribert. Und jetzt überlegen Sie sich genau, was Sie sagen.«

»Na schön – Heribert.« Eine leichte Röte im Gesicht, gegen die sie vergeblich ankämpfte, atmete Elise Miesbach tief durch und beugte sich über das Wenige, was vom Schädel des Mordopfers übrig geblieben war. »Ich frage mich, wer so etwas tut.«

»Da fragen Sie völlig richtig, Eli … Aua! Mist, jetzt weiß ich nicht mehr, was ich sagen wollte.«

»Kann es sein, dass es um den Tathergang ging?«

»Genau.« Rot wie eine Tomate und die leicht hervortretenden grauen Augen auf die Kladde geheftet, fingerte Peters an seinem opulent sprießenden Vollbart herum und ergänzte: »Nach allem, was wir bisher wissen, ist der Täter um die Vierzig, schlank und blond.«

»Präziser geht es wirklich nicht.«

»Nicht unser Bier, Frau Kollegin, sondern dasjenige der Kriminalpolizei.« Peters zuckte mit den Schultern. »Wie dem auch sei, die Distanz, aus der die Schüsse abgefeuert wurden, muss bei etwa 80 Metern gelegen haben. Vielleicht etwas mehr, mit Sicherheit jedoch nicht viel weniger.«

»Und was ist mit dem Motiv?«

»Ich geb's auf!«, ließ Peters als Reaktion auf die kriminalistischen Ambitionen seiner Assistentin verlauten, die dabei war, Gehirnmasse in dafür vorgesehenen Behältnissen zu deponieren. »Womit hab ich das verdient!«

»Die Zahnschmerzen?«

»Nein, die weibliche Penetranz.« Peters wischte sich den Schweiß von der Stirn, schwor sich, am morgigen Freitag zu Hause zu bleiben und Sydow eine kollegiale Warnung zukommen zu lassen. »Nun ja, was das Motiv betrifft, tappt Krokowski im Dunkeln. Das Einzige, was wir wissen, ist, dass es sich bei dem Opfer mit hoher Wahrscheinlichkeit um eine Informantin gehandelt hat. Eigens angereist, um einen ... Moment, wie hieß der gute Mann doch gleich ...? Genau! Eigens angereist, um einen gewissen Theodor Morell, von Beruf Reporter, mit dem neuesten Tratsch und Klatsch zu versorgen. Gegen Bezahlung, sofern meine Kenntnisse über die menschliche Natur nicht trügen.«

»Aber ... aber deswegen bringt man doch niemanden um.«

»Haben Sie vielleicht eine Ahnung, Elise! Zeitgenossen, die etwas zu vertuschen haben, gibt's wie Sand am Meer. Wer weiß, auf welche Goldader der arme Teufel da gestoßen ist.«

»Tut mir leid, Ihre Diskussion unterbrechen zu müssen, Herr Professor, aber ich fürchte, die Angelegenheit ist dringend.«

»So, ist sie das?« Im Gegensatz zu seiner Assistentin, die mitten in der Bewegung erstarrte, die Pinzette, nach der sie gegriffen hatte, aus der Hand gleiten und den Blick zum Eingang des Sezierraumes wandern ließ, hatte sich Heribert Peters erstaunlich gut im Griff. Als

Erstes atmete er tief durch, durchpflügte das ungebärdige und nur noch an den Schläfen vorhandene Haar und wandte sich seelenruhig um. Doch der Schein trog. Mit der Ruhe, welche er ausstrahlte, war es nicht weit her, und sein Blick ließ vermuten, dass es binnen Kurzem zu einem Vulkanausbruch kommen würde. »Wie wär's, wenn Sie sich erst mal vorstellen?«

»Aber gern, Herr Professor Peters!«, näselte der Unbekannte, wobei er jedes einzelne Wort betonte, betrat den Raum, als handle es sich um sein Wohnzimmer und hielt dem Gerichtsmediziner einen Ausweis vor die Nase. »Zufrieden?«

»Nicht ganz.« Ohne einen Blick darauf zu verschwenden, schob der Gerichtsmediziner den Ausweis samt Hand beiseite, senkte den Blick und sah den Störenfried mit angewinkelten Armen an. »Schluss mit dem Geplänkel. Was wollen Sie?«

»Aber, aber, Herr Stabsarzt!«, spottete sein in etwa gleichaltriges Gegenüber, bei dessen Anblick man sich an einen Buchhalter oder den Schalterbeamten einer Sparkasse erinnert fühlte. »Wir wollen uns doch wie zivilisierte Menschen verhalten, oder?«

»Tja, wenn das so ist –«, erwiderte Peters, entledigte sich seines blutverschmierten Gummihandschuhs und ließ ihn mit ostentativer Gelassenheit in den Abfalleimer fallen, »wenn das so ist, kann ich mich ja auf was gefasst machen.« Und fügte mit aufgesetzter Jovialität hinzu: »Falls Sie das, was Sie hier veranstalten, als zivilisiert bezeichnen.«

»Eins zu null für Sie, Herr Medizinalrat.«

»Sagen Sie, was Sie zu sagen haben, Herr ...«

»Posininsky. *Landeskriminalamt.*«

»Wie gesagt: Sagen Sie, worum es geht, damit wir wieder an die Arbeit gehen können.«

»Ich fürchte, das wird nicht möglich sein.«

»Wie bitte?«

Der Angesprochene, zu allem Überfluss mit Hut, rosa Krawatte und Hornbrille ausstaffiert, reagierte mit einem breiten Lächeln, begutachtete die sorgsam gestutzten Fingernägel und schien so sehr in diese Tätigkeit vertieft, dass er von Peters und dessen Assistentin keine Notiz mehr nahm.

Dies sollte sich jedoch ändern. »Ich sagte, das wird nicht möglich sein!«, knurrte er, bemüht, nach außen hin Ruhe zu bewahren. »Machen Sie Feierabend, Herr Professor, und überlassen Sie die Dame uns.«

»Uns?«

»Sie haben richtig gehört, Herr Professor – der Einfachheit halber habe ich mir erlaubt, ein paar Kollegen mitzubringen. Ein paar Kollegen und das hier.« Posininsky, der Peters höchstens bis zum Kinn reichte und penetrant nach Kölnisch Wasser roch, trat so nahe an seinen Kontrahenten heran, dass es diesem ein Leichtes gewesen wäre, ihn am Kragen zu packen und im Anschluss daran an die frische Luft zu setzen. »Unterzeichnet vom Herrn Generalstaatsanwalt, um Zweifel an der Rechtmäßigkeit meines Vorgehens zu zerstreuen.«

Peters, der nichts mehr hasste als hochgestochenes Gerede, kam jetzt erst richtig in Fahrt. Leute vom Schlag dieser halben Portion hatte er gefressen und er konnte es nicht ausstehen, wenn ihm jemand ins Handwerk pfuschte. »Und Sie meinen, dieser Wisch reicht aus, um mich zu beeindrucken!«, knurrte er nach beendeter Lektüre des Schriftstücks, in dem es hieß, dass der Überbringer des Schreibens zum Abtransport des Leichnams und sämtlicher den Fall betreffenden Beweisstücke und Unterlagen berechtigt war. »Tut mir leid, Herr ... wie war doch gleich Ihr Name?«

Posininsky, dessen Geltungsdrang die geringe Körpergröße bei Weitem übertraf, ließ sich nicht in die Irre führen. »Nicht wert, dass man sich ihn einprägt!«, wehrte er mit wegwerfender Gebärde ab, vom Duft, der über dem Seziertisch hing, nicht im Geringsten berührt. »Zu viel der Ehre, Herr Professor.«

»Wozu auch, zumal Sie höchstwahrscheinlich nicht so heißen.«

»Ich will Ihnen mal etwas sagen, Fräulein«, giftete der Beamte, aufgrund seiner Vergangenheit mit einer neuen Identität versehen, umrundete den Seziertisch und trat bis auf Armlänge an Elise Miesbach heran. »Falls Sie denken, ich lasse mich veräppeln, kennen Sie mich schlecht. Zu Ihrer Information, junge Dame: Ich bin schon mit ganz anderen Kalibern fertig geworden als Sie eines sind.«

»Die gute alte Zeit, ich verstehe.«

»Wenn ich Sie wäre, Fräulein, würde ich den Mund nicht so voll nehmen!«, zischte der LKA-Mann, entblößte die makellos weiß schimmernden Zähne und ließ es sich nicht nehmen, den Blick über den Körper seiner Kontrahentin wandern zu lassen. »Täusche ich mich, oder tragen Sie sich mit dem Gedanken, Karriere zu machen? Ja? In diesem Fall würde ich Ihnen raten, sich nicht allzu weit aus dem Fenster zu lehnen. Sie wissen doch, je höher man steigt, desto tiefer der Fall. Und was Sie angeht, Herr Professor, tun Sie mir den Gefallen und räumen das Feld. Was den Abtransport und die weitere Verwendung des Leichnams betrifft, sind ab jetzt meine Mitarbeiter draußen auf dem Flur zuständig. Und natürlich meine Wenigkeit. Darüber hinaus, Herr Peters, darf ich Sie nochmals auf das Schreiben des Herrn Generalstaatsanwaltes hinweisen. Auf das Kleingedruckte sozusagen. Mit anderen Worten: Sowohl Sie, Fräulein, als auch Sie, Herr Professor, unterliegen der Schweigepflicht, sowohl im medizinischen als auch dienstrechtlichen Sinn.«

»Dienstrechtlich?«

»Ich sehe, wir verstehen uns, Herr Peters«, entgegnete Posininsky, ein Lächeln auf dem konturlosen Bürokratengesicht, in dem das einzig Hervorstechende die Hornbrille war. »Noch ein Wort, vor allem über den vorliegenden Fall, und Sie können sich eine andere Beschäftigung suchen. Von Druckmitteln, über die ich verfüge, nicht zu reden.« Posininsky drehte sich um und schlenderte zur Tür. Dort angekommen, drehte er sich schwungvoll um und zischte: »Nur ein Wort, nur einziges unbedachtes Wort, und Sie beide können sich Ihr Grab schaufeln. Haben wir uns verstanden, Herrschaften?«

VERBRECHEN UND STRAFE

›Jerusalem, 15. Dezember. Das Bezirksgericht in Jerusalem verurteilte am Freitagmorgen den ehemaligen SS-Obersturmbannführer Adolf Eichmann wegen Verbrechen gegen das jüdische Volk, Verbrechen gegen die Menschlichkeit und Kriegsverbrechen zum Tode durch Erhängen. Wegen seiner Zugehörigkeit zu Organisationen, die nach israelischem Gesetz als verbrecherisch gelten, wurden keine Strafen gegen Eichmann verhängt. Die letzte Sitzung dauerte nur 13 Minuten. Der Angeklagte nahm das Urteil gefasst entgegen. Er wird durch seinen Verteidiger Berufung einlegen.‹

(Aus: *Die Welt*, Sonnabend, 16. Dezember 1961, S. 1)

›Die amerikanischen Juden hatten zu dieser Zeit (Anfang der 50er-Jahre, Anm. d. Autors) wahrscheinlich andere Sorgen. Die Israelis hatten kein Interesse mehr an Eichmann, sie mussten sich im Überlebenskampf gegen Nasser behaupten. Die Amerikaner hatten kein Interesse mehr an Eichmann, sie mussten sich im Kalten Krieg gegen die Sowjetunion behaupten. Ich hatte das Gefühl, mit ein paar wenigen gleichgesinnten Narren vollkommen alleine zu sein.‹

(Aus: Simon Wiesenthal, *Recht, nicht Rache*, Frankfurt/M. · Berlin 1988, S. 105)

DRITTES KAPITEL

(Berlin, Donnerstag, 31. Mai 1962)

11

Berlin-Schöneberg, Polizeipräsidium in der Gothaer Straße | *16:10 h*

Die Frau war zwar alt, aber das bedeutete nicht, dass sie etwas zusammenfantasierte. Weder wirkte sie zerstreut, noch war sie vergesslich oder verschroben. Das merkte man sofort, und wie immer, wenn Sydow ihr begegnete, hatte er das Gefühl, das Alter und die damit einhergehenden Beschwerden könnten ihr nichts anhaben.

Kein Grund also, ihr zu misstrauen. Er konnte sich nicht erinnern, dass die Zugehfrau seiner Eltern auch getratscht, ihre Nachbarn angeschwärzt oder Dinge behauptet hatte, die aus der Luft gegriffen waren. Viel eher war das Gegenteil der Fall gewesen, und soweit er dies beurteilen konnte, war Hermine Pasewalk, von den Kindern im Haus ›Tante Mine‹ gerufen, die Gleiche geblieben. Sie war immer noch so, wie er sie in Erinnerung hatte, resolut, vital, geistig rege und mit einem Gedächtnis gesegnet, um das sie manch Jüngerer beneidete.

Trotz allem konnte Sydow die Frage, welche bei zahllosen Verhören gestellt worden war, nicht umgehen. Hinterher tat es ihm zwar leid, in alte Gewohnheiten verfallen zu sein, aber da war das Kind bereits ins Wasser gefallen. »Sind Sie sich da auch ganz sicher?«, rutschte es ihm heraus, und wenn er gekonnt hätte, wäre er im Erdboden versunken. »Ich meine … äh … Wenn das stimmt, Tante Mine, ist guter Rat teuer.«

»Erstens: Das Wort ›wenn‹ kann du dir getrost sparen, Tom. Hin und wieder geschehen eben Dinge, für die es keine Erklärung gibt. Und vor allem: Du darfst jetzt nicht den Kopf verlieren.«

Leichter gesagt als getan, dachte Sydow, dem der Gedanke, dass seine Schwester unter den Lebenden weilte, beinahe den Verstand raubte. »Schön und gut – aber so etwas muss man erst einmal verdauen.«

»Mag sein, mein Junge!«, bekräftigte das zierliche, weißhaarige und mit dunklem Hut sowie Rüschenbluse und Brosche bekleidete Mütterchen, welches den Eindruck erweckte, die Gebrüder Grimm hätten sich von ihr inspirieren lassen. »Das ist aber noch lange kein Grund, den Kopf hängen zu lassen. Ich bin mir sicher, es gibt eine Erklärung dafür.«

Aber klar doch, die gab es immer. Sydows Miene, in der die neuerliche Hiobsbotschaft deutliche Spuren hinterlassen hatte, verhärtete sich, und ein Ausdruck der Ratlosigkeit stahl sich in seinen Blick. An dem, was Frau Pasewalk berichtet hatte, bestand kein Zweifel, und wenn, war er mit der Beschreibung, welche die Rentnerin von der Unbekannten gab, hinfällig geworden.

Alles passte, bis ins Detail.

Somit stand fest, dass es sich bei der Frau, auf die er bei der Beerdigung seiner Tante aufmerksam geworden war, um die 42-jährige Agnes von Sydow handelte. An dieser Tatsache gab es nichts zu rütteln, und obwohl dem so war, hatte er Skrupel, sie als seine Schwester zu bezeichnen. Agnes, der widerborstige, ungebärdige und zuweilen auch ungezogene Wildfang, gehörte der Vergangenheit an, und es gab nichts, was ihn mit ihr verband. Was blieb, war eine Frau jenseits der Vierzig, in deren Vita eine Lücke von zwei Jahrzehnten klaffte. Eine Frau, die ihr Gesicht hinter einer Sonnenbrille versteckte, adrette Kleidung bevorzugte und auch sonst alles daran setzte, um attraktiv und anziehend zu wirken. Ein Phantom, so abgebrüht, dass es ihm geglückt war, ihn, den um sieben Jahre älteren Bruder, links liegen zu lassen und so zu tun, als habe es diesen Bruder nie gegeben.

Sydows Atem beschleunigte sich, und obwohl er dies zu vermeiden trachtete, begann die Hand, die das Schwarz-Weiß-Foto aus seiner Brusttasche zog, zu zittern. ›24. Dezember 1944.‹ Vater und sein erklärter Liebling, friedlich vereint unterm Weihnachtsbaum. Ribbentrops* Handlanger im Zweireiher, die Dame des Hauses in einer eng anliegenden Uniform. Sydows Mundwinkel verformten sich. Agnes war immer schon darauf bedacht gewesen, aufzufallen, wenngleich ihr Bestreben, Marlene Dietrich zu kopieren, ziemlich in die Binsen gegangen war. Um den Aberwitz auf die Spitze zu treiben, hatte sie sogar versucht, die Stimme der Diva zu imitieren, was bei Vater, einem Dietrich-Bewunderer, wahre Begeisterungsstürme hervorgerufen hatte. Wie so vieles, wovon sich Agnes hatte begeistern lassen, war auch diese Manie nur von kurzer Dauer gewesen, unter anderem, weil die Dietrich bei Goebbels in Ungnade gefallen und ins gegnerische, will heißen amerikanische, Lager übergelaufen war. Nun gut, bekanntlich hatte sie ›noch einen Koffer in Berlin‹**, was den Berlinern, die ihr den Frontenwech-

---
* Joachim von Ribbentrop (1893–1946), Reichsminister des Äußeren, zum Tod durch den Strang verurteilt und am 16.10.1946 gehenkt.
** ›Ich hab noch einen Koffer in Berlin‹: Lied von Marlene Dietrich (1901–1992) aus dem Jahre 1960

sel immer noch nicht verziehen hatten, allerdings ziemlich schnuppe zu sein schien.

›Du kannst dir vorstellen, Luise, dass ich beginne, mir Sorgen zu machen.‹ Treffend erkannt, Vater. Schon damals, vor knapp 18 Jahren, hatte der Augapfel seines alten Herrn Anlass zur Sorge gegeben. Moderat ausgedrückt. Sydow schüttelte fassungslos den Kopf. War Vater wirklich so naiv gewesen, dass ihm nicht klar wurde, auf was Agnes sich da eingelassen hatte? Oder hatte er die Wahrheit ignoriert? Und außerdem: Wie weit war er selbst in das Unrecht verstrickt, an dem seine Vorgesetzten mitgewirkt hatten, war er Mitwisser, Mitläufer oder gar Mittäter gewesen?

Einerlei. Wieder einmal, wenngleich auf besondere Art und Weise, war er mit der Vergangenheit konfrontiert worden. Ein Dilemma, das sich wie ein roter Faden durch sein Leben zog. Sydows Kopf sackte nach vorn, und bleierne Müdigkeit machte sich in ihm breit. Allmählich bekam er das Gefühl, dass ein Fluch auf ihm lastete und er fragte sich, ob er imstande sein würde, ihn abzuschütteln.

»Kopf hoch, mein Junge, wird schon werden.«

Tief in Gedanken, tätschelte Sydow die Hand, welche auf seiner Schulter ruhte. Es tat gut, jemanden zu kennen, der ihn verstand, der ihn von Kindesbeinen an kannte, seine Gedanken erriet, Ängste und Befürchtungen mit ihm teilte. »Ihr Optimismus in Ehren, Tante Mine, aber was mich betrifft, bin ich mit meinem Latein am Ende.«

»Den Kopf in den Sand stecken, wäre ja noch schöner. Nee, Tom, so haben wir nicht gewettet!«

»Und was, bitte schön, sollte ich Ihrer Meinung nach tun?«

»Nach ihr suchen, was denn sonst!«

»Fragt sich, was mir das bringt.«

»Na, du machst mir vielleicht Spaß, mein Junge!«, wetterte die Kriegerwitwe, eine der Wenigen, die zeitlebens am Lützow-Platz gewohnt hatten. »Heißt das, du hast vor, die Hände in den Schoß zu legen?«

Sydow wich einer Antwort aus. »Wissen Sie, was ich mich frage?«, stieß er nach längerem Grübeln hervor, den Blick auf das Portal des Präsidiums und das Schild mit der Aufschrift ›Abteilung K – Kriminalpolizei‹ gelenkt, wo die Rentnerin Posten bezogen und auf ihn gewartet hatte.

»Wie es kommt, dass deine Schwester für tot erklärt worden ist?«, kam die alte Dame einer Erläuterung vonseiten ihres Gesprächspartners zuvor, sah ihm in die Augen und ließ die Hand, an der ihr Ehering steckte, von Sydows Schulter gleiten. »Das, lieber Tom, frage ich mich ehrlich gesagt auch. Weiß Gott, ich hätte schwören können ... Was heißt überhaupt ›ich hätte‹? Schließlich war ich es, die deinen Vater und ... und die Frau, die wir für Agnes hielten, entdeckt hat. Eine von denjenigen, die sich ein Herz gefasst und mit bloßen Händen in die Keller vorgearbeitet haben, um einen Leichnam nach dem anderen auszubuddeln. Und wozu? Damit die bemitleidenswerten Kreaturen mit Kalk übergossen und in Massengräber gebettet wurden.« Hermine Pasewalk geriet ins Stocken, und sie hatte Mühe, ihre Tränen zu unterdrücken. »Dein armer Vater, so zu enden hat er nicht verdient.«

Jetzt war es an Sydow, die Trostspenderin aus Kindheitstagen aufzurichten, und obwohl er sich mit Gefühlsbekundungen schwertat, schloss er die alte Frau in seine Arme. »Tut mir leid, Tante Mine«, flüsterte er ihr ins Ohr, »wenn ich gewusst hätte, wie nahe Ihnen die Sache immer noch ...«

»Tja, so ist das nun mal: Tage wie den 3. Februar vergisst man nie.« Hermine Pasewalk löste sich aus Sydows Umarmung, umklammerte ihre Handtasche und sprach: »Was glaubst du, wie oft ich daran gedacht habe. Schrecklich, kann ich da nur sagen. Einfach entsetzlich, mit ansehen zu müssen, wie sie die armen Teufel unter dem Geröll hervorgezerrt haben. Mitzuerleben, in welch grauenhaftem Zustand sie waren. Festzustellen, wie wenig ein Menschenleben zählt. Du kannst froh sein, Tom, dass dir so etwas erspart geblieben ist.«

Sydow behielt die Antwort, welche ihm auf der Zunge lag, für sich. Wusste er doch zu gut, was es hieß, lebendig begraben zu sein. Und was es hieß, einen Menschen, den man liebte, zu verlieren. Kaum ein Tag, an dem nicht auch er an den V2-Angriff dachte, bei dem Rebecca, seine Verlobte, ums Leben gekommen war. Was blieb, war ein Ring gewesen, ein Ring und der Anblick ihrer Hand, die aus einem Berg von Schutt, Trümmern und Geröll hervorragte.

»Um die Frage, die dir auf der Zunge liegt, zu beantworten«, nahm Hermine Pasewalk in der für sie typischen, teils mitfühlenden, teils anspornenden Art den Gesprächsfaden wieder auf, »es ist mir ein Rätsel, wie ... wie ...«

Die Rentnerin suchte nach Worten, fand sie aber

offenbar nicht.« »Wie Agnes es fertiggebracht hat, ihre Spur zu verwischen? Wenn ich ehrlich bin, frage ich mich das auch. Die gleiche Größe, die gleiche Figur, der gleiche Rock, der schicke Wintermantel – nie und nimmer wäre ich auf die Idee gekommen, die Frau neben deinem Vater könne nicht deine Schwester sein.«

»Und das ... und ihr Gesicht?«

»Nur keine Scheu, Tom, irgendwann mussten wir ja mal darüber reden.« Die 82-Jährige, scheinbar um Jahre gealtert, gab sich einen Ruck und berichtete: »Ihr Gesicht, sofern man es als solches bezeichnen kann, war nicht mehr zu erkennen. Mein Gott, was war das für eine Hitze gewesen! Und das, obwohl längst Entwarnung gegeben worden war. Wir waren schweißgebadet, bekamen kaum noch Luft. Die Wände anzufassen wäre glatter Selbstmord gewesen, es gab nichts, rein gar nichts, woran man sich festhalten konnte, kein Quadratmeter Boden, der unversehrt geblieben war.«

»Mit anderen Worten: Ihr Gesicht – das Gesicht der Frau, die neben Vater saß, wollte ich sagen – war nicht wiederzuerkennen.« Für seine Verhältnisse ausgesprochen zurückhaltend, ließ Sydow einige Sekunden verstreichen, bevor er die nächste Frage stellte.

Eine Frage, die, obwohl sie nur aus zwei Worten bestand, ihn einiges an Überwindung kostete. »Und Vater?«

»Bei ihm war es nicht so schlimm. Mehr möchte ich dazu nicht sagen.« In Gedanken weit weg, fiel es der Rentnerin schwer, ihre Erinnerungen abzustreifen. »Eins solltest du jedoch wissen, Tom«, fuhr sie mit belegter Stimme fort, »alle miteinander, ob leicht, schwer oder bis zur Unkenntlichkeit verbrannt, alle miteinander haben sie einen sanften Tod gehabt. Keiner, der verkrampft oder zusammengekauert oder erschrocken gewesen wäre. Das kann ich dir versichern. Die Kinder waren aneinander gekuschelt, die Erwachsenen ruhig und entspannt, ungefähr so, als würden sie ein Schläfchen halten. Auf die Gefahr, dass du mich für meschugge hältst, Tom: Alles sah ruhig und friedlich aus. Sie sind erstickt, mein Junge, einfach erstickt. Eine Ritze, durch die giftiger Rauch eindrang – und schon war es geschehen. Binnen Sekunden. Ich weiß zwar nicht, ob es ein Trost für dich ist: Dein Vater, Tom, hat nicht lange leiden müssen.«

Natürlich war es das, obwohl Sydow sich schwergetan hätte, dies zuzugeben. Trotz der Distanz, die zwischen ihm und Vater geherrscht hatte, waren dessen Tod und die Umstände, die dazu geführt hatten, nicht spurlos an ihm vorübergegangen. Wie auch, handelte es sich doch nicht um jemand Wildfremdes, sondern um einen Menschen, der einfach nicht aus seiner Haut gekonnt hatte. Das war tragisch, aber nicht zu ändern. Und das war einer der Gründe, weshalb Sydow gegenüber Agnes, dem verwöhnten Nesthäkchen, auf verlorenem Posten gestanden war.

»Hörst du mir überhaupt zu, Herr Kommissar?«

»Tut mir leid, ich war in Gedanken.«

»Darf ich dir einen Rat geben, Tom?«, entgegnete Hermine Pasewalk, nachdem sie einen Blick auf die Uhr geworfen und Ausschau nach ihrer Schwiegertochter gehalten hatte, mit der sie um halb fünf verabredet war.

»Den Rat einer verschrobenen alten Schachtel?«

»Selbstverständlich«, antwortete Sydow, die Andeutung eines Lächelns im Gesicht. »Grünschnäbel wie ich sind für jeden Rat dankbar.« Und ergänzte: »Oder sollten es zumindest sein.«

»Recht so, junger Mann!«, bekräftigte die Kriegerwitwe, nachdem sie den VW ihrer Schwiegertochter ausfindig gemacht, ihr zugewunken und Sydows Hand ergriffen hatte, um ihm Lebewohl zu sagen. »Du weißt doch: Probleme sind dazu da, um gelöst zu werden!«

*

»Tom Sydow – welch Glanz in meiner Hütte! Komm rein, oder hast du Schiss vor mir?«

Nein, hatte er nicht. Vor Paul Bartels, dem Polizeizeichner, brauchte kein Mensch Angst zu haben. Es sei denn, man war so tollkühn, seine Werke zu kritisieren, doch dafür gab es keinen Grund. Der 34-jährige Chaot, Absolvent des Konservatoriums und überzeugter Junggeselle, war ein echter Könner, und nicht nur Sydow bewunderte die Akribie, mit der er zu Werke ging.

»Vor einer halben Portion wie dir?«, amüsierte sich Sydow, nachdem er den Raum im zweiten Stock betreten und sich einen Weg zum einzigen Stuhl gebahnt hatte, auf dem keine leeren Tassen, Pappteller oder Becher abgestellt worden waren. »Das ist doch wohl nicht dein Ernst!«

»Nimm dich in Acht, Sydow!«, drohte Bartels im Scherz, aufgrund seiner Größe von 1,59 Metern in Tateinheit mit einem ovalen Schädel, Segelohren und einer imposanten Hakennase geradezu prädestiniert für Frotzeleien, »sonst kriegst du es mit mir zu tun. Wenn du denkst, du kannst dich über mich lustig machen, werde ich dir die Freundschaft kündigen.«

»Alles, nur das nicht, Paulchen.«

»Im Klartext: Der einsame Wolf unter Berlins Kommissaren ist auf Beutezug. Und bedarf meiner Hilfe.« Auf seinen Zeichentisch gestützt, setzte Bartels ein selbstgefälliges Lächeln auf, knubbelte hingebungsvoll an seinem Riechorgan herum und zog die Antwort auf Sydows Frage genüsslich hinaus. Dann erst, mit gehöriger Verspätung, blitzte er ihn über die Ränder seiner Brille hinweg an. »Was liegt an, Durchlaucht, wo drückt der Schuh?«

»Hier – sieh dir das mal an.«

»Weil du's bist!«, gab sich Bartels betont jovial und durchmaß sein Büro, in dem es aussah, als habe eine Bombe eingeschlagen. Überall, sogar auf dem Fensterbrett, lagen Fotos, Zeichnungen, unvollendete Skizzen und Notizen herum, garniert mit Aschenbechern, Zigarettenschachteln und Papierknäueln, an denen er seine Wut abreagiert hatte. »Zeig her, du Banause.«

»Ein Familienfoto, wenn man so will. Geschossen anno '44.«

»Was du nicht sagst!«, lästerte Bartels nach einem prüfenden Blick auf die Vorder- und Rückseite des Porträts, wo Sydows Vater das Datum vermerkt hatte. »Darauf wäre ich wirklich nicht gekommen. Spuck's aus, Tom: Was soll ich damit?«

»Du sollst deinem Genie Gelegenheit geben, sich zu entfalten. Spaß beiseite – mir geht es um die Frau.«

»Steiler Zahn, genau meine Kragenweite.«

Um Bartels, der Agnes höchstens bis zur Schulter gereicht hätte, nicht zu verärgern, verkniff sich Sydow eine entsprechende Bemerkung und säuselte: »Könntest du so gut sein und ein Porträt von ihr anfertigen?«

»Und was sagt Lea dazu? Hab keine Lust, eins aufs Dach zu kriegen.«

»Deine Witze, Paulchen, sind wirklich nicht mehr das, was sie mal waren.« Sydow lächelte gequält. »Du kennst dich doch mit so was aus, oder? Was meinst du, wie würde die Frau momentan aussehen?«

»Alter?«

»42. Blonde Haare, gepflegte Erscheinung. Besonderes Kennzeichen: Bubi-Schnitt.«

»Hm.« Die Stirn in Falten, stieß Bartels einen gedämpften Grunzlaut aus. Dann neigte er den Kopf nach links, um ihn anschließend, nach einem weiteren Grunzen, in die entgegengesetzte Position zu bewegen. »Und was springt dabei raus?«

»Auch noch Ansprüche stellen, so haben wir's gern. Na schön, wie wär's mit einem Kasten Pils?«

»Abgemacht. Und bis wann muss ich damit fertig sein?«

»Möglichst schnell«, druckste Sydow herum, im Wissen, dass Bartels nicht der Typ war, dem man die Pistole auf die Brust setzen konnte. »Damit es noch in die … Hör zu, Paulchen: Die Sache eilt, und zwar sehr. Ich sag's zwar nicht gern, aber es wäre nicht schlecht, wenn das Bild noch in die Abendzeitungen käme. Porträt, Personenbeschreibung, Fahndungsaufruf – und fertig ist der Lack!«

»Wie bitte? Du hast wohl nicht mehr alle Tassen im Schrank!«

»Was anderes: Weißt du, was man sich über dich erzählt?«

Böses ahnend, schüttelte Bartels den Kopf und wich Sydows Blick aus. »Nö.«

»Du hättest die Kühnheit besessen, meine Sekretärin um ein Rendezvous zu bitten. Und weißt du, was das Tollste ist? Man sagt, Fräulein Mollig habe zugestimmt.«

»Und wer, mit Verlaub, ist ›man‹?«

»Meine Wenigkeit.« Sydow grinste über beide Ohren. »Tja, Herr Diplom-Junggeselle, die Welt ist klein, fast so klein wie der Wannsee, an dessen Gestaden unser wie aus dem Ei gepellter Polizeizeichner und seine ihn um Haupteslänge überragende Angebetete unlängst zu promenieren geruhten. Verliebt wie die Turteltauben, die vergessen, was um sie herum ge…«

»Jetzt ist es aber genug, du Petze!«

»Was heißt hier ›Petze‹, Paulchen! Ich kann schweigen, schweigen wie ein Grab. Vorausgesetzt, du kooperierst.«

»Zwei Kästen Berliner Kindl. Das ist mein letztes Wort.«

»Einverstanden.«

»So, und jetzt mach, dass du rauskommst, elender Erpresser!«, grummelte Bartels, warf einen weiteren Blick auf das Foto und kehrte an seinen Zeichentisch zurück. »Das werd' ich dir heimzahlen, verlass dich drauf.«

»Ach, Paulchen«, seufzte Sydow gedehnt, stand auf und schlenderte zur Tür. »Wie ich dich kenne, brennst du darauf, mir einen Freundschaftsdienst zu erweisen, oder? Also dann: Bis nachher, und fröhliches Schaffen!«

*

Wieder im Treppenhaus, in dem es beinahe so muffig wie in Bartels' Rumpelkammer roch, stieß Sydow einen Seufzer der Erleichterung aus und machte sich auf den

Weg in den ersten Stock, um sich bei Krokowski nach dem Stand der Ermittlungen zu erkundigen. Die Sache mit Morell lag ihm schwer im Magen, und er hoffte, dass ihm nichts anderes in die Quere kommen würde.

Er hoffte vergeblich.

Kriminalrat Kurt Augustin, sein Vorgesetzter, besaß nämlich die Eigenschaft, immer dann aufzutauchen, wenn man nicht mit ihm rechnete. Oder, wie im vorliegenden Fall, bis zum Hals in Arbeit steckte. Nicht etwa, dass Sydow nicht mit ihm ausgekommen oder er ihm auf die Nerven gegangen wäre. Augustin, ein distinguierter älterer Herr, gefiel sich in der Rolle des Patriarchen und besaß die Fähigkeit, Problemen so lange aus dem Weg zu gehen, bis sie sich von selbst erledigten. War dies nicht der Fall, durften sich seine Untergebenen, das heißt unter anderem er, damit herumschlagen. Bei den Betroffenen sorgte dies nicht unbedingt für Begeisterung, doch mittlerweile hatte Sydow gelernt, die Schwächen seines Vorgesetzten auszunutzen. Lieber ein Kriminalrat, der die Zügel schleifen ließ, als ein Jungspund, der einem andauernd auf die Finger sah. So lautete sein Motto.

»Sydow – Sie hier? Ich dachte, Sie hätten sich freigenommen!«, begrüßte ihn der 64-jährige Leiter der Kriminalinspektion I, dem die Vorfreude auf die bevorstehende Pensionierung deutlich anzumerken war. Ein Lächeln auf den Lippen, die von einem sorgsam zurechtgestutzten weißen Schnurrbart überwölbt wurden, ließ es sich Augustin, hinter vorgehaltener Hand ›Onkel Kurt‹ genannt, selbstredend nicht nehmen, sich nach seinem Befinden zu erkundigen. Eine, gemessen an den

Umständen, nicht leicht zu beantwortende Frage, doch da Sydow den hochgewachsenen, weißhaarigen und wie stets mit Anzug, karierter Weste, Uhrenkette und geblümter Krawatte bekleideten Prototyp einer Vaterfigur kannte, ging er über die Ereignisse der vergangenen Stunden hinweg und entschied, die Floskel mit einer Floskel zu beantworten und die Beerdigung seiner Tante nicht zu erwähnen.

»Dachte ich auch, Herr Kriminalrat«, erwiderte Sydow, dankbar, den Fängen seiner Mutter entronnen zu sein. Und fügte mit perfekter Unschuldsmiene an: »Wenn Not am Mann ist, bin ich natürlich zur Stelle.«

»Guter Mann. Ich wünschte, alle hier wären so wie Sie.«

Sydow zuckte vor Schreck zusammen. Das hörte sich aber gar nicht gut, um nicht zu sagen bedrohlich an. Wenn es etwas gab, das ihn in Panik versetzte, dann die Aussicht, zum Nachfolger von Onkel Kurt ernannt zu werden. Ausgerechnet er, der er mit Büroarbeit im Allgemeinen und Formularen im Besonderen auf Kriegsfuß stand. Nie und nimmer durfte das geschehen. Damit würde man den Bock zum Gärtner und ihm, Sydow, das Leben zur Hölle machen. »Wie ich? Lassen Sie das bloß meine Frau nicht hören!«

Stets zu Scherzen aufgelegt, schüttelte sich Augustin vor Lachen. »Na, Sie sind mir vielleicht einer!«, japste er und wedelte tadelnd mit dem Zeigefinger. »Ich finde, es ist an der Zeit, dass man ihr die Augen öffnet.«

»Das finde ich auch, Herr Kriminalrat!«, ließ Sydow verlauten und machte Anstalten, sich in Richtung Treppenabsatz davonzustehlen. »Je früher, desto besser.«

»Prima – dann am besten gleich heute Abend.«

»Heute …?«, begann Sydow, bevor ihm einfiel, auf was Augustin anspielte.

»Punkt acht im Sanssouci. Und keine Minute später.« Onkel Kurt setzte seinen Oberlehrerblick auf. »Sagen Sie bloß, Sie haben es vergessen.«

»Natürlich nicht, wo denken Sie hin!«, beteuerte Sydow und rang sich ein Lächeln ab, das selbst wohlmeinende Beobachter als heuchlerisch bezeichnet hätten. Kurt Augustin, nur noch gut sieben Stunden im Dienst, schien sich daran jedoch nicht zu stören. »Kann sein, dass es ein bisschen später wird. Ein neuer Fall, Sie verstehen.«

»Ich weiß, Krokowski hat mich bereits informiert.«

»Die Tote wurde regelrecht exekutiert. Scheint so, als bekämen wir eine Menge Arbeit.«

Der Kriminalrat auf der Zielgeraden zur Pensionierung winkte ab. »Das kann warten«, beschied er seinen Untergebenen und winkte ihn näher heran. »Oder ist es Ihnen egal, wer mein Nachfolger wird?«

Ja, das war es, Hauptsache, der Kelch würde an ihm vorübergehen. »Natürlich nicht!«, antwortete Sydow, bemüht, Interesse zu heucheln.

Ein Kraftakt, den ihm keiner abnahm. Schon gar nicht der Kollege, der wie aus dem Nichts aufgetaucht war. »Tatsächlich?« Kriminalhauptkommissar Wagenbach liebte die großen Auftritte, wie jetzt, als er in das Gespräch seines Mentors mit Sydow, dem erklärten Intimfeind, platzte. Er war noch jung, das heißt gerade einmal 34, effizient, eloquent und legte ein Selbstbewusstsein an den Tag, das die Mehrheit im Präsidium zum Speien fand. Viel auszumachen schien es dem Weddinger, der auf alles eine Antwort wusste und eine wahre Blitzkarriere hinter sich hatte, jedoch nicht. Wagenbach kam stets geschniegelt und gebügelt daher, hatte ein Faible für dunkle Anzüge und die Angewohnheit, mit angefeuchtetem Haar herumzulaufen. Sein Markenzeichen war jedoch der Diplomatenkoffer, den er überall mit sich herumschleppte und so gut wie nie unbeaufsichtigt ließ. Spötter behaupteten, er nehme ihn sogar mit ins Bett, was Sydow, der keine Hemmungen besaß, in den Chor der Lästermäuler einzustimmen, ihm ohne Weiteres zugetraut hätte. »Hört sich aber nicht so an.«

Das war nicht sein Tag, und da er nicht wusste, was er bereithielt, kämpfte Sydow seine Neigung zu ironischen Bemerkungen nieder, stellte auf Durchzug und fand Trost in dem Gedanken, dass die Furcht, er werde auf den Chefsessel gehievt, völlig unbegründet und Wagenbach der Kandidat Nummer eins dafür war. Allein schon das Wohlgefallen, mit dem Onkel Kurt ihn betrachtete, war Beweis genug, ein Grund mehr, keinen Gedanken mehr darauf zu verschwenden und sich möglichst rasch an die Arbeit zu machen. Die Frage, was Morell mit dem Mord zu tun hatte, rangierte an erster Stelle, weit vor der Frage, ob er sich ab morgen mit einem Vorgesetzten namens Wagenbach herumschlagen musste.

»Sie müssen entschuldigen, Herr Kriminalrat – die Arbeit ruft.« Ohne seinen Erzfeind eines Blickes zu würdigen, nickte Sydow Kurt Augustin zu und machte sich auf den Weg, in Gedanken längst bei einem Fall, der, so hoffte er, ihn nicht über Gebühr in Anspruch nehmen würde.

Er hoffte vergebens.

12

Berlin-Schöneberg, Polizeipräsidium | *16:25 h*

»Sag mal, wie siehst du denn aus?«, amüsierte sich Krokowski, als Sydow zur Tür hereinplatzte und nichts Eiligeres zu tun hatte als sein Jackett auszuziehen. »Mein Vorgesetzter mit Anzug – es geschehen noch Zeichen und Wunder.«

»Das sagt der Richtige!«, konterte Sydow, lockerte seine Krawatte und warf einen beiläufigen Blick in den Spiegel. »Muss ja nicht jeder so rumlaufen wie du.«

»Jedem das Seine, Herr Kollege.«

»Du sagst es, Kroko.« Das hatte er nun davon. Lea zuliebe hatte er sein Hochzeitsjackett überhaupt angezogen und dabei festgestellt, dass es um einiges zu eng geworden war. Und jetzt machte sich Kroko auch noch lustig über ihn. Sydow knirschte vor Wut. Er hasste Anzüge wie die Pest, hasste Manschettenknöpfe und Krawatten, verabscheute vor allem diese Hose, die sich anfühlte, als ob sie voller Flöhe steckte. Da traf es sich recht gut, dass er noch Jeans und ein Freizeithemd im Spind hängen hatte. Sonst wäre er die glatte Wand hochgegangen. »Kannst von Glück sagen, dass du wegen deiner Montur noch nicht verhaftet worden bist.«

»Ich fürchte, das Frotzeln wird uns noch vergehen.« Ein Foto im Auge, das Naujocks vor ein paar Minuten vorbeigebracht hatte, stand Sydows Assistent vor seinem Schreibtisch, auf dem mindestens ein Dutzend weitere Schwarz-Weiß-Aufnahmen verteilt waren. Darunter auch eine des Mordopfers, die er bei Sydows Auftauchen in der Ablage versteckt hatte. Mit Leichen hatte der nämlich so seine Schwierigkeiten und mied ihren Anblick, wo es nur ging. »Hier – das musst du dir ansehen.«

»Mannomann!«, murmelte Sydow, lockerte den Hemdkragen und betrachtete das Bild, auf dem die mit Kreide gekennzeichnete Position der Toten sowie eine riesige Blutlache und Relikte ihres Gehirns zu erkennen waren. »Der wollte es aber genau wissen.«

»Der oder die.«

»Das heißt, du nimmst an, dass es kein Einzeltäter war.«

Krokowskis Antwort ließ nicht lange auf sich warten. »Gersdorf hat ein Sprechfunkgerät gefunden. Da waren Profis am Werk, jede Wette.«

»Ein Berufskiller, der seine Utensilien verliert?« Sydow legte das Foto auf den Schreibtisch, entfernte seine Manschettenknöpfe und verstaute sie in der Hosentasche. »Dann ist es aber nicht weit her mit ihm.«

Krokowski wog bedächtig das Haupt. »Ich fürchte, da muss ich dir widersprechen, Tom«, entgegnete er in der für ihn typischen Art, die darauf abzielte, die Pointe möglichst lange hinauszuzögern. »Auf die Gefahr, mich zu wiederholen: Wer immer die Frau auf dem Gewissen hat, beherrscht sein Handwerk aus dem Effeff.«

»Wenn dem so wäre, hätte er sich nicht so dumm angestellt.«

»Auch ein Profi – sogar ein Halbgott wie du – macht bekanntlich mal Fehler. Im Ernst: Morell hatte Glück.

Wäre der Gärtner nicht aufgetaucht, hätte er nicht mehr lange zu leben gehabt.«

»Tja, du kannst dir noch so viel Mühe geben, den perfekten Plan auszuhecken – meistens kommt etwas dazwischen.«

»Du sagst es. Er hätte alle Zeit der Welt gehabt, deinen Freund ins Jenseits zu befördern. So aber blieb ihm nichts anderes übrig, als sich die Knarre unter den Arm zu klemmen und die Kurve zu kratzen.«

»Hört, hört, Krokowski redet wie ein normaler Mensch. Ich muss sagen, es geschehen noch Zeichen und Wunder!«

»Soll ich weitermachen oder nicht?«

»Selbstverständlich, Herr Kollege«, flötete Sydow und genoss seinen Seitenhieb in vollen Zügen. »Fahren Sie fort, Inspektor Yates. Oder sollte ich besser ›Herr Drache‹ sagen?«*

»Das können Sie halten, wie Sie wollen, Mr. Holmes.« Krokowski atmete tief durch. »Also: Nachdem der Schlossgärtner ihm die Tour ver… Nachdem Michalke seine Pläne durchkreuzt hat, wollte ich sagen, beschließt der Mörder, Fersengeld zu geben. Doch er hat nicht mit der Entschlossenheit seines potenziellen Opfers gerechnet. Will heißen: Anstatt in Deckung zu bleiben und sich Gedanken zu machen, wie er seine Haut retten kann, brennt bei Morell die Sicherung durch.«

»Du meinst, er war so …«

»Nenn es, wie du willst, laut Aussage des Gärtners

---

* Anspielung auf den Sechsteiler ›Das Halstuch‹ mit Heinz Drache in der Hauptrolle, der im Januar 1962 ausgestrahlt wurde und zum bis dahin größten ›Straßenfeger‹ in der Geschichte des Deutschen Fernsehen wurde. Drehbuch: Francis Durbridge.

rennt Morell jedenfalls auf ihn zu, rempelt ihn an und nimmt die Verfolgung des Flüchtigen auf. Der ist darüber so verblüfft, dass er sein Walkie-Talkie verliert, schafft es aber, unerkannt zu entkommen.«

»Oder, ohne dir an den Karren fahren zu wollen, seinen Verfolger auszuschalten.«

»Kann sein.« Krokowski machte ein nachdenkliches Gesicht. »Kann sein, dass er im Karpfenteich gelandet ist. Wenn nicht, hätten wir ihn ja wohl gefunden.«

»Hätte, wäre, könnte! Davon können wir uns nichts kaufen, Kroko.«

Wie üblich ließ sich der Gescholtene nicht beirren. »Wie wär's, wenn wir ein kleine Pause einlegen?«, schlug Krokowski vor, schraubte seine Thermoskanne auf und bot Sydow an, von seinem Hagebuttentee zu kosten.

Der jedoch wehrte händeringend ab. »Willst du mich umbringen oder was?«, wetterte er. »Komm zur Sache, da habe ich mehr davon.«

»Nichts lieber als das«, versetzte Krokowski und ließ sich auch durch den Vogel, den sein Partner ihm zeigte, nicht aus der Ruhe bringen. »Man verzeihe mir die Wortwahl, aber ich denke, die Art, wie der Kerl zu Werke gegangen ist, lässt auf einen geborenen Heckenschützen schließen.«

»Sonst noch was?«

»Den Angaben des Schlossgärtners zufolge sind die tödlichen Schüsse kurz nach zwölf abgegeben worden. Entfernung: etwa 80 Meter. Tatwaffe: aller Wahrscheinlichkeit nach ein Repetiergewehr, ausgestattet mit einem Zielfernrohr. Ich brauche dir wohl nicht zu sagen, dass die Frau sofort tot gewesen ist.«

»Nein, brauchst du nicht«, stimmte Sydow mit nachdenklicher Miene zu und nahm hinter seinem Schreibtisch Platz. Er fragte sich, wie Morell, von dem er des Öfteren wichtige Tipps erhalten hatte, in so etwas hineingeraten war. Zweifelsohne handelte es sich bei ihm um einen integren Mann, um einen harmlosen Paradiesvogel, der ihm trotz seiner Marotten ans Herz gewachsen war. »Und weiter?«

»Bei der Toten, deren Handtasche wir gefunden haben, handelt es sich laut Ausweis um eine gewisse Luise Nettelbeck, zuletzt wohnhaft in Gauting bei München, geboren am 12. April 1918 in Berlin.«

»Auf Besuch in der Heimat und dann so etwas.«

»Besuch oder nicht, feststeht, dass sie gestern Mittag hier angekommen und im ›Excelsior‹ abgestiegen ist. Ausweis, Zimmerschlüssel, Flugtickets – alles in ihrer Tasche. Das Erstaunliche daran: Bereits heute Abend wollte sie wieder abreisen. Ab Tegel mit TWA nach Frankfurt und von dort aus weiter nach New York. Merkwürdig, nicht? Auf Heimaturlaub, nur um einen Tag später zu entschwinden. Ich kann mir nicht helfen, aber irgendwas stimmt hier nicht.«

»Die Frage ist nur, was. Was kann so wichtig sein, dass man holterdiepolter in der Heimat aufkreuzt, in einem Luxusschuppen absteigt, sich in aller Heimlichkeit mit einem Reporter trifft und genauso schnell zu verschwinden gedenkt, wie man gekommen ist.«

»Muss ich dir das wirklich sagen?«

Sydow schüttelte den Kopf. »Musst du nicht. Angenommen, die Dame hatte vor, Theo mit brisantem Material zu ver…«

»›Gehen wir davon aus‹ wolltest du sagen.«

»Na schön, gehen wir davon aus! Dann stellt sich die Frage, was die beiden ausbaldowert haben.«

»›Ausgeheckt‹ wolltest du sagen.«

Sydow verdrehte die Augen. »Tja, wie die Dinge liegen, gibt's nur einen, der uns Auskunft darüber geben kann. Und das ist Theodor Morell.«

»Genau. Das heißt, es gilt herausfinden, wo dein Duzfreund abgeblieben ist.«

»Du weißt, wie schwer es mir fällt, dir recht zu geben, Kroko. Aber ich fürchte, darauf läuft es hinaus.« Das Kinn auf den verschränkten Händen, starrte Sydow an die gegenüberliegende Wand, an der ein Stadtplan aus dem Jahre 1946 mit den fein säuberlich eingezeichneten Sektorengrenzen hing. Andere Kollegen, zum Beispiel Wagenbach, waren da wesentlich wandlungsfähiger als er. Die verfügten nämlich über Karten, die den veränderten Verhältnissen Rechnung trugen und die Lage so darstellten, wie sie war. Eine Großstadt, eingeteilt in zwei Hälften. Hier die Guten, also wir, dort die Bösen, das heißt der Ulbricht und seine Gefängniswärter. Die Frage war, wie lange dieser Zustand anhalten würde, umso mehr, da die Grenzen zwischen Gut und Böse fließend waren. »Ich frage mich, wo der Hallodri steckt. Und was er als Nächstes tun wird.«

»Dies festzustellen dürfte ziemlich schwierig sein. Es sei denn, der Zufall käme uns zu Hilfe. Wenn nicht, können wir suchen, bis wir schwarz werden.«

»Apropos Suche – wo ist eigentlich Peters abgeblieben?«

»Peters?«, antwortete Krokowski und begann, die

Fotos wieder einzusammeln. »Du weißt doch, wie viel er momentan zu tun ...«

»Ich? Zu tun? Wenn du dich da mal nicht irrst, Herr Kollege!«

Wie immer, wenn Heribert Peters unter Strom stand, gab es kein Halten für ihn. So auch jetzt, nachdem der Gerichtsmediziner ins Zimmer gestürmt, Krokowski das Wort abgeschnitten und die Tür hinter sich zugeworfen hatte.

»Der irrt sich nie, Heribert!«, flachste Sydow, dessen Hang zu Frotzeleien prompt bestraft wurde.

»Deine Witze kannst du dir sparen!«, fuhr Peters ihn an, was Sydow, der seine Pappenheimer kannte, umgehend zum Schweigen brachte. Mit Krokowski verhielt es sich ähnlich, was Peters, dem beinahe die Luft wegblieb, allerdings nicht besänftigen konnte. »Hockt in seinem Kabuff und hat nichts Besseres zu tun, als die Zeit totzuschlagen!«, schäumte er mit Blick auf Sydow, der nicht wusste, wie ihm geschah und einen ratlosen Blick mit Krokowski wechselte. »Dreht Däumchen, während andere den Wind von vorne kriegen.«

»Welche Laus ist denn dir über die Leber gelaufen?«

Ohne Krokowski, der ihm die Stirn bot, Beachtung zu schenken, holte Peters tief Luft und begann mit hochroter Miene hin und her zu stapfen. »Eins kann ich euch sagen«, rief er aus und lehnte Sydows Angebot, Platz zu nehmen, unwirsch ab. »So eine Sauerei hab ich in der Bruchbude, die sich Pathologie schimpft, noch nie erlebt.«

»Es geht um den Mord, stimmt's?« Wohl wissend, wen er vor sich hatte, war Sydow darauf bedacht, die Worte vorsichtig zu wählen. »Schon irgendwelche Erkenntnisse?«

»Kann man wohl sagen!«, rief Peters gereizt aus und verzog das Gesicht, in dem es von Zornesfalten nur so wimmelte. Und scheute sich nicht, eins draufzusetzen: »So blöd kannst auch nur du fragen, Blaublüter.«

»Setz dich, Dicker. So viel Zeit muss sein.«

»Von wegen dick. Du hast es gerade nötig.«

»Sag mal, was ist denn mit dir passiert? Du siehst aus, als hättest du ...«

»Zahnschmerzen, Kroko, ich habe Zahnschmerzen«, knirschte Peters, kurz davor, aus der Haut zu fahren. »Schön, dass wenigstens du es bemerkst.«

»Au Backe.« Sydow tat, als habe er den Seitenhieb nicht registriert, lehnte sich zurück und witzelte: »Und das bei einer Mimose wie dir.«

»Wenn hier einer mimosenhaft ist, dann du!«, erwiderte Peters und ließ sich auf dem Stuhl vor Sydows Schreibtisch nieder, der denn auch prompt laut und vernehmlich zu knarren begann. »Was passiert ist, wollt ihr wissen? Ganz einfach: Sie haben den Leichnam konfisziert.«

»Sie haben ... sie haben was?«

»Die Frau, die aus dem Hinterhalt erschossen wurde – ihr Leichnam ist beschlagnahmt worden.«

»Und wann war das?«, warf Krokowski ein, das Gesicht zu ungläubigem Staunen verzogen, in das sich Groll und Zorn zu mischen begannen.

»Vor etwa einer halben Stunde.«

»Und wer, bitte schön, sind ›sie‹?«

»Die, mein lieber Tom, waren Beamte vom LKA, an

der Spitze ein gewisser Posininsky, der die Frechheit besaß, sämtliche Unterlagen zu beschlagnahmen.« Für seine Verhältnisse erstaunlich ruhig, begann Peters die Ereignisse, welche ihn in Rage versetzt hatten, zu schildern und ging dabei auch auf die Erkenntnisse seiner Kollegin ein. Sydow und Krokowski hörten schweigend zu, der eine kopfschüttelnd, der andere mit einer Miene, an die man sich erst gewöhnen musste. Selbstbeherrschung kam bei Krokowski an oberster Stelle, aber was er hier zu hören bekam, war geeignet, selbst ihn in Rage zu versetzen. Je mehr Peters erzählte, desto grimmiger wurde sein Gesicht, und wäre Sydow nicht gewesen, der eine besänftigende Handbewegung machte, hätte Kriminalkommissar Eduard Krokowski einen Wutanfall bekommen.

»So, das war's – noch Fragen?« Fast schien es, als sei die Frage, die Peters gestellt hatte, ungehört verhallt, und obwohl er ein Räuspern hinterherschickte, herrschte Schweigen im Raum. Auch Sydow, dem die Erbitterung ins Gesicht geschrieben stand, machte keine Anstalten, es zu brechen, und wie so häufig, wenn dies der Fall war, fiel diese Rolle Krokowski zu. Anders als sonst drückte er sich jedoch wesentlich undiplomatischer und im Vergleich zu sonstigen Gepflogenheiten ausgesprochen unzweideutig aus. »Bastarde.«

Sydow blickte überrascht auf, unterließ es jedoch, seinen Partner durch den Kakao zu ziehen. Selbst ihm, dem passionierten Spötter, hatten die Neuigkeiten auf den Magen geschlagen, und das wollte bekanntlich etwas heißen. »Dann wollen wir mal Bilanz ziehen, meine Herren«, sprach er deshalb mit Bedacht, den Blick abwechselnd auf Krokowski und Peters gerichtet, dessen Wut allmählich in Resignation umschlug. »Heute Mittag, genauer gesagt zwei Minuten nach zwölf, wird Luise Nettelbeck, geboren in Berlin und wohnhaft in Gauting bei München, aus dem Hinterhalt erschossen – beziehungsweise liquidiert. Täter: unbekannt. Mit anderen Worten: ein Fall fürs LKA.«

»Was bilden sich die Kerle überhaupt ein? Denken die, wir sind zu blöd, einen Mord aufzuklären? Eins kann ich dir sagen, Tom: Wenn dieser Posininsky noch mal bei uns aufkreuzt, muss er aufpassen, dass er nicht im Kühlfach landet! Denken, sie könnten uns Vorschriften machen – da hört sich ja wohl alles auf.«

»Ich glaube, du bist auf dem Holzweg, Leichenfledderer. Da steckt mehr dahinter, als wir glauben.«

»Denkst du etwa, die haben etwas damit zu …«

»Ich denke überhaupt nichts, Heribert, besser, wir halten uns an die Fakten.« Ohne ihn dabei anzuschauen, stand Sydow auf, umrundete den Schreibtisch und verpasste dem Gerichtsmediziner einen Klaps. Danach wandte er sich ab und trat ans Fenster. »Kurz und gut: Vieles, wenn nicht gar alles, deutet darauf hin, dass für diejenigen, welche die Frau auf dem Gewissen haben, eine Menge auf dem Spiel steht. So viel, dass sie nicht zögern, sie aus dem Weg zu räumen.«

»Und die Spuren, die sie hinterlassen haben, zu verwischen.«

»Genau, Kroko. Die Frage ist, was als Nächstes passieren wird.«

»Das kann ich dir sagen, Tom. Wer auch immer die Drahtzieher sind, sie werden alles daransetzen, um Morell mundtot zu machen.«

»Mit Betonung auf ›tot‹, da sie vermutlich nicht lange fackeln werden.«

»Kommt drauf an, hinter was sie her sind, Heribert.« Die Hände auf dem Sims, starrte Sydow in den Regen hinaus. Das Aprilwetter gab ihm den Rest, und er fragte sich erneut, ob es jemals Sommer werden würde. »Wer weiß, vielleicht schafft Theo es ja auch, sie …«

»Kriminalinspektion eins. Ja, der ist da. Augenblick, ich gebe weiter.«

»… abzuhängen.« Jäh aufgeschreckt, drehte sich Sydow um und griff nach dem Hörer, den Krokowski ihm in die Hand drückte. »Sydow hier. Was kann ich für Sie … Ach, du bist's, Jürgen, was gibt's?«

Wie sich herausstellte, konnte Sydow für den Anrufer, einen Ex-Kollegen von Lea, eine Menge tun. Und dieser für ihn. Auf einen Schlag wie elektrisiert, traute er seinen Ohren nicht, den Blick abwechselnd auf Krokowski und Peters gerichtet, die ihn mit banger Miene musterten. »Natürlich gehst du darauf ein!«, beschwor er seinen Gesprächspartner, nachdem der Redeschwall, den er über sich ergehen lassen musste, abgeflaut war. »Wann? Um fünf, aha. Und wo? Ja, kenne ich. Keine Sorge, wir kümmern uns darum. Natürlich werde ich die Sache nicht an die große Glocke hängen, für wen hältst du mich! Verlassen? Auf mich? So gut müsstest du mich inzwischen kennen. Bis dann, Jürgen, halt die Ohren steif. Ja, geht in Ordnung – Wiederhören!«

»Was ist?«, drängte Peters, den es nicht mehr auf seinem Stuhl hielt, und sah Sydow neugierig an. »Irgendwelche …«

»Neuigkeiten?«, vollendete Sydow, griff nach seinem

Jackett und bedeutete Krokowski, ihm zu folgen. »Und was für welche! Stellt euch vor, Männer: Kurz nach vier ist bei meinem alten Schulfreund Orth ein Anruf eingegangen.«

»Doch nicht etwa dieser Schwätzer, der beim SFB[*] für Politik und Zeitgeschehen zuständig ...?«

»Doch, Kroko. Genau der. Und wisst ihr, wer an der Strippe war? Genau, Morell! So, und jetzt kommt's: Im Austausch für brandheiße Informationen zum Thema Eichmann verlangt Theo hunderttausend Mäuse, zum Mitschreiben: einhunderttausend Deutsche Mark! Zahlbar auf das Konto eines jüdischen Opferfonds. Da kommt man ins Grübeln, keine Frage. Will heißen: Orth und Morell vereinbaren ein Treffen.«

»Und wozu dann der Anruf? Kapier ich nicht, tut mir leid!«

»Tja, scheint so, als sei Jürgen ein bisschen voreilig gewesen. Auf gut Deutsch – er ist zurückgepfiffen worden. Vom Intendanten persönlich. Begründung: Morell wolle sich nur wichtigmachen.«

»Was, wie wir alle wissen, nicht der Wahrheit entspricht.«

»Genau, Dicker.« Die Klinke in der Hand, hielt Sydow inne. »Jürgen sagt, die Sache habe ihm keine Ruhe gelassen. Rosenzweig habe Angst gehabt und behauptet, sein Leben hänge an einem seidenen ...«

»Wie bitte? Was hast du gerade gesagt?«

»Was ist denn los mit dir, Kroko? Du machst ein Gesicht, als sei Doktor Mabuse[**] hinter dir her!«

---

[*] Sender Freies Berlin, gegründet 1953
[**] Filmschurke der frühen 60-er Jahre

»Der Name, den du genannt hast, Tom. Wie lautet er?«

»Ach, das meinst du! Morell heißt eigentlich Rosenzweig, David Rosenzweig. Und ist Jude.«

»Ein Pseudonym, ich verstehe.«

»Nicht was du denkst, Theo, die Zeiten sind hoffentlich vorbei. Soweit ich weiß, wollte sein Alter, dass er Buchhalter wird. Damit hatte Theo aber nichts am Hut. Er wollte lieber Journalist werden, fing an, für alle möglichen Zeitungen Artikel zu schreiben. Aus Angst, sein Vater werde ihm an den Kragen gehen, hat er sich dann einfach ein Pseudonym zugelegt.« Sydow öffnete die Tür und sah Krokowski fragend an. »Wieso fragst du?«

»Vor einer guten halben Stunde hat ein gewisser David Rosenzweig angerufen. Er wollte dich dringend sprechen.«

»Wenn ich Zeit hätte, Eduard«, knirschte Sydow, die Augen zu schmalen Schlitzen verengt, »würde ich dir an die Gurgel gehen. Und? Was hat er gesagt?«

Krokowski schlug die Augen nieder und flüsterte: »Nichts. Halt, stimmt nicht ganz. Er hat gesagt, er würde später noch mal anrufen.« Krokowski hob die Schultern und kehrte die Handflächen nach oben. »Tut mir leid, Tom – und was jetzt?«

»Was mich betrifft, werde ich erst mal zum Zahnarzt gehen«, jammerte Peters, der sich offenbar ausgetobt hatte, und erhob sich schwerfällig von seinem Stuhl. »Und du?«

»Da fragst du noch?«, erwiderte Sydow, griff sich an die Stirn und eilte zurück zum Telefon, um seine Frau anzurufen. »Du, Herr Meisterdetektiv, wirst dich schleunigst in Morells Redaktion begeben, um den Herren und Damen Journalisten auf den Zahn zu fühlen. Und wenn du schon dabei bist, sei so gut und mache einen Abstecher ins ›Excelsior‹. Wer weiß, vielleicht kriegen wir noch mehr über die Tote raus.«

»Und du?«

Sydow gab einen lauten Seufzer von sich. »Was mich betrifft, werde ich erst mal Lea anrufen. Und zusehen, dass ich rechtzeitig zu meinem Rendezvous komme.« Ohne einen Gedanken an mögliche Konsequenzen zu verschwenden, griff Sydow zum Hörer und begann zu wählen. »Na warte, Theo«, murmelte er vor sich hin, als am anderen Ende das Freizeichen ertönte. »Wenn ich dich kriege, kannst du dich auf was gefasst machen!«

13

Berlin-Wannsee, Seestraße | *16:40 h*

Es gab Leute, die ihr auf Anhieb sympathisch waren, solche, denen sie am liebsten Gift verabreichen würde und wiederum solche, aus denen sie nicht schlau wurde. Was Abigail Wentworth, Toms Mutter, betraf, musste Lea nicht lange nachdenken. Sie gehörte zur dritten Kategorie, und nichts deutete darauf hin, dass sich dies ändern würde.

Nicht etwa, dass sie auf Distanz gegangen war. Davon konnte keine Rede sein. Abigail hatte ihr das ›Du‹ angeboten, für Leute ihres Schlages ungewöhnlich, wenn nicht gar unerhört. Darüber hinaus hatte die 73-jährige, adrett gekleidete und sorgfältig frisierte Angehörige der britischen Hocharistokratie alles unterlassen, was irgendwie Anstoß erregen konnte, sich betont jovial gegeben und das Klischee vom dünkelhaften Auftreten ihrer Standesgenossen Lügen gestraft. Überhaupt war Lea angenehm überrascht gewesen, ein Eindruck, der sich jedoch bald verflüchtigte.

Da war etwas an dieser Frau, das sie irritierte, und sie hätte zu gerne gewusst, was. An der Kleidung, dezent, unprätentiös und beinahe schlicht, konnte es nicht liegen. Ihre Schwiegermutter trug einen breitkrempigen Hut, ein dem Anlass angemessenes dunkles Kostüm mit weißer Bordüre und eine silbergraue Bluse. Sie war weder hochnäsig noch herablassend oder gar abweisend. Sie war beinahe liebenswürdig. Aber nur beinahe.

Hinter der Fassade, welche ihre Schwiegermutter zur Schau trug, verbarg sich eine andere Person. Das merkte man sofort. Tom hatte nie viel von ihr erzählt, nur dann, wenn es nicht zu umgehen war. Dass sie jedoch nicht mit offenen Karten spielte, ihre Meinung für sich behielt und darauf bedacht war, sich keine Blöße zu geben, wurde Lea recht bald klar.

»Das war Tom«, sagte Sydows Frau bei ihrer Rückkehr in den Wintergarten, von wo aus man einen ungehinderten Blick auf den Wannsee und die Ausflugsschiffe auf der Havel werfen konnte. Für die Terrasse vor der Tür war es leider zu kühl, weshalb sie den Tee lieber hier serviert hatte. »Tut mir leid, es wird ein bisschen später.«

Jede andere Mutter dieser Welt hätte jetzt ihren Unmut kundgetan. Nicht so Abigail Wentworth, die nach der Scheidung wieder ihren Mädchennamen angenommen und sämtliche Brücken, auch die zu ihren Kindern, hinter sich abgebrochen hatte. »Warum sollte es?«, gab sie mit an Nonchalance grenzender Gelassenheit zurück, nippte an ihrem Tee und verzog keine Miene. »Hauptsache, er tut seine Pflicht, oder?«

»Sagen wir es einmal so: Hauptsache, er tut das Richtige.« Das war keine Frage, sondern der untaugliche Versuch, sie aus der Reserve zu locken. Mit dieser Masche würde die Dame nicht bei ihr landen können, weshalb Lea beschloss, den Spieß umzudrehen. »Mehr kann man als Ehefrau nicht verlangen, denke ich.«

»Falls du damit auf Toms Vater anspielst, Lea: Ja, ich bin der Meinung, dass er nicht immer das Richtige getan hat. Von der Zeit nach unserer Trennung, als er die

Karriereleiter hinaufgeklettert und zum Mitschuldigen geworden ist, gar nicht zu reden.«

Da sie es für das Beste hielt, sich nicht in anderer Leute Angelegenheiten zu mischen, verzog auch Lea keine Miene, schenkte Tee nach und ließ das Thema auf sich beruhen.

Ihre Taktik sollte sich prompt auszahlen. »Aber lassen wir das!«, entschied ihr Gegenüber, rückte ihre ausladende Kopfbedeckung zurecht und presste die Lippen aneinander, bis die Farbe aus ihnen wich. »Und reden wir lieber über meinen Sohn. Ist er eigentlich immer noch so schlecht auf mich zu sprechen wie früher?«

»Da musst du ihn schon selbst fragen«, konterte Lea und spielte den Ball gekonnt zurück. »Soviel ich weiß, hat er unter eurer Trennung sehr gelitten. Von dem, was er während und nach dem Krieg erlebt hat, nicht zu reden.«

Der Wink mit dem Zaunpfahl saß, wenngleich Sydows Mutter die Gelegenheit zur Revanche nicht ungenützt verstreichen ließ. »Sie war eine bildhübsche Frau«, entgegnete sie, in der Hoffnung, Lea auf dem falschen Fuß zu erwischen.

»Seine Verlobte? Das stimmt«, gab Lea zurück. »Er hat oft von ihr erzählt. Und natürlich hat er mir auch Bilder von ihr gezeigt.«

»Tatsächlich? Hat dir das nichts ausgemacht?«

Anstatt etwas zu erwidern, drehte Lea den Spieß erneut um. »Erlaubst du mir eine Frage?«, erkundigte sie sich und dachte nicht daran, die Antwort abzuwarten. »Die Trennung von deinen Kindern muss dir furchtbar schwergefallen sein. Ich frage mich, wie man so etwas verkraftet. Jahrelang ohne Nachricht, nur um bei Kriegsende zu erfahren, dass die eigene Tochter bei einem Bombenangriff … Wie gesagt: Mich wundert, wie man so etwas verarbeiten kann.«

»Genauso gut oder schlecht wie mein Herr Sohn. Und was meine Tochter angeht: Sie war Papas Kind. War es, blieb es und ist es immer gewesen.«

»Ihr Name war Agnes, nicht?« Kaum war ihr die Frage herausgerutscht, bereute Lea sie auch schon. »Verzeih, ich … Ich fürchte, das war ziemlich taktlos von mir.«

»Was heißt hier ›taktlos‹«, gab ihre Schwiegermutter zurück, wie eine Eins auf dem Rand ihres Korbsessels sitzend und die Teetasse in der feingliedrigen Hand. Eine Hand, die weder zitterte noch erkennen ließ, dass ihre Besitzerin im siebten Lebensjahrzehnt stand. »Irgendwann müssen wir schließlich darüber reden.« Als sei nichts geschehen, nippte Sydows Mutter an ihrem Tee, stellte die Tasse wieder ab und kostete von dem Mohnkuchen, den Lea gebacken hatte. »Hm – köstlich!«, rief sie aus und erweckte den Eindruck, den Faden verloren zu haben. Dass dies nicht zutraf, stellte sie prompt unter Beweis: »Offen gesagt, Lea, was Agnes betrifft, sind meine Wunden längst verheilt. Ich kann verstehen, wenn du dich jetzt wunderst, aber ich sage das nicht ohne Grund.« Bevor sie fortfuhr, nahm Sydows Mutter einen Schluck Tee zu sich. Dann sagte sie: »Zeitlebens habe ich keinen Zugang zu diesem Kind gehabt. Dabei habe ich nichts unversucht gelassen, habe getan, was in meiner Macht stand, mir Mühe gegeben, meine Tochter zu verstehen. Vergebens. Ich stand auf verlorenem Posten, von Beginn an. Da wünscht man sich nichts sehnlicher als eine Tochter – und dann dies.

Glaube mir, Lea: Hätte ich gewusst, was mich erwartet, wäre es bei einem Kind geblieben. Nicht etwa, dass Agnes mir ständig Ärger bereitet hätte. Das nicht. Oder dass sie mich absichtlich ignoriert hätte. Nein, es war einfach so, dass sie auf Distanz zu mir gegangen ist, mich gemieden hat, so oft sie konnte. Kurz gesagt: Ich bin nie schlau aus ihr geworden. Und was für mich galt, traf auch auf den Rest der Familie zu. Kein Mensch, nicht einmal ihr Vater, ist imstande gewesen, sie zu durchschauen.«

»Die beiden sind grundverschieden, stimmt's?«

»Agnes und Tom?« Ein Lächeln flog über Abigail Wentworths Gesicht. Sekundenbruchteile später war davon nichts mehr zu sehen, die Wehmut, welche in ihrer Stimme mitschwang, unter dem aufgesetzt wirkenden britischen Akzent begraben. »Das kannst du aber laut sagen. Hier das Mysterium, das niemand zu enträtseln vermochte, dort der Heißsporn, der sein Herz auf der Zunge trug. Größer hätten die Unterschiede zwischen den beiden nicht ausfallen können.«

»Das ist ja gerade das Problem.«

»Dass Thomas sagt, was er denkt, meinst du? Auf die Gefahr, des Öfteren anzuecken?«

Lea nickte.

Ihre Schwiegermutter quittierte es mit einem Lächeln. »Soll ich dir etwas verraten?«, fragte sie und leerte ihre Tasse, bevor sie sich abwandte, um einen Blick aus dem Fenster zu werfen. Ein Schauer folgte auf den nächsten, und das Ostufer blieb hinter den Regenschleiern verborgen. »Im Grunde seines Wesens ist Thomas stets ein Preuße geblieben, auch wenn er so tut, als ob Rebellenblut in seinen Adern fließt. Er hört es zwar überhaupt nicht gern, aber wenn ich ihn mir anschaue, muss ich sagen, dass er seinem Vater immer ähnlicher wird.«

»Darf ich dich um etwas bitten, Abigail?«

»Selbstverständlich, mein Kind.«

»Wenn ich du wäre, würde ich ihn nicht darauf ansprechen. Sonst geratet ihr aneinander.«

»Ich weiß.« Sydows Mutter deutete ein Nicken an, erhob sich und betrachtete die Lilien, Orchideen und den Oleander, welche in Leas Wintergarten gediehen. »Tja, so ist das nun mal. Von sich aus wäre mein Herr Sohn bestimmt nicht auf die Idee gekommen, mir Bescheid zu sagen. Danke, dass du mich verständigt hast, Lea.«

»Keine Ursache, das war doch selbstverständlich.«

»Tut mir leid, dies sagen zu müssen, aber was die Abneigung gegenüber der Mutter betrifft, steht Tom seiner Schwester in nichts nach.«

»Das redest du dir ein, Abigail.«

»Du kannst Mutter zu mir sagen, Lea.«

Sydows Frau verschlug es die Sprache. Vor ihr, genauer gesagt mit dem Rücken zu ihr, stand eine Frau, die sie vor wenigen Stunden kennengelernt und bis dato nur vom Hörensagen gekannt hatte. Kühl, distanziert und so unnahbar, hatte diese Frau dennoch kein Blatt vor den Mund genommen und ihr Dinge anvertraut, die, hätte Lea ihre Stelle eingenommen, nie und nimmer zur Sprache gekommen wären. Mit so etwas hatte sie nicht gerechnet, und während sie nach Worten rang, fiel es ihr wie Schuppen von den Augen.

Abigail Wentworth, Tochter des sechsten Earls of Strafford, ein Mensch, zu dem man instinktiv Abstand hielt, wünschte sich nichts sehnlicher als Liebe.

Lea erschauderte und sie hatte Mühe, ihre Verlegenheit zu überspielen. Auf die Idee, eine andere Frau mit ›Mutter‹ anzureden, wäre sie nie gekommen, mochte die Betreffende noch so sympathisch sein. Ihre eigene Mutter, eine Geborene von Hardenberg, war seit 13 Jahren tot, und es gab niemanden, der sie ersetzen konnte.

Als könne sie Gedanken lesen, atmete Abigail Wentworth tief durch und begutachtete einen Kübel voller Chrysanthemen, deren Duft sie instinktiv innehalten ließ. »Schön habt ihr's hier!«, stellte sie mit belegter Stimme fest, schloss die Augen und sog das Aroma begierig ein. »Wenn wir gerade von Kindern reden: Was macht eigentlich deine Tochter?«

»Vroni?« Na schön, jetzt war sie an der Reihe. Jetzt war sie es, die Haltung bewahren musste, obwohl ihr dies immer schwerer fiel. »Ich wünschte, ich könnte dir eine Antwort geben.«

»Sie lebt im Osten, stimmt's?«

Lea bejahte.

»Kann sein, dass ich mich irre, aber hat Tom nicht erwähnt, dass sie einen Volkspolizisten ...«

»Das trifft zu, Abigail.«

»... geheiratet hat?«

»Und auch wieder nicht.«

Hellhörig geworden, drehte sich Sydows Mutter um und fragte: »Wie ist das zu verstehen?«

»Gegenfrage: Willst du das wirklich wissen?«

»Selbstverständlich!«, versicherte die alte Dame, und es klang, als meine sie es ernst. »Sonst würde ich nicht fragen.«

»Die Sache ist die: Vor ziemlich genau einem Jahr hat

Vroni einen Hauptmann der DDR-Volkspolizei kennengelernt. Wie du weißt, waren die Grenzen noch offen, und es gab Zehntausende, die im Westen gearbeitet haben und abends zurück in die Ostzone gefahren sind. Umgekehrt war dies eher selten der Fall, wenn jemand rübergefahren ist, dann nur, um günstig einzukaufen oder um Verwandte oder Freunde zu besuchen. 4,50 Ost-Mark für eine West-Mark, man stelle sich das einmal vor. Da lohnt es sich, am Alex eine Tasse Café zu trinken.«

»Wie deine Tochter«, ergänzte Sydows Mutter und ließ sich wieder auf ihren Korbsessel sinken.

»Genau, wie Vroni. Es kam, wie es kommen musste. Vroni und ihre Freundin sitzen im Café, als ein Mann namens Viktor Kunersdorf die Szene betritt. Hochgewachsen, redegewandt, schneidig, dunkelhaarig. Ein Mann, auf den die Frauen fliegen. Er setzt sich zu den beiden an den Tisch, kommt sofort mit ihnen ins Gespräch. Ich denke, den Rest können wir uns sparen.«

»Das Ende vom Lied: Die beiden heiraten.«

»Und das innerhalb kürzester Zeit.« Lea schüttelte den Kopf. »Du fragst dich, wie man sich auf so etwas einlassen kann? Ehrlich gesagt, Abigail – ich kann mir das selbst nicht erklären. Veronika war Realistin, sie wusste, wie es drüben zugegangen ist. Beziehungsweise zugeht. Lange Rede, kurzer Sinn: Sie war immer pünktlich, nur nicht am Dreizehnten, wenn du verstehst, was ich meine.«

»Das heißt, er hat sie überredet, bei ihm in der Ostzone zu bleiben.«

»Ob Viktor sie überredet, gezwungen, getäuscht oder anderweitig unter Druck gesetzt hat, wissen wir nicht.

Tatsache ist, dass wir sie am Tag vor dem Mauerbau zum letzten Mal gesehen haben. An Weihnachten haben wir dann eine Karte bekommen, der zu entnehmen war, dass die beiden geheiratet haben. Kurz und bündig, ohne viele Worte zu machen. ›Wir haben geheiratet, 21. Dezember 1961, Veronika und Viktor Kunersdorf‹. Schluss, aus, Ende der Durchsage.«

»Kopf hoch, Lea – sie wird schon wissen, was sie tut.«

»Nicht so voreilig, Abigail, das war noch nicht alles.«

»Noch nicht alles? Was soll das …«

»Das bedeutet, es ist nicht gut gegangen.« Kurz davor, in Tränen auszubrechen, holte Lea tief Luft, nahm die Teekanne zur Hand und schenkte ihrer Schwiegermutter nach. »Vor ein paar Wochen, genauer gesagt am 12. April, haben wir dann eine weitere Nachricht erhalten. Auf Umwegen, wie ich der Klarheit halber betonen muss.«

»Sag bloß, sie haben sich getrennt!«

»Richtig. Veronika ist dahintergekommen, dass Viktor sie betrogen hatte, hat ihre Koffer gepackt und ist zu einer Bekannten und ihrem Mann gezogen. Das Prekäre daran: Durch die Hochzeit mit Viktor ist sie automatisch DDR-Bürgerin geworden.«

»Und sitzt jetzt drüben fest.«

Lea nickte. »Ohne Geld, ohne Wohnung, ohne Arbeit. Und ohne die geringste Chance, in den Westen zu gelangen. Einmal drüben, immer drüben.«

»Wie wär's, wenn sie einen Ausreiseantrag stellt?«

»So etwas gibt's bei den Genossen nicht. Ausreise, wo kämen wir da hin!«

»Und was jetzt?«

»Dem Vernehmen nach hat sich Vroni an den Ostberliner Magistrat und im Anschluss daran sogar an den Ministerrat gewandt. Mal sehen, was dabei herauskommen ...«

Heilfroh, unterbrochen zu werden, stand Lea auf und eilte an die Tür, von wo aus ihr das Läuten der Klingel entgegen scholl. »Ja bitte? Was gibt's?«

Abigail Wentworth spitzte die Ohren, bekam außer gedämpftem Gemurmel jedoch nichts mit. Und so blieb sie einfach sitzen und trank in aller Ruhe ihren Tee.

Mehrere Minuten später, nachdem die Haustür lautstark ins Schloss gefallen war, wurde es ihr schließlich zu bunt. Neugierde war zwar ein Fremdwort für sie, aber das hinderte sie nicht daran, nach dem Rechten zu sehen.

Das war auch gut so. Denn kaum hatte sie das Wohnzimmer betreten, traf ihr Blick auch schon auf ihre Schwiegertochter, welche mit dem Rücken zu ihr im Korridor stand.

»Der Bruder ihrer Bekannten«, flüsterte Lea, den Kopf gesenkt und ohne sich nach Abigail umzudrehen, »lebt in Westberlin. Der Zufall wollte es, dass er seinem Schwager begegnet ist, der als Fahrer bei der S-Bahn[*] arbeitet und ihm aufgetragen hat, uns zu informieren.« Obwohl sie sich mit Macht dagegen sträubte, brach Sydows Frau in Tränen aus und schluchzte: »Vor drei Tagen haben sie Veronika abgeholt.«

---

[*] Laut Potsdamer Abkommen liegen die Betriebsrechte der Eisenbahn und der S-Bahn-Verkehr in Berlin bei der Deutschen Reichsbahn der DDR

»Aber ... aber das geht doch nicht. Sie hat doch nichts verbrochen.«

Die Antwort war ein bitteres Lachen. »Keine Sorge«, antwortete Sydows Frau und ließ sich auf den nächstbesten Stuhl sinken, »den Genossen von der Stasi wird bestimmt etwas einfallen.«

14

Berlin-Tiergarten, Luiseninsel | *17:10 h*

»Sag mal, Theo«, ereiferte sich Sydow, der seine Wut nur mit Mühe unterdrücken konnte, »ist dir klar, auf was du dich da eingelassen hast?«

»Ja, ist es!«, bekräftigte Morell, der neben Sydow auf einer Parkbank saß und mit betretener Miene vor sich hinstarrte. Die Luft ringsum war feucht und stickig, die Hainbuchenblätter und der Rhododendron triefnass. »Dazu braucht man keine Fantasie.«

»Wenn dem so ist, warum lässt du es darauf ankommen?« Die Karteikarte vor Augen, die Morell ihm in die Hand gedrückt hatte, konnte sich Sydow eines Kopfschüttelns nicht erwehren. Klang doch das, was darauf geschrieben stand, so unwahrscheinlich, dass er minutenlang sprachlos gewesen war. Die Sprache hatte er mittlerweile zwar wiedergewonnen, die Fassung dagegen kaum. Wieder einmal, und das seit nunmehr 20 Jahren, war er mit einem Fall konfrontiert worden, dessen Aufklärung ihm eine Unmenge Ärger und jede Menge neuer Feinde bescheren würde.

Und das war noch harmlos ausgedrückt. Wer so blauäugig war, sich mit dem BND anzulegen, lief nicht nur Gefahr, den Kürzeren zu ziehen, sondern setzte, wie Morells Schicksal bewies, Leib und Leben aufs Spiel.

»Tut mir leid, Theo, aber mir platzt jetzt gleich der Kragen. Mensch, Junge – bist du so naiv, oder tust du nur so? Ab sofort werden die Herren vom BND Jagd auf dich machen, Tag und Nacht, ohne Rücksicht auf Verluste.«

»Weiß ich, Tom, weiß ich.« Die Handflächen auf den Knien, blickte Morell stur geradeaus. »Nur gut, dass ich darin eine gewisse Übung habe.«

»Dein Humor in Ehren, aber ich fürchte, das wird dir nichts nützen. Du hast dich mit Leuten angelegt, denen man besser nicht in die Quere kommt. Mit Ganoven, die ihr Handwerk verstehen. Oder glaubst du, die werden zusehen, wenn du das Zeugs hier verscherbelst? Ich will dir mal was sagen, mein Freund: Du kannst von Glück sagen, dass sie dir nicht schon längst eine Kugel durch den Kopf gejagt haben.«

»Keine Sorge, Tom. Das wird nicht passieren.«

»Da hört sich ja wohl alles auf! Da kommt dieser Traumtänzer hinter das Staatsgeheimnis Nummer eins und tut so, als sei nichts geschehen.« Sydow schüttelte den Kopf, kurz davor, Morell sich selbst zu überlassen. »Ich frage mich, was du dir dabei gedacht hast, Theo. Glaubst du, du kannst das Problem im Alleingang lösen?«

»Ich will, dass diese Schweinerei publik wird, kapiert?«

»Und was ist mit dir? Mensch Theo, überleg doch mal: Gegen die hast du nicht den Hauch einer Chance.« Wütend und ratlos zugleich, hob Sydow einen Kieselstein auf und schleuderte ihn ins Gebüsch. Inzwischen war es merklich wärmer geworden, und aus dem Unterholz, auf das er den Blick richtete, stiegen hauchdünne Dunstschwaden empor. Die Erde, aufgeweicht vom letzten Schauer, verströmte den Geruch von Moder, Gras und überreifen Blüten, und wäre der Wind nicht gewesen, der in diesem Moment auffrischte, hätte er es in seinem Anzug nicht mehr ausgehalten. »Teil eins der Tragödie: Die Verräterin wird liquidiert. Teil zwei: Um Spuren zu verwischen, werden sowohl ihr Leichnam als auch sämtliche Unterlagen, die sich im Besitz der Kollegen Peters und Miesbach befinden, konfisziert, besagte Kollegen zum Schweigen vergattert. Das riecht nicht nur nach Ärger, Theo, das stinkt buchstäblich zum Himmel. Der Tragödie dritter Teil: Die Kollegen vom LKA, dazu auserkoren, die Dreckarbeit zu machen, werden dafür sorgen, dass man Kroko und mir einen Maulkorb verpasst. Mit Billigung von j.w.o, damit alles seine Richtigkeit hat.«

»Und dann?«

»Anschließend, denke ich, werden sie sich Naujocks zur Brust nehmen und ihn zwingen, seine Fotos rauszurücken. Auch hier, so steht zu vermuten, das gleiche Spiel: ein Verweis auf die Schweigepflicht, gekoppelt mit der Androhung von Konsequenzen. Oder sie versuchen es auf die sanfte Tour. Frei nach dem Motto: ›Wenn du tust, was wir von dir verlangen, werden wir uns erkenntlich zeigen.‹ Denk doch mal nach, Theo! Wir beide wissen doch, wie das läuft.«

»Mag sein, du hast recht. Dumm nur, dass ich nicht der einzige Tatzeuge bin.«

»Da kann ich dich beruhigen. Wie ich die kenne, werden sie nichts dem Zufall überlassen. Als Erstes werden sie sich vermutlich deinen Chefredakteur vorknöpfen. Und danach kommt der Herr Schlossgärtner dran.

Glaub mir, altes Haus: Die machen das nicht zum ersten Mal.«

»Irre ich mich, Tom, oder ist das LKA dazu da, Verbrechen aufzuklären?«

»Gott Jahwe erhalte dir deine Blauäugigkeit. Was schätzt du, wie viele alte Kameraden befinden sich noch – oder wieder – in Diensten von Vater Staat? Ein paar Dutzend, Hunderte, Tausende – oder mehr?« Sydow machte eine wegwerfende Bewegung mit der Hand. »Einmal SS, immer SS – darauf kannst du Gift nehmen.«

»Das Gleiche, Herr Hauptkommissar, hat mir Luise auch gesagt.«

»Na, dann weißt du ja Bescheid.« Ohne auf das Knacken, das aus dem nahegelegenen Gebüsch drang, zu achten, warf Sydow einen Blick auf die Karteikarte, die er nach wie vor in der linken Hand hielt. »›Standartenführer Eichmann befindet sich nicht in Ägypten, sondern hält sich unter dem Decknamen Clemens in Argentinien auf. Die Adresse von E. ist beim Chefredakteur der deutschen Zeitung in Argentinien ›Der Weg‹ bekannt.‹ Niedergeschrieben am 24. Juni 1952. Ich glaube, ich muss gleich kotzen.«

»Sag mir lieber, was ich tun soll.«

»Volle Deckung nehmen, was denn sonst?«

»Und die Karteikarte?«

»Der Stein, der alles ins Rollen gebracht hat? Mit deiner Erlaubnis werde ich ihn mir unter den Nagel reißen.« Sydow warf Morell einen raschen Seitenblick zu, verpasste ihm einen Schubs und ließ das Dokument, hinter dem in Kürze nicht nur der BND, sondern vermutlich auch der Mossad und die CIA her sein würden, in seiner Brusttasche verschwinden. »Um Schlimmeres zu verhüten, wenn du verstehst, was ich meine.«

»Damit wir uns richtig verstehen, Tom – mir ist klar, dass es Leute gibt, die nichts mehr fürchten, als von Eichmann als Mittäter benannt zu werden. Parole: Lieber ein untergetauchter SS-Obersturmbannführer als ein geständiger Massenmörder.« Morell griff nach seinem Flakon, setzte ihn an die Lippen und nahm einen kräftigen Schluck. »Logisch, dass die Herrschaften schlaflose Nächte haben.«

»Na also, dann sind wir uns ja ...«

»Mir ist ebenso klar, dass es BND-Mitarbeiter gibt, die es vorziehen, Gras über die Vergangenheit wachsen zu lassen.«

»Genau meine Rede.«

»Eines aber, mein lieber Tom, kann ich mir überhaupt nicht vorstellen.«

»Und das wäre?«

»Dass der Arm dieser Verbrecher so weit reicht, dass sie es fertigbringen, sowohl den Generalstaatsanwalt als auch das LKA für ihre Zwecke einzuspannen. Wenn das wahr wäre, Tom, dann ...«

»Dann?«

»Dann wären wir wieder da, wo wir vor 17 Jahren aufgehört haben. Dann wäre das Netz, das Himmler & Co. gesponnen haben, immer noch intakt.«

»Gesetzt den Fall, es wäre so – würde dich das wundern?«

»Darauf möchte ich jetzt nicht antworten.« Morell leerte den Flakon und steckte ihn wieder ein. »Auf die Gefahr, dass du mich für naiv hältst, Tom, aber ich bin der Meinung, dass die Zeiten, in denen die Organe dieses Landes aus Mördern, Henkern und Sadisten bestanden, unwiderruflich vorbei ...«

Nur ein Wort, und Morells Äußerung wäre komplett gewesen, nur ein einziges, aus vier Buchstaben bestehendes Wort. Mag sein, dass Morell es noch aussprach, hervorstieß oder mit letzter Kraft hervorwürgte. An dem, was nun geschah, änderte es jedoch nichts.

Fast schien es, als habe Morell nur innegehalten, in der Absicht, das Gesagte zu revidieren. Saß er doch immer noch so da wie zuvor, die Hände auf den Knien und die Augen auf die Marmorskulptur von Königin Luise gerichtet, welche hinter einer Linde hervorlugte. Um zu begreifen, dass der Eindruck trog, brauchte Sydow mehrere Sekunden, und als es so weit war, begann sich Morells Hemd bereits zu röten.

Starr vor Schreck, wanderte Sydows Blick nach links. Noch immer saß Morell neben ihm, den Mund halb offen und den Kopf leicht zur Seite geneigt.

Saß einfach da und rührte sich nicht von der Stelle.

Dann aber, eine halbe Ewigkeit später, sackte er in sich zusammen und fiel von der Bank.

15

Berlin-Charlottenburg, Redaktion der größten Boulevardzeitung Berlins | *17:25 h*

»Muss das sein, dass Sie ausgerechnet jetzt aufkreuzen? Sie sehen doch, ich habe zu tun!«

»Dann sitzen wir ja im gleichen Boot.« Ohne abzuwarten, bis ihn der Chefredakteur von Berlins größter Boulevardzeitung dazu einlud, ließ sich Krokowski auf den nächstbesten Sessel fallen, zückte seinen Notizblock und schlug mit ostentativer Gelassenheit die Beine übereinander. Das Beste war, sich erst einmal in Geduld zu üben, und wenn er etwas beherrschte, dann die Kunst, mit Kunden dieses Schlages umzugehen. »Sie wissen doch – geteiltes Leid ist halbes Leid.«

»Sie sind doch nicht gekommen, um sich bei mir auszuheulen, oder?«, blaffte der Chefredakteur, Krokowskis Schätzung zufolge höchstens 35 Jahre alt. »Das wäre ja was ganz Neues.«

»Nein, Herr von Westerburg«, erwiderte Krokowski mit einem ebenso undurchsichtigen wie auch künstlichen Lächeln und ließ den Blick durch das Büro des Chefredakteurs schweifen. »Wenn hier jemand in Tränen ausbrechen müsste, dann Sie.«

»Wieso denn?«

Rein äußerlich die Ruhe selbst, fiel es Krokowski schwer, den rüden Tonfall zu ignorieren. Dieser Maulheld war ihm von Anbeginn unsympathisch gewesen, und das nicht nur aufgrund des unfreundlichen Empfangs. Jörg von Westerburg hatte einfach das Pech, all das zu verkörpern, was ihn auf die Palme brachte, angefangen beim Zigarettenrauch, dessen Geruch seinem Anzug anhaftete, bis hin zu seinem Auftreten, das demjenigen eines nassforschen Korpsstudenten entsprach. Das Gleiche galt für sein Aussehen. Westerburg war groß, drahtig und so sehr von sich eingenommen, das seine Duldsamkeit auf eine harte Probe gestellt wurde. Darüber hinaus hatte er blondes, zu einem Bürstenschnitt zurechtgestutztes Haar, eine Narbe im Gesicht und einen Blick, der vor Überheblichkeit nur so strotzte. »Wieso, fragen Sie? Na schön: Es geht um Theodor Morell.«

»Ja und – was ist mit ihm?«

Krokowski konnte es nicht ausstehen, wenn er von oben herab behandelt wurde. Und er konnte es ebenfalls nicht ausstehen, wenn man versuchte, ihn an der Nase herumzuführen. Ein Umstand, den Westerburg zu spüren bekam: »Ich würde vorschlagen, Herr von Westerburg –«, entgegnete er, wobei er das ›von‹ im Namen seines Widersachers deutlich betonte und einen ungleich schärferen Tonfall anschlug, »ich würde vorschlagen, Sie verzichten darauf, mir eine Komödie vorzuspielen.« Als Zeichen, dass seine Geduld erschöpft war, zückte Krokowski seinen Bleistift und sah sein Gegenüber mit gerunzelten Brauen an. Dann dämpfte er die Stimme und sagte: »Wie mittlerweile bekannt wurde, ist Theodor Morell, einer ihrer Mitarbeiter, Zeuge eines Gewaltverbrechens geworden.«

»Davon weiß ich nichts.«

»Wenn jemand weiß, wann, wo und von wem in Berlin ein Verbrechen verübt worden ist, dann Sie, oder? Ist ja schließlich Ihr Job, die Welt mit Sensationen zu beliefern.«

Der Hieb saß. Gerade eben noch die Arroganz in Person, ließ Westerburg den Aktenstapel, den er in der Hand gehalten hatte, auf seinen Schreibtisch und sich selbst auf den dahinter befindlichen Ledersessel sinken. »Das muss ich mir nicht gefallen …«

»Sie werden staunen, Herr Chefredakteur, was man sich von der Polizei so alles gefallen lassen muss.«

»Soll das etwa eine Drohung sein?«

»Wo denken Sie hin, wir sind ja nicht bei einem Verhör.« Krokowski setzte ein treuherziges Lächeln auf, und obwohl es nicht seine Art war, genoss er die Situation in vollen Zügen. »Also: Wann genau haben Sie zum letzten Mal mit ihm gesprochen?«

»Mit Morell? Heute Morgen.«

»Uhrzeit?«

»So leid es mir tut, das kann ich nicht genau sagen.« Der Chefredakteur beugte sich nach vorn, nahm die Pose des wohlmeinenden Ratgebers ein und verkündete: »Wissen Sie, Herr …«

»Kriminalkommissar.«

»Wissen Sie, als Chefredakteur kann man sich über einen Mangel an Beschäftigung nicht beklagen. Da hat man nicht die Zeit, den Kontrolleur zu spielen.«

»Mit anderen Worten: Sie lassen Ihren Mitarbeitern freie Hand.«

»Das wollte ich damit nicht sagen«, knirschte Westerburg, kurz davor, aus der Haut zu fahren. »Ich kann mich eben nicht um alles kümmern.«

»Das sollen Sie auch nicht, Herr von Westerburg.« Des Katz-und-Maus-Spiels müde, warf Krokowski den Notizblock auf den blank polierten Nierentisch, der den Mittelpunkt einer an Hässlichkeit nicht zu überbietenden Sitzgruppe bildete, richtete sich auf und sah den Chefredakteur mit gerunzelten Brauen an. »Alles, worum ich Sie bitte, wäre, mit mir an einem Strang zu ziehen. Also: Wem oder was war Morell auf der Spur?«

»Ob Sie's glauben oder nicht: Ich habe keine Ahnung.« Darauf bedacht, seine Verlegenheit zu überspielen, nahm der Chefredakteur die aktuelle Ausgabe seines Blattes zur Hand, faltete sie auseinander und gab vor, die Schlagzeilen auf der Titelseite zu überfliegen. »Sie sehen doch: Bis ich dazu komme, Zeitung zu lesen, ist der Markt längst verlaufen.«

»Wo Sie recht haben, Herr Westerburg, haben Sie recht!«, warf Krokowski halb lässig, halb ungehalten ein und widmete sich dem korrekten Sitz seiner Fliege. Dann aber, von einem Moment auf den anderen, ließ er von ihr ab und erhob sich so plötzlich, dass Westerburg erschrocken aufblickte. »Apropos – wie gut kennen Sie ihn eigentlich?«

»Morell? Gut genug, um zu wissen, dass er getrunken, mit Geld nur so um sich geworfen und sämtlichen Damen im Umkreis von zehn Kilometern den Hof gemacht hat.«

»Na und – ist das etwa verboten?«

»Natürlich nicht.« Das Gesicht voller Häme, faltete Westerburg die Zeitung wieder zusammen, stützte die Ellbogen auf die Tischkante und sah den Kripo-Beamten, dem er am liebsten einen Haken verpasst hätte, mit zusammengepressten Lippen an. »Das kann jeder halten, wie er will. Hauptsache, er macht seine Arbeit.«

»Das hat er doch wohl getan, oder?«

»Mehr oder weniger.«

»Kurz und gut, Sie wissen nicht, womit Theodor Morell zum Tatzeitpunkt – sprich: heute Mittag kurz nach zwölf – beschäftigt war.«

»Bedaure, Herr Kommissar, das kann ich Ihnen leider nicht ...«

»Jetzt hören Sie mir mal gut zu, Herr Chefredakteur«, fuhr Krokowski dazwischen, dem Schreibtisch und der Kollektion von Pfeifenhaltern, welche die Hälfte davon in Anspruch nahm, bedrohlich nah, »wenn Sie denken, ich lasse mich an der Nase herumführen, befinden Sie sich im Irrtum. Ich kann auch anders, Herr von Westerburg, glauben Sie mir.«

»Heißt das, Sie wollen mir drohen?«

»Das heißt überhaupt nichts. Außer vielleicht, dass ich Ihnen rate, mit der Wahrheit herauszurücken. Wenn nicht, sehen wir uns morgen wieder. *Im Präsidium.*«

»Das ist ja wohl die Höhe! Verlassen Sie auf der Stelle mein Büro, sonst werde ich mich über Sie be...«

»Na schön, offenbar wollen Sie es nicht anders.« Die Hände auf der Schreibtischkante, ließ Krokowski sein Gegenüber nicht zu Wort kommen und ergänzte: »Damit Sie informiert sind, Herr von Westerburg – dank meiner Recherchen im Hotel ›Excelsior‹ lässt sich zweifelsfrei nachweisen, dass das Mordopfer am heutigen Donnerstag um Viertel nach acht ein kurzes Telefonat geführt hat. Via Zimmertelefon, versteht sich. Und jetzt raten Sie mal, mit wem.«

Von Westerburg kniff die Augen zusammen und schwieg.

»Na also, jetzt kommen wir der Sache schon näher.« Krokowski richtete sich wieder auf, winkelte die Arme an und sagte: »Auf ein Neues, Herr Chefredakteur. Worum ist es in dem Gespräch mit der Dame gegangen? Reden Sie, bevor ich endgültig die Geduld verliere!«

Kalkweiß im Gesicht, schraubte sich Westerburg in die Höhe, umrundete den Schreibtisch und trat Krokowski von Angesicht zu Angesicht gegenüber. »Einen Teufel werde ich tun«, zischte er, »und wissen Sie auch, warum?«

»Nein.«

»Weil ich vor zehn Minuten Besuch vom LKA hatte. Glauben Sie, ich habe Lust, mich mit denen anzulegen?«

16

*Berlin-Charlottenburg, Hauptsitz der Berliner Bank in
der Hardenbergstraße* | *17:55 h*

Es kam selten vor, dass er sich nach Schalterschluss noch in der Bank aufhielt, und noch seltener, dass er Kundengespräche führte. Mit so etwas gab er sich nicht ab, vor allem, wenn bei den Betreffenden nichts zu holen war.

Bei Mrs. Fitzpatrick, der charmanten und obendrein attraktiven Texanerin auf dem Cordsofa gegenüber, war das natürlich etwas anderes. Zugegeben, sie gefiel ihm, aber das allein war nicht der Grund, weshalb er von seinen Prinzipien abgewichen war. Mrs. Fitzpatrick war schwerreich, besaß, wie es im Volksmund hieß, Geld wie Heu. Das verband, wenngleich sich sein Kontostand mit demjenigen seiner Gesprächspartnerin nicht messen konnte. Helen Fitzpatrick aus La Grange/Texas war vielfache Millionärin, seit Kurzem verwitwet und daran interessiert, das Geld ihres in der Landmaschinenbranche tätigen Gatten gewinnbringend anzulegen. Diesbezüglich war sie bei ihm genau richtig, nicht nur, weil 10 Millionen Dollar zusätzliches Geschäftskapital ungeahnte Perspektiven eröffneten, sondern weil die Provision, die er einstrich, im sechsstelligen Bereich liegen würde. Der Beruf des Bankdirektors hatte eben so seine Vorteile, und er wäre verrückt gewesen, wenn er sie sich nicht zunutze gemacht hätte. Aus diesem Grund ging heute die Arbeit vor, der Büroleiter des Innensenators, mit dem er um sechs zu einem Tennismatch verabredet war, konnte warten.

Herbert O. Brüggemann, Vorstandsvorsitzender der Berliner Bank, rieb sich insgeheim die Hände. Er würde diese Frau um den Finger wickeln, das stand für ihn außer Frage. Dass er es war, der um den Finger gewickelt wurde, kam ihm dabei nicht in den Sinn. Auch nicht, dass die Naivität seiner Kundin nur eine Masche und er, der Möchtegern-Charmeur, nur Mittel zum Zweck für sie war. Brüggemann hing förmlich an ihren Lippen, und nichts, schon gar nicht ihr deutscher Akzent, war dazu angetan, sein Misstrauen zu erwecken. Bei einer derartigen Summe stellte man keine Fragen, in seiner Branche war das ehernes Gesetz.

»Kann ich sonst noch etwas für Sie tun, gnädige Frau?«, säuselte Brüggemann, nachdem sämtliche Papiere unterzeichnet, der geschäftliche Teil der Unterredung beendet und die Champagnerflasche für die besonderen Anlässe entkorkt worden war. »Es wäre mir eine Freude, Ihnen unter die Arme greifen zu können. Nur keine Scheu, verfügen Sie über mich.«

»Das ist wirklich reizend von Ihnen, Herr Direktor«, antwortete seine Kundin und lächelte, dass ihm abwechselnd heiß und kalt wurde. Brüggemann lächelte zurück, kurz davor, sie zum Abendessen einzuladen. »Falls nötig, werde ich auf Ihr Angebot zurückkommen.«

»Auf Ihr Wohl, Mrs. Fitzpatrick.«

»Prosit, Herr Direktor«, antwortete die kühle Blonde, schob ihre Brille nach unten und blinzelte ihn kokett an. »Und danke, dass Sie sich Zeit für mich genommen haben.«

»Aber das war doch selbstverständlich!«, beteuerte der vierfache Familienvater, wie so viele, die mit ihr zu tun hatten, in den Bann der vermeintlichen Amerikanerin gezogen. »Für eine Kundin wie Sie würde ich alles tun.«

»Das glaube ich Ihnen aufs Wort«, versetzte sein Gegenüber in einem Tonfall, der manch anderen hätte hellhörig werden lassen. Da Brüggemann jedoch so töricht war, ihr Gebaren für bare Münze zu nehmen, nahm er die unterschwellige Ironie nicht wahr. »Hoffen wir, dass unsere Geschäftsbeziehung Früchte tragen wird.«

»Das wird sie zweifellos. Bevor ich es vergesse, Mrs. …«

»Nennen Sie mich einfach Helen, Herr Direktor. Wir Amerikaner legen auf Etikette nicht viel Wert.«

Auf einen Schlag um 40 Jahre jünger, rang der 57-jährige, viel zu korpulente, viel zu vertrauensselige und mit einem Übermaß an Naivität gesegnete Vorstandsvorsitzende der Berliner Bank nach Worten. »Es … wäre mir eine Ehre«, stammelte er und mühte sich redlich, nicht den Faden zu verlieren. »Wann, denken Sie, wird Ihre Überweisung bei uns eintreffen?«

»In ein, zwei Tagen!«, lautete die Antwort der Millionärsgattin, die es sichtlich genoss, hofiert zu werden. »Hoffen wir, dass nichts dazwischenkommt.«

»Dazwischen…?«

»Keine Sorge, Herr Brüggemann, ich stehe zu meinem Wort.«

»Daran hege ich nicht den geringsten Zweifel, gnädige Frau.«

»Helen.«

»Wie dumm von mir – soll nicht wieder vorkommen.«

»Das will ich hoffen!«, antwortete die Frau, bei deren Anblick sich Brüggemanns Grundsätze in nichts auflösten, allen voran die moralischen, die der überzeugte Christdemokrat nicht müde wurde zu verkünden. Dann streifte sie ihre dunklen Handschuhe über. »So, jetzt muss ich aber gehen.«

Was – jetzt schon?, durchfuhr es den verhinderten Don Juan, im Begriff, seiner Gesprächspartnerin einzuschenken. Die Enttäuschung stand ihm ins Gesicht geschrieben, was seiner Kundin, die ihre Ankündigung wahr machte und sich erhob, ein amüsiertes Lächeln entlockte. »Und der Champagner?«, begehrte Brüggemann auf, nie zuvor derart unsanft aus seinen Träumen gerissen, und machte ein Gesicht wie drei Tage Regenwetter. »Was ist mit dem?«

»Den heben wir uns für später auf. Aber nur, falls Sie das in Sie gesetzte Vertrauen rechtfertigen.«

*

Im Begriff, das Bürohochhaus an der Hardenbergstraße zu verlassen, konnte Helen Fitzpatrick alias Agnes von Sydow ihre Freude kaum zügeln. Welch Glück, an einen Trottel wie diesen Brüggemann geraten zu sein. Das hatte sie sich schwieriger vorgestellt.

Weitaus schwieriger sogar.

Ein Lächeln im Gesicht, das ausnahmsweise einmal echt war, spannte die 42-jährige Expertin in Sachen Männerträume ihren Regenschirm auf, bog nach links und reihte sich in den Strom der Passanten ein, die eiligen Schrittes dem Bahnhof Zoo zustrebten. Es war Feierabendzeit, und da es in Strömen regnete, war den meisten, denen sie begegnete, der Missmut ins Gesicht geschrieben.

Ganz anders bei ihr, auf der auch hier, im dichten Gewühl, neugierige Blicke ruhten. Agnes von Sydow schien es nicht zu bemerken, sah weder nach rechts noch nach links und fand Gefallen daran, wenn die Leute sie anstarrten und ihr instinktiv den Weg freigaben. Das war fast immer so gewesen, ob auf der Straße oder, wichtiger noch, im übertragenen Sinn. Hindernisse waren dazu da, um aus dem Weg geräumt zu werden, kein Mensch, und sei er noch so gerissen, würde sie und ihre Helfershelfer aufhalten können.

Die Tage, während denen man auf der Hut sein musste, waren vorüber, die Zeit der Versteckspiele vorbei. Es galt, wieder etwas zu riskieren, Einfluss zu gewinnen, Boden gutzumachen. Nur so würde es möglich sein, den Leuten die Augen zu öffnen und die Ideen, für die der Führer gekämpft hatte, wiederaufleben zu lassen. Der Blick der blonden Circe verklärte sich, und während sie die Fasanenstraße überquerte, trat ein Ausdruck von Entschlossenheit in ihr Gesicht. Noch war es nicht zu spät, um das Vaterland vom Joch der Alliierten zu befreien, noch war es möglich, seine Ehre wiederherzustellen. Einzig und allein darauf kam es an, und was sie betraf, würde sie nichts unversucht lassen, ihre Aufgabe zu erfüllen.

Zufrieden mit sich, dem gelungenen Coup und den Aussichten, die sich dadurch eröffneten, wurde die Frau in Schwarz von klammheimlicher Freude erfüllt. Auf Umwegen, die niemand nachvollziehen konnte, würden weitere Millionen auf ihr Konto und von dort aus in die Taschen diverser Handlanger fließen. Millionen, die kurz vor Kriegsende ins Ausland transferiert und von Parteigenossen, auf die man sich verlassen konnte, in Südamerika gewaschen worden waren.

Im Grunde war alles kinderleicht gewesen: Ihr Mann, ahnungslos bis zuletzt, hatte seine Produkte an argentinische Firmen verscherbelt. Mähdrescher, Traktoren, Sprinkleranlagen, alles, was das Herz begehrte. Diese Firmen waren fest in deutscher Hand, entweder weil ehemalige Kameraden Schlüsselpositionen bekleideten oder weil die zu Tausenden zählende deutsche Kolonie reichlich Geld hineineingesteckt hatte. Wessen Geld, wollte im Übrigen niemand wissen. Unter Peron, der ein Jahr nach dem Krieg an die Macht gekommen war, konnte man das getrost riskieren. Der Präsident stand nicht gerade im Ruf, deutschfeindlich zu sein, ja, es gab sogar Firmen, die eigens dazu gegründet worden waren, um untergetauchte Kameraden zu beschäftigen. Von daher lag es nahe, gerade in solche Betriebe zu investieren, zum einen, weil man mithalf, in Not geratene Landsleute zu unterstützen, zum anderen, weil man die Besitzer vor den eigenen Karren spannen wollte.

Genau das hatte sie getan, ohne Wissen und Zustimmung ihres Mannes, der ihr nahezu blind vertraut hatte. Es war ein Kinderspiel gewesen, in der Tat, leichter, als sie es sich je hätte träumen lassen. Big Fitz, der einfältige Herr Gemahl, hatte geliefert, seine Geschäftspartner hatten die Ware bezahlt, weiterverkauft und einen Teil des Gewinns auf Schweizer Konten fließen lassen. Eine Hand wusch die andere, so war es dort guter Brauch.

Das Beste daran: Kein Mensch hatte Verdacht geschöpft, am allerwenigsten ihr Mann, der sich eingebildet hatte, ein erfolgreicher Geschäftsmann zu sein. Dass sie es war, welche die Fäden zog, war ihm verborgen geblieben, und sie hatte einen Teufel getan, ihm die Illusion zu rauben. Wichtig war, dass Fitzpatrick & Sons expandierte, denn nur so war es möglich gewesen, den südamerikanischen Partnern satte Gewinne zu bescheren. Gewinne, welche die Konten von ODESSA[*], ihres Auftraggebers, um etliche Millionen bereichert und es so gut wie unmöglich gemacht hatten, die Spur der kurz vor Kriegsende ins Ausland transferierten Gelder zu verfolgen, geschweige denn, ihrer habhaft zu werden.

Die Zeit war gekommen, diese Gewinne zu investieren, am besten dort, wo man sich den größten Nutzen versprach. Vergnügt wie selten, lachte Sydows Schwester auf. Wo anders wären die Gelder besser aufgehoben als hier, in einem Land, dessen Wirtschaftsaufschwung die Welt in Erstaunen versetzte? Dadurch konnte man gleich mehrere Fliegen mit einer Klappe schlagen, wobei die Parole lautete, dass Rendite nicht alles war. Weitaus wichtiger und, zumindest auf lange Sicht, erfolgversprechender war nämlich etwas anderes. Mit jeder Million, die nach Berlin oder in den Satellitenstaat namens Bundesrepublik floss, würde sich der Einfluss ihrer Organisation vergrößern. Risiko: gleich null. So lange es Idioten wie diesen Brüggemann gab, hatten sie und die Kameraden nichts zu befürchten. Je mehr Geld, desto mehr

---

[*] Organisation der ehemaligen SS-Angehörigen

Macht, je mehr Macht, desto größer die Wahrscheinlichkeit, dass ihre Strategie dereinst Früchte tragen würde. Natürlich würden nicht nur die Banken etwas vom Kuchen abbekommen, sondern alle jene, auf die man am Tag X zählen würde. Radiosender, Zeitungen, Verlage, das Fernsehen, was das betraf, wartete ein reiches Betätigungsfeld auf sie.

Nicht außer Acht lassen durfte man diesbezüglich die Politiker, und hier wiederum all jene, deren Vergangenheit vertuscht worden war. Viele von ihnen hatten es wieder zu etwas gebracht, die eine oder andere Gratifikation, und sie wären wie Wachs in ihren Händen. Fast noch wichtiger und, wie der Fall Eichmann lehrte, geradezu unverzichtbar waren darüber hinaus die Justizbeamten. Vor allem solche, bei denen man davon ausgehen konnte, dass ihre vaterländische Einstellung keinen Schaden genommen hatte. Stand doch zu befürchten, dass Eichmann nur die Spitze des Eisberges war, und dass es in den kommenden Jahren zu weiteren Prozessen gegen ehemalige Kameraden kommen würde. Darauf musste man vorbereitet sein, und sei es nur, um die Herren Richter gnädig zu stimmen. Oder um das Gehalt eines Staatsanwalts, der als Ankläger bei Kriegsverbrecherprozessen fungierte, ein wenig aufzubessern. Bisweilen wirkten Gefälligkeiten wahre Wunder, zumal, wie das römische Sprichwort sagte, Geld nicht zu riechen pflegte*.

Vor dem Bahnhof Zoo angelangt, hielt Agnes von Sydow kurz inne. Mittlerweile hatte es aufgehört zu regnen, und da es zu früh war, ins Hotel zurückzukeh-

---
* Pecunia non olet (lateinisches Sprichwort)

ren, beschloss sie, noch ein wenig über den Ku'damm zu bummeln. Das Wetter war zwar alles andere als ideal, für einen Blick in die Schaufenster jedoch gut genug.

Nicht lange, und Agnes von Sydow bereute ihren Entschluss. Von New York, ihrem Zweitwohnsitz, war sie Besseres gewohnt und sie fragte sich, was an Berlins Vorzeigemeile Besonderes war. Theater, ein paar Geschäfte, die nicht hielten, was ihr Name versprach, das Kranzler, in dem sich die Biedermänner die Klinke in die Hand gaben und Kinos, in denen Heimatschnulzen auf dem Programm standen. Nein, dies war nicht mehr das Berlin, welches sie kannte, das war beinahe schon provinziell. Die Zeiten, in denen hier etwas geboten wurde, waren vorbei, höchste Zeit, das Steuer herumzureißen.

Und höchste Zeit, wieder ins Hotel zurückzukehren. Sie hatte genug gesehen, mehr als genug. Die Stadt, in der sie ihre Kindheit verbracht hatte, war kaum noch wiederzuerkennen, und es war fraglich, wie lange sie sich noch über Wasser halten konnte. Auf Adenauer war kein Verlass, das hatte der Mauerbau gezeigt. Und die Russen? Nun, was das betraf, stand fest, dass die Zeit für den Bolschewismus arbeiten würde, es sei denn, Kennedy würde endlich Ernst machen.

Dazu, fürchtete sie, würde es jedoch nicht kommen. Längst nicht mehr so euphorisch wie zuvor, machte Agnes von Sydow auf dem Absatz kehrt und trat den Rückweg zum Breitscheidplatz an. Kurz nach halb sieben, Zeit für ein warmes Bad, einen Cocktail in der Bar und den einen oder anderen Flirt, um ihre schlechte Stimmung zu vertreiben.

Dass diese binnen Kurzem auf den Nullpunkt sinken

würde, konnte sie nicht ahnen. Auch dann nicht, als sie die Lobby betrat, ein gezwungenes Lächeln aufsetzte und ein paar Worte mit dem Empfangschef wechselte, um anschließend Richtung Aufzug zu entschwinden.

Dort kam sie jedoch nicht an, sondern blieb unverrichteter Dinge stehen. Schuld daran war nicht etwa ein aufdringlicher Kavalier, sondern ein älterer Herr, der mit dem Rücken zu ihr auf einem Sessel saß. Er war so sehr in die Lektüre der Abendzeitung vertieft, dass er nicht bemerkte, wie sie ruckartig stehenblieb, sich von hinten näherte und mit wutentbrannter Miene über seine Schulter stierte.

Erst als er ihren Atem im Nacken spürte, drehte sich der in den Siebzigern befindliche Hotelgast um und sah die Frau, deren Blick ihn förmlich zu durchdringen schien, mit gerunzelten Brauen an. ›Sie wünschen, gnädige Frau?‹ Die Frage lag ihm auf der Zunge, und wäre ihm sein Gegenüber nicht zuvorgekommen, hätte er sich die Gelegenheit, ein paar Worte mit ihr zu wechseln, nicht entgehen lassen.

Dazu sollte es jedoch nicht kommen. Den Blick auf der Zeitung, die er immer noch in Händen hielt, rührte sich die mysteriöse Schönheit nicht von der Stelle. Schon dachte er, mit ihr sei etwas nicht in Ordnung, als sie plötzlich zu sprechen begann.

Worte, die so hasserfüllt klangen, das es ihm eiskalt den Rücken hinunterlief: »Na warte, Bruderherz, dafür wirst du mir büßen. Ich werde mit dir abrechnen, verlass dich drauf!«

DIE AKTE EICHMANN

›Berlin taz | Der bundesdeutsche Geheimdienst wusste bereits im Jahre 1952, dass der gesuchte Nazi-Verbrecher Adolf Eichmann in Argentinien lebte, unternahm aber nichts. Das geht aus einer Karteikarte des Bundesnachrichtendienstes (BND) hervor, die *Bild* am Samstag veröffentlichte. Danach war der ›Organisation Gehlen‹, dem Vorgänger des BND, auch bekannt, wie man die Adresse Eichmanns hätte herausfinden können: »Die Adresse von E. ist beim Chefredakteur der deutschen Zeitung ›Der Weg‹ bekannt«, heißt es auf der Karte. Als Deckname des ehemaligen SS-Obersturmbannführers nennt die BND-Karteikarte »Clemens«. Tatsächlich nannte sich der Organisator des Mordes an sechs Millionen Juden im SS-Reichssicherheitshauptamt damals Ricardo Clement.

Die BND-Informationen blieben für Eichmann ohne Folgen.‹

(Aus: *taz.de* [09.01.2011])

›Auch wenn bis heute nur ein kleiner Teil der angelegten Akten bundesdeutscher Institutionen zugänglich ist, geht aus diesem Material doch hervor, dass man das Schlimmste befürchtete. Eichmann war wieder da, und mit ihm mehr als ein Schatten der Vergangenheit.‹

(Aus: Bettina Stangneth, *Eichmann vor Jerusalem. Das unbehelligte Leben eines Massenmörders*, Zürich-Hamburg 2011, S. 451)

VIERTES KAPITEL

(Berlin, Donnerstag, 31. Mai 1962)

17

Städtisches Krankenhaus Moabit, Notaufnahme
| 18:30 h

»Na, du machst vielleicht Sachen!«, rief Sydow aus, als er den weiß gekachelten Aufwachraum betrat, in den Morell nach der Operation gebracht worden war. »Mach bloß nicht schlapp, sonst kriegst du es mit mir zu tun.«

Der Boulevardreporter lächelte matt, die linke Schulter bandagiert und den Hinterkopf auf der Fläche der rechten Hand. »Wenn hier einer was gemacht hat, dann doch wohl diese Folterknechte vom ...«, begann er, bevor er innehielt und sich mit Blick auf die OP-Schwester und den Oberarzt eines Besseren besann. »Es geht doch nichts über eine robuste Konstitution, oder?«

»Tja, Unkraut vergeht nicht.« Das war nicht gerade charmant, was er da sagte, und der Blick der Oberschwester verriet, wie ungnädig Sydows Bemerkung aufgenommen worden war. Morell, nachdenklicher als sonst, nahm es dagegen mit Humor, wie das amüsierte Zucken seines Mundwinkels bewies. »Schwein gehabt, rasender Reporter.«

»Das können Sie aber laut sagen, Herr Kriminalhauptkommissar«, kam der Oberarzt Morell zuvor, zwar noch recht jung, aber offenbar so kompetent, dass er mit der Leitung der chirurgischen Abteilung betraut worden war. »Ein paar Zentimeter weiter links, und die Kugel hätte die Aorta durchschlagen. In diesem Fall, fürchte ich, wäre jede Hilfe zu spät gekommen. Sie müssen einen Schutzengel haben, Herr Morell. So viel Dusel hat man nicht oft im Leben.«

»Kommt drauf an, was Sie unter Dusel verstehen.« Morell machte Anstalten, sich aufzurichten, doch bevor er seine Absicht in die Tat umsetzen konnte, war die Schwester zur Stelle und drückte ihn sanft, aber bestimmt auf das Krankenlager zurück. Die nur um wenige Jahre jüngere, schmalgesichtige und überaus resolute Vertreterin der Spezies ›harte Schale, weicher Kern‹ hatte ihn unter ihren persönlichen Schutz genommen, was Sydow, der bereitwillig zur Seite trat, ein vergnügtes Lächeln entlockte. »Wie dem auch sei, danke für Ihre Bemühungen, Herr Doktor.«

»Nichts zu danken, Herr ...«, erwiderte der Oberarzt, gerade einmal 34, schlank und an den Schläfen nahezu vollkommen grau, und warf einen Blick in die Kladde, welche er an seine Brust gepresst hatte.

»Rosenzweig, David Rosenzweig.«

»Merkwürdig.«

»Wieso?«

»Aus dem Presseausweis, der sich in Ihrem Jackett befand, geht hervor, dass ...«

»Morell ist nur ein Pseudonym, Herr Doktor.« Morell wandte den Kopf ab und starrte an die gegenüberliegende Wand. »Reine Vorsichtsmaßnahme – Sie verstehen.«

»Pseudonym oder nicht, genützt hat es Ihnen nichts.« Der Oberarzt hob den Kopf und warf Sydow, der sich ihm gegenüber äußerst zugeknöpft gab, einen forschenden Seitenblick zu. Dieser hielt sich jedoch bedeckt, in Gedanken immer noch bei dem Schusswechsel, den er sich mit dem Killer, der auf Morell angesetzt worden war, geliefert hatte. Zwar war es ihm gelungen, das Schlimmste zu verhüten, zu mehr hatte es jedoch nicht gereicht. Der Heckenschütze war entkommen, wie vom Erdboden verschluckt.

Wer hinter der Sache steckte, lag auf der Hand. Das Gleiche galt für das Tatmotiv. Morell, so lautete offenbar die Devise, musste sterben, und das beinahe um jeden Preis. Wenn nicht heute, dann in naher Zukunft, sobald sich die passende Gelegenheit bot.

So weit würde er, Sydow, es jedoch nicht kommen lassen. »Sie sagen es, Herr Doktor«, beschied er den Oberarzt, bevor er sich an die Adresse der nicht minder besorgten Oberschwester wandte. »Ich beabsichtige, Herrn Morell unter Polizeischutz zu stellen«, sagte er, und er sagte es so, dass sie nicht wagte, Einwände zu erheben. »Sie haben doch nichts dagegen, oder?«

»Nein, Herr Kommissar.«

»Sehr schön. Dann werde ich das Präsidium bitten, ein paar Beamte herzuschicken. Damit wir uns richtig verstehen, Schwester: Kein Besuch ohne meine ausdrückliche Zustimmung, es sei denn, es handelt sich um Klinikpersonal. Noch irgendwelche Fragen?«

Knallrot im Gesicht, öffnete die Angesprochene den Mund, schnappte nach Luft – und verneinte.

Ganz anders der Oberarzt, welcher die Neugier, die ihn plagte, einfach nicht bezähmen konnte. »Aber ich!«, verkündete er forsch, die Kladde in der rechten Hand. »Ich finde, als Oberarzt habe ich ein Recht, über alles Bescheid zu ...«

»Bei allem Respekt für Ihre Fähigkeiten, Herr Doktor Brahms, aber das haben Sie nicht«, fuhr ihm Sydow in die Parade, im Begriff, seinen Unmut an der falschen Stelle auszulassen. Ein Grund, weshalb er in versöhnlichem Tonfall hinzufügte: »Damit wir uns richtig verstehen: Mit den Herrschaften, welche es auf Herrn Morell abgesehen haben, ist nicht ...«

»Rosenzweig.«

»Wo Sie recht haben, sollen Sie es auch behalten, Herr Doktor Brahms.« Ohne um Erlaubnis zu fragen, nahm Sydow dem sichtlich überraschten Oberarzt die Kladde aus der Hand und blätterte sie durch. »1,4 Promille Alkohol im Blut, Schulterdurchschuss, verursacht durch 7,5 Millimeter-Projektil, Eintritt unmittelbar neben der Aorta, Wiederaustrittswunde circa fünf Zentimeter vom Rand des Schulterblattes entfernt. Unverhältnismäßig hoher Blutverlust, schmerzstillende Mittel, Kompressionsverband. Dauer des Eingriffs: 20 Minuten.« Auf Augenhöhe mit dem Oberarzt, dachte Sydow offenbar nicht daran, die Akte zurückzugeben, klappte den Deckel zu und nahm sie in beide Hände. »Dennoch muss ich Sie bitten, über alles, was während der letzten halben Stunde vorgefallen ist, absolutes Stillschweigen zu bewahren. Tun Sie dies nicht, laufen Sie Gefahr, zwischen die Fronten zu geraten.«

»Fronten?«

»Sie haben richtig gehört, Herr Doktor. Wie gesagt: Mit den Herren, welche Ihrem Patienten nach dem Leben trachten, ist nicht zu spaßen. Lassen Sie sich das gesagt sein. Weder Sie noch die Kollegen, die in Kürze hier eintreffen werden, dürfen ihn auch nur eine Sekunde aus den Augen lassen. Wenn etwas schiefgeht, werde ich

Sie zur Verantwortung ziehen. Haben wir uns verstanden, Herr Doktor Brahms?«

»Ich frage mich, ob ich mir Ihren rüden Tonfall gefallen lassen muss.«

»Was meinen Tonfall betrifft, Herr Oberarzt, bitte ich, diesen zu entschuldigen.«

»Und die Krankenakte?«

»Beschlagnahmt. Aus Sicherheitsgründen.« Um sich nicht sämtliche Sympathien zu verscherzen, lenkte Sydow rasch ein und sagte: »Bitte, verstehen Sie mich nicht falsch, Herr Doktor. Das hier hat nichts mit Ihrer Arbeit zu tun. Sie haben alles in Ihrer Macht Stehende getan. Mein Freund Theo … äh … Herr Rosenzweig und ich wissen es wirklich zu schätzen.« Sydows Blick suchte denjenigen des Patienten, doch der starrte nach wie vor an die Wand. »Bitte, haben Sie Verständnis für meine Vorgehensweise. Tut mir leid, mehr kann ich dazu nicht sagen.«

Fürs Erste zufrieden, nickte der Leiter der chirurgischen Abteilung mit dem Kopf, bedeutete der OP-Schwester, ihm zu folgen und begab sich zur Tür. »Fünf Minuten, Herr Kommissar, nicht mehr!«

»Geht in Ordnung«, antwortete Sydow, wartete, bis die Tür ins Schloss gefallen war und wandte sich wieder dem Krankenlager zu. »Sag mal, was ist denn eigentlich mit dir los?«, fuhr er Rosenzweig an, welcher an dem, was um ihn herum vorging, nicht das geringste Interesse zeigte und auf den Monitor des Herzfrequenzmessers stierte. »Du brauchst das Ding da nicht permanent anzustarren. Kopf hoch, alter Junge, du bist übern Berg!«

»Vorläufig.«

»Fang mir ja nicht an, schlappzumachen. Dazu besteht kein Grund.«

»Dein Optimismus in Ehren, Tom, aber so einfach, wie du tust, ist die Angelegenheit nicht. Ich weiß, was du jetzt gleich sagen wirst, alter Freund: Ich habe Glück gehabt, mehr Glück als Verstand. Wir beide, du und ich, werden schon einen Weg finden. Noch ist nicht aller Tage Abend. Es wird nichts so heiß gegessen, wie es gekocht wird. Nichts für ungut, Tom, aber davon kann ich mir nichts kaufen.«

»Du darfst jetzt nicht den Kopf verlieren. Das macht die Sache auch nicht besser.«

»Hab Dank für die aufmunternden Worte, Tom. Und für alles, was du für mich getan hast.« Morell atmete laut und vernehmlich durch. »Du weißt, es kommt von Herzen.«

»Warum so mutlos, Don Juan? So kenne ich dich ja gar nicht.«

»Willst du es wirklich wissen, alter Junge?«

»Na, so alt nun auch wieder nicht. Schieß los.«

Ein Lächeln im Gesicht, drehte sich Theodor Morell alias David Rosenzweig um. Fast gleichzeitig wich Sydow einen Schritt zurück. Dies war nicht mehr der Theodor Morell, den er kannte, der Lebenskünstler, der nur das sah, was er sehen wollte. Dies war ein vor der Zeit gealterter Mann, der Blick fahrig und stumpf, und die Stimme, mit der er die Damenwelt betört hatte, brüchig und kaum wiederzuerkennen. Binnen kürzester Zeit war der unverbesserliche Charmeur zu einem gebrochenen Menschen mutiert, verzagt, ohne Mut und des Lebens müde. »Weißt du, irgendwie ist alles wie früher.«

»Wie …?«

»Du weißt genau, was ich sagen will, Tom.« Im Licht der Neonröhren an der Decke sah Rosenzweig wie ein lebender Leichnam aus, die Augen wie zwei dunkle Glaskugeln, reglos und starr in den Höhlen. Einzig in den Lippen, so schien es, steckte noch Leben, wenngleich es nicht einfach war, die nun folgenden Worte zu verstehen: »Ich sehe es dir an. Reden wir nicht um den heißen Brei herum: Weder du noch ich hätten sich das, was heute geschehen ist, auch nur im Entferntesten träumen lassen. Natürlich weiß ich, dass das Dritte Reich untergegangen ist, aber wer garantiert mir, dass es nie wieder auferstehen wird? Siehst du – jetzt kommst du ins Grübeln, Tom. Hitler tot, Goebbels tot, Himmler tot – und der Ungeist, den sie in Umlauf gebracht haben, immer noch nicht ausgetilgt. So weit ist es mit uns gekommen. Schüsse aus dem Hinterhalt, ein Mord, der mit allen Mitteln vertuscht werden soll, Methoden, wie sie vor 20 Jahren gang und gäbe waren. Und ich harmloser Tor habe geglaubt, jetzt brechen bessere Zeiten für mich an. Falsch gedacht! Die Peiniger von einst haben mehr Einfluss, als man denkt, sie sind wieder salonfähig geworden. Wenn es etwas gibt, was mich der heutige Tag gelehrt hat, dann dies. Leute wie Eichmann sterben nicht aus, da mache ich mir keine Illusionen.«

»Kann es sein, dass du die Lage zu pessimistisch siehst?«

»Das sagt gerade der Richtige. Warst du es nicht, der immer betont hat, dass längst noch nicht alle Verbrechen gesühnt worden sind? Na also. Ich sehe, wir verstehen uns.«

»Du wirst doch nicht etwa behaupten, dass sich seit damals nichts geändert hat!«

»Ich will dir mal was sagen, Tom: Wenn du glaubst, die Dinge haben sich zum Besseren gewendet, irrst du – und zwar gewaltig.«

»Komm schon, Theo, das meinst du doch nicht ernst.«

»David, Herr Kriminalhauptkommissar, David. Weißt du, was das Gute an dem Schlamassel ist? Ich weiß wieder, wo ich hingehöre. Nach innen Rosenzweig, nach außen Morell, auf Dauer hält das keiner aus.« Der Mann, hinter dem nicht nur der BND, sondern in Kürze auch die CIA und der israelische Mossad her sein würden, biss die Zähne zusammen, stützte sich auf die Ellbogen und bekannte: »Auf die Gefahr, dein Missfallen zu erregen, Tom – während all der Jahre, in denen das Böse zu triumphieren schien, kam ich mir stets wie ein Verräter vor. Ich weiß nicht, ob du das verstehst, aber ich wurde das Gefühl nicht los, auf ganzer Linie versagt zu haben. Da werden Millionen zur Schlachtbank geführt, vergast, erschossen, gefoltert, gequält. Und ich? Ich, Theodor Morell, war zu feige, etwas dagegen zu unternehmen. Zog es vor, mich in einer Gartenlaube zu verstecken. Wartete ab, bis die Gräber zugeschaufelt, die Toten verbrannt und die Wenigen, die das Pech hatten, zur Verantwortung gezogen zu werden, hinter Schloss und Riegel saßen. Um anschließend, nachdem sich der Pulverdampf verzogen hatte, zur Tagesordnung überzugehen. Ich habe Schuld auf mich geladen, Tom, ich war keinen Deut besser als all jene, welche dem Morden tatenlos zugesehen haben.«

»Das redest du dir ein, David. Wenn sich hier einer Vorwürfe machen muss, dann ich.«

»Du hast getan, was du konntest, Tom. Was mich angeht, kann ich das leider nicht behaupten.«

»Du hast überlebt. Ist das etwa nichts?«

Müde vom vielen Reden, hielt Rosenzweig inne und schüttelte kaum merklich den Kopf. »Nein, das ist nichts. Nichts im Vergleich zu der Hölle, durch die all die Gepeinigten gegangen sind.«

»Das führt zu nichts, David. Wir beide müssen jetzt nach vorn blicken.«

»Nach vorn blicken, so, so.«

»Weißt du, woran ich gerade denken muss, Tom? Ich glaube, es war Anfang Juni 1941, kann sein, dass es auch früher war. Sei's drum, damals war ich Zwangsarbeiter auf einem Friedhof, der älteste von knapp zwei Dutzend armen Teufeln, die Wege schottern, Walzen ziehen und Zement aufschütten mussten.« Rosenzweigs Gesicht wurde von einem flüchtigen Lächeln erhellt. »Es gab Hilfstotengräber und einen Obertotengräber, Ordnung muss schließlich sein. Dreimal darfst du raten, wer das war.«

»Alle Achtung, vor dir ziehe ich den Hut!«

»Gott erhalte dir deinen Humor, Tom. Du wirst ihn brauchen.« Rosenzweig lachte heiser auf. »Es war eine irrsinnige Plackerei, so heiß, dass sich die SS-Wachen in den Schatten verdrückt haben. Ich war bald nur noch Haut und Knochen, hatte wahnsinnigen Durst, Hunger und jede Menge Blasen an den Händen. Das war nichts für Leute, die es nicht gewohnt waren, hart zu arbeiten, und dementsprechend hoch war die Zahl derjenigen, welche die Plackerei nicht durchgehalten haben.«

Sydow nickte, senkte den Kopf und schwieg.

»Eines Tages – ich kann dir beim besten Willen nicht mehr sagen, wann – ist es dann passiert. Ein junger Kerl aus meiner Schicht hat seine Schaufel weggeworfen, die Handschuhe ausgezogen und den Wachen zugerufen, sie sollen ihren Dreck alleine machen. Kannst du dir das vorstellen, Tom? Dann hat er sich umgedreht und ist davonspaziert. Einfach so. Natürlich haben die das nicht auf sich sitzen lassen.«

»Will heißen: Sie haben ihn abgeknallt.«

»Du sagst es, Tom. Und weißt du, was das Schlimme daran war? Kein Mensch, auch ich nicht, hat sich einen Dreck darum geschert. Wir haben einfach weitergeschaufelt, als wäre nichts gewesen. Der arme Kerl war tot, und das Leben, so man es als solches bezeichnen durfte, ging weiter.« Morell rang nach Atem. Dann fragte er: »Du weißt, was ich damit sagen will, Tom?«

»Ich denke schon.«

»So wie dem jungen Burschen wird es auch mir ergehen. Irgendwann werden sie mich abknallen. Wenn nicht heute, dann eben erst in ein paar Wochen. Oder Monaten. Und kein Hahn wird danach krähen.«

»So darfst du nicht reden, David!«, widersprach Sydow, näherte sich dem Bett und ließ die Hand auf Rosenzweigs Schulter ruhen. »Meine Kollegen und ich werden alles tun, um die Schuldigen zur Rechenschaft zu ...«

»Machen wir uns nichts vor, Tom. Die Sache wird im Sand verlaufen. Erst werden sie euch zum Schweigen vergattern und sämtliche Unterlagen, derer sie habhaft werden können, kassieren. Danach werden sie Lui-

ses Leichnam auf diskrete Art und Weise verschwinden lassen. Und dann, wenn alle Spuren verwischt, sämtliche Mitwisser eingeschüchtert und eure Vorgesetzten entsprechend instruiert worden sind, bin ich an der Reihe.«
Wehmut im Blick, ergriff der Boulevardreporter Sydows Hand. »Danke für alles, alter Freund – und jetzt sieh zu, dass du nach Hause kommst!«

18

Berlin-Wilmersdorf, Krematorium | *18:30 h*

Er hatte sich abgewöhnt, überflüssige Fragen zu stellen. Und war gut damit gefahren. Es gab Situationen, wo es ratsam war, die Klappe zu halten, vor allem im Umgang mit dem LKA. Da tat man, was von einem verlangt wurde, es sei denn, man legte es darauf an, eins aufs Dach zu kriegen.

Im Krieg, bei der SS, hatte er es genauso gehalten. Befehl war nun einmal Befehl. Daran gab es nichts zu rütteln. Die Obrigkeit mochte es nicht, wenn man die Klappe aufriss, und nichts lag ihm ferner, als sich mit ihr anzulegen. Mit Leuten wie diesem Posininsky war nicht zu spaßen. Das merkte man sofort.

»Ich hoffe, wir können uns auf Sie verlassen, Herr Siebert.« Aber natürlich konnten sie das. Der Hinweis auf seine Vergangenheit als Mitglied der SS-Totenkopfverbände hatte vollauf genügt. In seiner Lage durfte man nicht wählerisch sein. Das wäre glatter Selbstmord gewesen. Karl Siebert, genannt Kalle, Jahrgang 1919, SS-Oberscharführer und Angehöriger des Wachpersonals im KZ Bergen-Belsen, war nicht erpicht darauf, seine Stelle zu verlieren. Die Arbeit im Krematorium war zwar nicht gerade das, was er sich erträumt hatte, aber immer noch besser, als im Knast zu landen. Der Ast, auf dem er saß, war alles andere als dick, Willfährigkeit das Gebot der Stunde.

»Aber natürlich können Sie das!«, entgegnete Siebert und riskierte einen Blick auf den Blechsarg, der auf der Ladefläche des Kleintransporters vom Typ DKW F-800 stand. Die Frage, welche ihm auf der Zunge lag, behielt er wohlweislich für sich, obwohl er zu gerne gewusst hätte, wessen Leichnam er demnächst einäschern würde. »Schließlich waren wir Kameraden.«

Die Antwort ließ nicht lange auf sich warten. »Wenn ich Sie wäre, Herr Oberscharführer«, blaffte der in Begleitung zweier Kollegen erschienene LKA-Beamte, trat bis auf wenige Zentimeter an Siebert heran und bedachte ihn mit einem Blick, der Kalle instinktiv zurückweichen ließ, »dann würde ich das ganz schnell vergessen. Zu Ihrer Information, Siebert: Ich stehe – oder vielmehr stand – exakt zehn Dienstränge über Ihnen. Ich denke, wir beide wissen, was das heißt.«

»Natürlich, Herr Obersturmbannführer.«

Die Augen hinter der Hornbrille, ohne die Max Hartnagel alias Kriminaloberinspektor Posininsky verloren gewesen wäre, blitzten amüsiert auf, es fehlte nicht viel, und der 43 Jahre alte Friedhofsbedienstete hätte die Hacken zusammengeschlagen. »Freut mich zu hören, Siebert«, schnarrte sein Gegenüber, bedeutete seinen Begleitern, den Sarg in die angrenzende Urnenhalle zu tragen und gestattete sich ein Lächeln, bei dessen Anblick dem Kremator* flau im Magen wurde. »Sie werden das Kind schon schaukeln, Siebert. Und nicht vergessen: Von der Dame, die wir in Ihre Obhut geben, darf nichts, aber auch gar nichts übrigbleiben.« Posininsky warf einen Blick auf den Kuppelbau, der unweit von ihm in den

---

* Für Feuerbestattungen zuständiger Friedhofsbediensteter

grauen Himmel ragte, räusperte sich und sagte: »Die einzig mögliche Art, mit Verrätern umzugehen, finden Sie nicht auch, *Kamerad*?«

19

Berlin-Wannsee, Uferpromenade | *19:05 h*

Kein Zweifel, David hatte recht. Es war Zeit, nach Hause zu gehen. Morgen, am Freitag, würde die Welt vielleicht anders aussehen.

Mit Betonung auf ›vielleicht‹.

Er hatte getan, was er für richtig hielt. Und das war ja wohl das Wichtigste. Er hatte gewartet, bis Verstärkung kam. Er hatte die Kollegen auf den neuesten Stand gebracht. Und natürlich hatte er ihnen auch eingeschärft, Rosenzweig nicht aus den Augen zu lassen. Erst dann, nachdem das Menschenmögliche getan worden war, hatte er sich verabschiedet, seinen Beobachtungsposten an der Pforte geräumt und zugesehen, dass er die Fliege machte.

Feierabend.

Fürs Erste jedenfalls.

Auf einen Schlag hundemüde, stellte Sydow seinen Aston Martin vor dem Bahnhof Wannsee ab, um sich ein wenig die Beine zu vertreten. Bevor er nach Hause fuhr, musste er den Kopf freibekommen, in der Hoffnung, nicht vom Regen in die Traufe zu geraten. Seine Mutter, die ihn bestimmt sehnsüchtig erwartete, war schließlich immer für eine Überraschung gut.

Zuvor jedoch deckte er sich in der Bahnhofskneipe mit Zigaretten ein. Die erste Schachtel seit Jahren. An sich schon ein kleines Wunder. Aber dann auch wieder verständlich, wenn man berücksichtigte, was er hinter sich hatte. Sein Geist war zwar willig, das Fleisch mitunter jedoch schwach. Und das war auch gut so, besonders heute.

Eingedenk dieser Erkenntnis trank Sydow noch rasch ein Bier, verließ die Kneipe und machte sich auf den Weg an den See. Dort gab es ein paar Bänke, wo er sich hinsetzen, in Ruhe qualmen und ein paar Minuten abschalten konnte. Das hatte er sich redlich verdient, zumindest, was den heutigen Tag betraf. Das Wetter war zwar nicht so, wie es hätte sein sollen, aber darauf kam es wirklich nicht an. Wichtig war, dass er zur Ruhe kam, auch wenn der Himmel grau, die Zeit weit vorangeschritten und die Böen, welche über den See fegten, so heftig waren, dass man sich unversehens in den November zurückversetzt fühlte.

Als er das Seeufer erreichte, war es Viertel nach sieben und die Uferpromenade wie leer gefegt. Die Villen auf der gegenüberliegenden Seite waren nur noch schemenhaft zu erkennen, und ihm war, als sei alles Leben ringsum erstorben. Weit und breit war kein Mensch, ja nicht einmal Schwäne und Graugänse zu erkennen, und wo sonst Dutzende von Booten ihre Bahn zogen, herrschte gähnende Leere.

Drauf und dran, umzukehren, entsann sich Sydow der Zigarettenschachtel, die er immer noch in der Hand hielt, und setzte sich auf eine Bank. So viel Zeit, um eine zu rauchen, musste einfach sein, danach würde er zusehen, dass er nach Hause kam. Es war nicht leicht, seine Mutter bei Laune zu halten, und ihm war klar, dass er Lea nicht einfach hängen lassen durfte.

»Probleme, Herr Kommissar?«

Die wohlverdiente John Player im Mund, fuhr Sydow herum. Hinter ihm stand ein Mann, den er noch nie gesehen hatte, die Rechte auf einem Stock und an die 60 Jahre alt. Irgendwie erinnerte er ihn an seinen Vorgesetzten, Kriminalrat Kurt Augustin. Die Aussicht, ihm heute Abend noch über den Weg zu laufen, versetzte in nicht gerade in Euphorie, sodass der Blick, mit dem er den Spaziergänger musterte, denkbar grimmig ausfiel.

»Kennen wir uns?«

»Das nicht, aber es wäre mir eine Freude, wenn wir dieses Manko wettmachen könnten«, erwiderte der hochgewachsene, ergraute und mit einem Kaschmirmantel bekleidete Grandseigneur, ein Typ, wie man ihm im Jachtklub oder bei einer Vernissage begegnete. »Sie haben doch nichts dagegen, wenn ich mich setze, oder?«

Sydow trat seine Fluppe aus und verneinte. »Tun Sie sich keinen Zwang an, ich muss ohnehin gleich gehen.«

»Tatsächlich? Wie schade.« Die Stimme des Fremden war freundlich, ja geradezu einnehmend, seine Umgangsformen über jeden Zweifel erhaben und sein Äußeres gepflegt, um nicht zu sagen nobel und elegant. Kein Grund also, ihm mit Misstrauen zu begegnen. Oder, wie geschehen, ihn einfach abzuspeisen. »Ich hatte gehofft, wir würden ins Gespräch kommen.«

»Ich wüsste nicht, was es mit Ihnen zu besprechen gäbe!«, versetzte Sydow, Argwohn im Blick und einen Moment lang unsicher, ob es nicht besser war, dem Drängen in seinem Inneren nachzugeben und den Unbekannten einfach stehen zu lassen. Dass er es unterließ, lag nicht etwa daran, dass er wild darauf war, Small Talk zu betreiben. Schuld daran war einzig und allein sein Instinkt. Ein Ratgeber, auf den er sich stets verlassen konnte. »Weder dienstlich noch privat.«

»Und was, wenn das eine mit dem anderen zu tun hat?«, fragte der Unbekannte, umrundete die Bank und zog ein Taschentuch hervor, um sie trocken zu reiben. Erst dann ließ er sich darauf nieder, den Stock auf den Knien, an dessen Ende ein vergoldeter Knauf angebracht war. Soweit man es in der hereinbrechenden Dämmerung erkennen konnte, stellte dieser ein antikes Fabelwesen dar, welches, konnte Sydow allerdings nicht sagen.

Der Fremde, dem sein prüfender Blick nicht entgangen war, lächelte zufrieden vor sich hin. »Anubis, der ägyptische Gott der Bestattungsriten«, erläuterte er, darauf bedacht, nicht belehrend zu klingen oder seinen Nebenmann zu kompromittieren. »Dargestellt durch einen Schakal.«

»Ein Aasfresser, interessant.«

»Ich sehe, Sie kennen sich aus, Herr Kommissar.«

»Und Sie kennen mich. Darf man erfahren, woher?«

»Da fragen Sie noch?«, rief der Unbekannte halb theatralisch, halb belustigt aus und ließ den Zeigefinger über das Haupt des Gottes der Balsamierer gleiten. »Nur keine falsche Bescheidenheit, Herr von Sydow: Wer so bekannt ist wie Sie, darf sich nicht wundern, wenn er von wildfremden Leuten ...«

»Falls Sie mich weichklopfen wollen, vergessen Sie's. Bei mir kommen Sie mit der Tour nicht durch.«

»Sagen wir mal so: Ich bin gekommen, um Ihnen ein

Angebot zu unterbreiten. Ein Angebot, dem man nicht widerstehen kann.«

»Auf gut Deutsch: Sie sind vom LKA.«

»Falsch geraten, Herr Kommissar.« Äußerlich unbewegt, starrte der Fremde auf den Wannsee hinaus. Dort, inmitten der hin und her wogenden Wellen, kreuzte ein Segelboot vor dem Wind. Dieser frischte immer mehr auf, und es dauerte nicht lange, bis das Boot wie ein Spielball hin und her geworfen wurde. »Tja, so kann es gehen: Wer sich zu viel zumutet, läuft Gefahr, unterzugehen.«

»Sagen Sie, was Sie zu sagen haben«, fuhr Sydow den Unbekannten an und wandte den Blick nach links. »Ich habe nicht vor, hier zu übernachten.«

»Ihr habt Uhren, und wir die Zeit. Orientalische Spruchweisheit.«

»Falls Sie es noch nicht gemerkt haben, wir befinden uns in Berlin.« Auge in Auge mit seinem Nebenmann, war Sydow gezwungen, sein Urteil zu revidieren. Dies war kein netter älterer Herr, der Blick, mit dem er ihn musterte, war Beweis genug. »Raus mit der Sprache, weswegen sind Sie hier?«

»Ich bin gekommen, um Ihnen eine Offerte ...«

»Das sagten Sie bereits.«

»Na schön, wie Sie wollen.« Längst nicht mehr so höflich wie zuvor, umklammerte der Unbekannte seinen Stock und wurde Zeuge, wie das Segelboot auf das gegenüberliegende Ufer zusteuerte. Kurz darauf war es in Sicherheit, verschwunden hinter einem Regenschleier, welcher das Westufer des Sees verhüllte. »Wir haben Kenntnis davon erhalten, dass Sie, Herr Hauptkommissar, im Besitz wichtiger Unterlagen sind.«

»Darf man fragen, was Sie das angeht, Herr ...?«

»Mein Name tut nichts zur Sache. Mir geht es lediglich um die Unterlagen, oder, um es präziser zu formulieren, um die Karteikarte, die sich in Ihrem Besitz befindet.«

»Eine Karteikarte, derentwegen ein Mensch sterben musste. Von meinem Freund, der ihren Killern um Haaresbreite entging, nicht zu reden.«

»›Killer‹ – welch hässliches Wort.« Der Fremde gab ein überhebliches Lachen von sich, gegenüber dem Mann, der wie aus dem Nichts aufgetaucht war, nicht wiederzuerkennen. »Damit wir uns richtig verstehen, Herr Kommissar: Bei der von Ihnen erwähnten Person namens Nettelbeck handelt es sich um eine Straftäterin. Um jemanden, der Hoch- und Landesverrat begangen hat. Und das in einem besonders schweren Fall.«

»Angenommen, es verhält sich so, wie Sie sagen – dann gehört sie vor ein Gericht.«

»Nicht, wenn Gefahr im Verzug ist. Oder wenn es um die Interessen unseres Landes geht.«

»›Um die Interessen der Regierung‹, wollten Sie sagen. Bekanntlich ist das nicht das Gleiche.«

»Soll ich Ihnen etwas verraten, Herr Kommissar?« Der Griff, mit dem Sydows Nebenmann seinen Stock umklammerte, verstärkte sich. »Allmählich frage ich mich, auf wessen Seite Sie stehen. Auf derjenigen einer abgefeimten Landesverräterin oder ...«

»Auf derjenigen von Recht und Gesetz. Wenn Sie sich schon über mich erkundigen, sollten Sie dies gründlich tun.« Bebend vor Zorn, ballte Sydow die Faust und wandte sich seinem sichtlich überraschten Gesprächspartner zu. »Offen gesagt: Ich kann Typen wie Sie nicht ausstehen. Wer gibt Ihnen eigentlich das Recht, andere Menschen einfach abzuknallen? Das war Mord, was Sie sich da geleistet haben, glatter Mord!«

»Nein, war es nicht. Das war der Versuch, die Weitergabe von Staatsgeheimnissen zu unterbinden.«

»Mit anderen Worten: Die Hintermänner, auf deren Geheiß Sie aktiv geworden sind, möchten verhindern, dass die Öffentlichkeit von Ihren Machenschaften erfährt.«

»Machenschaften?«

»Jetzt tun Sie doch nicht so.« Sydow wandte sich angewidert ab. »Sie wissen doch, was passiert, wenn Ihre Gaunereien ans Licht kommen.«

»Sie hätten Krimi-Autor werden sollen. Mit Ihrer Erfindungsgabe könnten Sie es weit bringen.«

»Kann es sein, dass gewisse Kreise ein Interesse daran hatten, den Aufenthaltsort von Adolf Eichmann geheim zu halten?«

»Ihre Sicht der Dinge, Herr von Sydow, nicht meine.«

»Irgendwie können einem die Herrschaften ja leidtun. Da hat man es geschafft, den Krieg zu überleben, wieder Fuß zu fassen, die SS-Vergangenheit abzustreifen, beim BND, BKA oder der Justiz unterzukriechen – und dann so etwas. Eichmann noch am Leben, bei bester Gesundheit! Eine – gelinde ausgedrückt – blanke Katastrophe. Was, wenn der Kamerad aus RSHA*-Tagen auspackt, die Namen von Mittätern nennt, mit dem Finger auf andere zeigt? Nicht auszudenken! Das Ende vom Lied: Etliche Kameraden, vor allem solche in gehobenen Positionen,

---

* Reichssicherheitshauptamt: Eines von zwölf Hauptämtern der SS, zu deren Hauptaufgaben die Kontrolle der deutschen Sicherheitsorgane gehörte

wären gezwungen, den Hut zu nehmen. Was also tun? Da der Arm des BND nicht bis nach Argentinien reicht, ist Stillhalten angesagt. Nur ein freier Eichmann ist ein guter Eichmann, lautet die Devise. Und was ist mit der CIA? Mit den Meisterspitzeln aus Langley, die normalerweise die Flöhe husten hören? Die geben dem Ganzen ihren Segen. Der Welt – und den amerikanischen Wählern – soll ein neues Deutschland präsentiert werden. Seht her, heißt es, die Westdeutschen haben ihre Lektion gelernt. Der Kampf gegen Hitler hat sich gelohnt. Das Geschenk namens Demokratie wurde dankbar angenommen, auf die Deutschen ist wieder Verlass, vor allem, was die Rolle als Verbündete angeht. Auf die sind die Amis nämlich dringend angewiesen, wollen sie nicht riskieren, dass Europa unter die Knute der Russen gerät. Und siehe da – die alten Feindbilder werden wieder zum Leben erweckt. Hier die Guten, entschlossen, sich dem Bolschewismus entgegenzustemmen, dort die Bösen, die versuchen, dem Kommunismus zum Sieg zu verhelfen. Seite an Seite mit den Amis – davon hätten die Kumpels aus der Prinz-Albrecht-Straße* nicht zu träumen gewagt.« Sydow gab ein verächtliches Schnauben von sich. »Kein Wunder, dass Ihresgleichen versucht, die Wahrheit unter den Tisch zu kehren. Wenn nötig, mithilfe von Gewalt. Wen kümmert schon Recht und Gesetz, wenn er Gefahr läuft, in den Knast zu wandern! Und dann erst der Skandal, zu dem es unweigerlich kommen würde. Nicht auszudenken. Gut möglich, dass er nicht einmal vor der Regierung haltmachen würde.«

»Was, bitte schön, hat die Regierung Adenauer mit Adolf Eichmann zu tun?«

---

* Gestapo-Zentrale in Berlin

»Da fragen Sie noch? Schon mal was von Kanzleramtschef Globke* gehört? Ich denke schon. Ihren Boss, Herrn Gehlen, erst gar nicht zu erwähnen. Logisch, dass Sie nicht davor zurückgeschreckt sind, einen Mord zu begehen. Es stand ja eine Menge auf dem Spiel.«

»Einen Mord begehen? Ich?«

»Sie doch nicht – wie dumm von mir, so etwas zu behaupten. Dafür hat man schließlich seine Handlanger.« Kurz davor, sein Gegenüber am Schlafittchen zu packen, zog Sydow die Hand im letzten Augenblick zurück. »Apropos Mord – da drüben, auf der anderen Seeseite, befindet sich die Villa Marlier.**«

»Ich weiß wirklich nicht, wovon Sie sprechen.«

»Und ob Sie das wissen. Stichwort: ›Endlösung der Judenfrage‹. Na, fängt's an zu klingeln? Man schreibt den 20. Januar 1942. Im Gästehaus des SD findet sich eine illustre Gesellschaft zusammen. Parteibonzen, Ministerialbeamte, hochrangige Offiziere der SS. Vorsitz: Reinhard Heydrich, tatkräftig unterstützt von einem gewissen Adolf Eichmann, der dazu vergattert wird, Protokoll zu führen. Einziger Tagesordnungspunkt: Wie bringe ich es fertig, elf Millionen Menschen ins Jenseits zu befördern.«

»Alles, was recht ist, Herr Kommissar, aber ich habe nicht die geringste Ahnung, wovon Sie sprechen.«

»Und ob Sie die haben!« Langsam, aber sicher kochte in Sydow die Galle hoch. »Gestapo, BKA oder BND –

---

* Hans Globke (1989–1973), Verwaltungsjurist im Reichsinnenministerium, Kommentator der Nürnberger Rassengesetze (1935) und ab 1953 Chef des Bundeskanzleramtes in Bonn
** Ehemalige Industriellen-Villa am Großen Wannsee 56-58, Schauplatz der sogenannten Wannsee-Konferenz (1914/15 erbaut)

ihr Typen seid doch alle gleich. Alles, was die Mitglieder des Eichmann-Syndikats brauchen, ist jemand, der euch einen Befehl erteilt. Und schon schlagt ihr die Hacken zusammen. Mord, versuchter Mord, Erpressung – alles kein Problem. Recht und Gesetz? Nie gehört. Hauptsache, der Befehl wird ausgeführt. Vorgesetzter befiel, wir folgen!«

»Schade, Herr von Sydow – wirklich schade.«

»Um eine Frau, die sich nicht wehren konnte? Um einen Paradiesvogel, der das Pech hatte, zwischen die Fronten zu geraten? Um einen renitenten Kriminalhauptkommissar, der sich weigert, nach Ihrer Pfeife zu tanzen?«

»Schon wieder falsch, Herr von Sydow. Das habe ich nicht gemeint.«

»Erstens: Das ›von‹, mein Bester, können Sie sich in den Hintern schieben.«

»Und zweitens?«

»Für den Fall, dass Sie darauf spekulieren, mich durch eine Beförderung zu ködern – vergessen Sie es. Daran bin ich nicht interessiert.«

»Ob Sie's glauben oder nicht: Das weiß ich bereits.«

»Von Onkel Kurt?«

»Sie erwarten doch nicht, dass ich meine Quellen preisgebe, oder?«

»Nein. Aber ich erwarte, dass Sie endlich die Katze aus dem Sack lassen.«

»Keine Sorge, Herr Kommissar – das werde ich.« Sichtlich vergnügt, riskierte der Unbekannte einen Blick nach rechts, lächelte und schaute Richtung See, über dem es gerade zu dämmern begann. Bleigraues Gewölk, so weit das Auge reichte, vermischt mit den Schatten, die den Beginn der Nacht ankündigten. »Eines vorweg: Ob und wann es zu einem Wiedersehen mit Ihrer Stieftochter kommt, hängt ganz allein von Ihnen ab.«

Aschfahl im Gesicht, sprang Sydow wie elektrisiert auf. »Was sagen Sie da?«, schrie er, entwand seinem Kontrahenten den Stock und riss ihn zu sich in die Höhe. »Lassen Sie Veronika aus dem Spiel, hören Sie? Und überhaupt: Woher wissen Sie so genau Bescheid? Etwa durch Wagenbach? Das würde diesem Schnösel wirklich ähnlich sehen!«

»Sie erwarten doch nicht, dass ich meine Quellen ...«

»Raus mit der Sprache: Wen haben Sie angezapft?«

»Das tut nichts zur Sache.«

»Ich zähle jetzt auf drei. Wenn du bis dahin nicht ausgepackt hast, schlage ich dir die Fresse ein!«

»Tun Sie sich keinen Zwang an, Herr Kommissar.« Ohne eine Miene zu verziehen, ließ der Fremde den Zornausbruch Sydows über sich ergehen. Zum Äußersten entschlossen, verstärkte dieser daraufhin seinen Griff.

»Eins kann ich Ihnen garantieren: Wenn Sie so weitermachen, sehen Sie Ihre Stieftochter nicht wieder.«

»Falls du es noch nicht bemerkt hast, Schnüffler – Berlin besteht mittlerweile aus zwei Teilen. Drüben die Roten und hüben der Vorposten der Freiheit und Demokratie.«

»Wozu der Sarkasmus, Sydow? Nehmen Sie Vernunft an, dann lässt sich über alles reden.«

Sydow stieß ein gallenbitteres Lachen aus. »Frage, du Meisterspion: Wie wollt ihr Pfeifen vom BND es fertigbringen, Veronika aus Ostberlin rauszuholen? Etwa, indem ihr einen Tunnel buddelt?« Sydow verstärkte seinen Griff. »›Vorsicht!‹, kann ich da nur sagen. Die Stasi hat mittlerweile Erfahrungen gesammelt.«

»Schade, dass ein so talentierter Beamter wie Sie so schlechte Manieren hat.«

»Meine Manieren sind meine Angelegenheit!«, schnaubte Sydow und zog den Unbekannten zu sich heran. »Und was die Genossen von der Staatssicherheit betrifft – denen könnt ihr ohnehin nicht das Wasser reichen.«

»Sie würden staunen, Herr Kommissar –«, japste der Grandseigneur, nach wie vor bemüht, Haltung zu bewahren, »Sie würden staunen, welch exzellente Verbindungen wir nach drüben pflegen. Schon gewusst, dass Ihre Stieftochter verhaftet worden ist?«

Völlig überrumpelt, ließ Sydow von seinem Kontrahenten ab. »Was hast du gerade eben gesagt?«, keuchte er, den Kopf schwer wie Blei und die Knie so weich, dass er instinktiv nach Halt suchte. »Spuck's aus, sonst ...«

»Aber, aber, Herr Kommissar – wer wird denn gleich die Fassung verlieren.« Als sei nichts geschehen, zupfte der Unbekannte Schal und Mantel zurecht, bückte sich nach seinem Stock und massierte das steife linke Bein, eine Reminiszenz an die Zeit bei der Waffen-SS, als ihn die Kugel eines russischen Partisanen niedergestreckt hatte. »Ich will Ihnen ja die Illusionen nicht rauben, aber was glauben Sie, wie viele ehemalige Kameraden bei der Stasi zu Lohn und Brot gekommen sind! Mehr als Sie denken. Und mehr als man im Westen und im SED-Politbüro vermutet.«

»Sie können mich mal.«

»An Ihrer Stelle wäre ich nicht so voreilig, Sydow.«

Wieder der Alte, schlug der Fremde den gewohnten Tonfall an und sagte: »Sie würden staunen, Herr Kommissar, wenn Sie wüssten, wie weit unsere Verbindungen reichen. Ein Wort von mir, und Ihre Stieftochter kommt frei. Vorschlag: Sie, Herr *von* Sydow, erklären sich bereit, mir die Karteikarte auszuhändigen. Und ich werde dafür Sorge tragen, dass Ihre Stieftochter ausreisen kann. Na, was sagen Sie dazu?«

»Und die Gegenleistung? Sie glauben doch nicht im Ernst, dass die Genossen keine Bedingungen stellen werden.«

»Zwei unlängst enttarnte Stasi-Agenten für eine Frau, der keine schwerwiegenden Vergehen nachgewiesen werden konnten – kein schlechter Tausch, finden Sie nicht auch?«

»Alle Achtung. Das haben Sie schlau eingefädelt.« Sydow ließ sich wieder auf die Bank sinken, das Kinn auf den verschränkten Händen und die Ellbogen auf den Knien. »Und Sie glauben, ich bin so dumm und lasse mich auf den Kuhhandel ein?«

»Ich glaube es nicht nur, Herr Kommissar, ich weiß es.«

Die Hand auf der Brusttasche, in der das Objekt der Begierde verwahrt war, dachte Sydow fieberhaft nach. Gedankenfetzen jagten ihm durch den Sinn, Erinnerungen an die Zeit, in denen seine, Leas und Veronikas Welt noch in Ordnung war. »Hm.« Und an die Zeit, in denen es zwar zwei Hälften von Berlin, aber noch keine Mauer gab. »Nicht etwa, dass ich Ihnen nicht vertraue, aber …«

»Nichts läge mir ferner, als so etwas zu vermuten!«

»Aber wie, wenn die Frage erlaubt ist, soll das Ganze über die Bühne gehen?«

Der Fremde, dem die Zufriedenheit ins Gesicht geschrieben stand, lachte kaum hörbar auf, warf einen Blick auf die Uhr und tippte sich an die Krempe seines Huts, um den ein Band aus silbergrauer Seide geschlungen war. »Das, Herr Kommissar, lassen Sie lieber meine Sorge sein. Also: Punkt zehn am Grenzübergang Invalidenstraße. Und vergessen Sie die Karteikarte nicht!«

20

Berlin-Wilmersdorf, Kolonie Emser Platz | *19:05 h*

Es war ein hartes Stück Arbeit gewesen, die Stationsschwester auf seine Seite zu bekommen. Rosenzweig hatte all seinen Charme aufbieten, hatte schmeicheln, mit Engelszungen reden und den Plan, den er ausgeheckt hatte, minutiös darlegen müssen. Ab durch die Hintertür, das machte ihm so schnell keiner nach.

Er war wieder sein eigener Herr, zumindest kam es ihm so vor. Er konnte gehen, wohin er wollte. Tun, was ihm passte. Cognac trinken, wann immer ihm danach war. Nur eines konnte er nicht mehr: ein unbeschwertes Leben führen. Damit war es vorbei. Ein für alle Mal.

Hinzu kam der Ärger, den er seinem Freund Sydow bescheren würde. Als Erstes würde Tom aus der Haut fahren, wenn er davon hörte. Dann würde er der Stationsschwester, ohne die seine Flucht zum Scheitern verurteilt gewesen wäre, die Hölle heißmachen, Streifenwagen losschicken, halb Berlin und seine Bude in der Tauentzienstraße auf den Kopf stellen. Finden oder erneut in Gewahrsam nehmen würde er ihn jedoch nicht. Rosenzweig lächelte. Niemand würde ihn finden, schon gar nicht der BND, welcher erneut sein wahres Gesicht gezeigt hatte.

Dafür würde er sorgen.

Alles, worauf es jetzt ankam, war, keinen Verdacht zu erregen. Er musste so tun, als sei es die normalste

Sache der Welt, in Arztklamotten und Clogs durch die Gegend zu spazieren und obendrein noch den Arm in einer Schlinge zu tragen. Und er durfte sich die Schmerzen, die ihn beinahe um den Verstand brachten, nicht anmerken lassen. Besonders nicht in Gegenwart des Taxifahrers, der ihn vor Kurzem aufgegabelt hatte.

Nach Hause. Wohin denn sonst. Nicht etwa in seine Mansardenwohnung, sondern dorthin, wo er sich während des Krieges versteckt gehalten hatte. Auf die Idee, ihn dort zu suchen, würde niemand kommen.

Garantiert.

»Irjendetwas nicht in Ordnung mit Ihnen?«, fragte der Taxifahrer, nachdem er von der Bismarckstraße in Richtung Kurfürstendamm abgebogen war. »Nüscht für unjut: Aber Sie sehen aus wie der Tod auf Urlaub.«

Rosenzweig schüttelte den Kopf. Es stand nicht gut um ihn, das wusste er selbst. Die geringste Bewegung, und ein Schmerz durchzuckte seine Schulter, den er nur mit Mühe unterdrücken konnte. Wäre das Morphium nicht gewesen, welches ihm seine Gönnerin verabreicht hatte, hätte er längst schlappgemacht, und die Frage war, wie lange er die Tortur noch durchhalten würde. »Finden Sie?«

Es war höchste Zeit, dass er sein Refugium erreichte, dort würde er sich wenigstens ausruhen können.

Nur wie lange, das war die Frage.

Der Gedanke, welcher ihm in diesem Moment kam, durchfuhr ihn wie der Blitz. Rosenzweigs Miene entspannte sich, und er fragte sich, wieso ihm die Idee nicht schon früher gekommen war. Es gab da einen Ausweg für ihn, in der Tat. Einen Schachzug, mit dem er sämtliche Verfolger düpieren konnte. Dazu brauchte man zwar ein wenig Mut, den Mut der Verzweiflung sozusagen. Aber den würde er schon aufbringen. Der Boulevardreporter holte tief Luft. Je länger er die Option erwog, desto mehr Gefallen fand er jedoch an ihr. Auf einen Schlag wäre er sämtliche Sorgen los, die Angst, wie ein räudiger Hund abgeknallt zu werden, die Furcht, welche sein täglicher Begleiter werden würde.

Alles, was er brauchte, war ein wenig Mut. Und die Überzeugung, das Richtige zu tun.

»Am besten, Sie lassen mich hier raus.«

»Wat denn, hier schon? In Ihrem …«

»Über meinen Zustand machen Sie sich mal keine Sorgen.« Rosenzweig biss die Zähne zusammen, kramte in der Tasche des Arztkittels herum und kam nicht umhin, einen Seufzer der Erleichterung auszustoßen. Es gab Menschen, die dachten wirklich an alles. So wie die OP-Schwester, deren Name Maria war und die ihn mit allem, was er benötigte, versorgt hatte. Oder wie Tom, der seinetwegen Himmel und Hölle in Bewegung gesetzt hatte. Es gab sie noch, diese Menschen, wenngleich ihn das Gefühl beschlich, dass sie am Aussterben waren.

»Ich habe zu danken, der Rest ist für Sie.« Der geborene Gentleman namens Rosenzweig bedankte sich, lüpfte die Beine aus dem Taxi und mobilisierte die letzten Kräfte, die ihm noch verblieben waren. Vom Fehrbelliner Platz, wo ihn der Fahrer abgesetzt hatte, hatte er noch einen halben Kilometer zu gehen. Nicht weit, in seinem Zustand jedoch eine Tortur. Rosenzweig blieb schwer atmend stehen, die rechte Hand an der Hauswand und die linke auf seinen Druckverband gepresst. Die Leute drehten sich nach ihm um, blieben stehen, warfen einander fragende Blicke zu. Rosenzweig ignorierte sie. Das Schlimmste, was ihm jetzt passieren konnte, war, dass ihm jemand Hilfe anbot, sich seiner annahm, Fragen stellte. Er würde es auch so hinkriegen, ohne sie.

Eine knappe halbe Stunde später, nach etlichen, endlos anmutenden Verschnaufpausen, war es schließlich geschafft. Rosenzweig war am Ziel, umgeben von einem Dutzend Lauben, deren Umrisse sich in der Abenddämmerung abzeichneten. Eine Ewigkeit war vergangen, seit er zum letzten Mal hier gewesen war, doch es schien, als sei es erst gestern gewesen.

Gestern?

Plötzlich war alles so wie früher, der Krieg, in dem sich sein Schicksal entschied, noch in vollem Gange. Und plötzlich war da dieser Mann, der durch die menschenleeren Straßen hastete. Man schreibt das Jahr 1943, ein Jahr, welches er nie mehr vergessen wird. Der Mann namens Morell befindet sich auf der Flucht, vor der Polizei, vor der Gestapo, vor den Bombern der Alliierten, welche ihn in Kürze einholen werden. Vor Angst kreidebleich, rennt der 32-Jährige um sein Leben. Morell hätte sich ohrfeigen können. Mutter Jähnke, seine Schutzpatronin, hat ihm eingeschärft, die Laube nicht zu verlassen. Unter keinen Umständen. Und was tut er? Er, der steckbrieflich Gesuchte, hat nichts Besseres zu tun, als sein Leben aufs Spiel zu setzen, indem er sein Versteck verlässt, um sich die Beine zu vertreten. Das ist nicht nur töricht, sondern auch rücksichtslos. Rücksichtslos gegenüber der Frau, die ihr Leben riskiert, um das seinige zu retten.

U-Bahnhof Fehrbelliner Platz, circa 500 Meter von seinem Unterschlupf entfernt. Die Straßen wie leergefegt, im Dunkeln glitzernd und noch feucht vom Regen, der vor zehn Minuten aufgehört hat. Das Geräusch der Luftschutzsirenen im Ohr, hastet Morell vorwärts, stößt einen Luftschutzhelfer zur Seite, der ihn anbrüllt, er solle sich in Sicherheit bringen.

Sicherheit – und das ihm!

22. November 1943, kurz vor acht. Knapp 700 Flugzeuge nähern sich Berlin. Lichtkegel erhellen den Himmel, die Flak feuert aus allen Rohren. Das Inferno, welches sich von Westen her nähert, im Ohr, rennt Morell um sein Leben, stolpert, fällt der Länge nach hin und rappelt sich wieder auf. In der Ferne fallen die ersten Bomben. Den Tod vor Augen, humpelt Morell auf die Laubenkolonie zu, in der sich die Behausung von Frau Jähnke befindet. Und dann geschieht es. Die Glut, welche sich aus den Schalen des Zorns ergießt, fällt vom Himmel. Starr vor Entsetzen, bleibt Morell stehen, wirft einen Blick nach oben – und schleppt sich mit letzter Kraft weiter.

Dann tastet er nach dem Schlüssel, der in der Ritze neben dem Türbalken steckt.

Und bringt sich in Sicherheit.

*

Das tat auch ein gewisser David Rosenzweig, von Beruf Boulevardreporter, erleichtert, endlich am Ziel zu sein.

Man schreibt den 31. Mai 1962, der Tag, an dem seine Irrfahrt zu Ende sein wird.

21

Berlin-Wannsee, Sydows Haus in der Seestraße
| *19:40 h*

»Schön, dass du dich mal wieder blicken lässt!«, fauchte ihn Lea an der Haustür an. »Ich hoffe, du hattest einen angenehmen Nachmittag.«

Weniger denn je auf Ärger aus, nahm Sydow den Köder, den ihm seine Frau hinwarf, nicht auf, trat in den Gang und hängte das ungeliebte Jackett an die Garderobe.

»Was ist – hat es dir die Sprache verschlagen?«

Kann man so sagen!, dachte Sydow im Stillen und warf einen Blick über die Schulter, um die Lage zu sondieren. Die Vorfreude war ihm ins Gesicht geschrieben, und er fragte sich, wann seine Mutter ihren großen Auftritt haben würde.

So weit sollte es jedoch nicht kommen.

Noch nicht.

»Wenn du wüsstest, was *ich* hinter mir habe.« Kaum war ihm der Satz über den Lippen, hätte sich Sydow am liebsten auf die Zunge gebissen. Zu spät. »Wie bitte? Hör' ich recht?« Außer sich vor Wut, lief Lea zur Höchstform auf. Das kam zum Glück recht selten vor, aber davon konnte er sich jetzt nichts kaufen.

Am Boden zerstört, stieß Sydow ein halblautes Ächzen aus. Da wurde einem eröffnet, dass die tot geglaubte Schwester noch unter den Lebenden weilte. Da musste man einen Mord aufklären, wurde man Zeuge eines

Mordanschlages und bekam obendrein heraus, dass sich das Opfer, ein alter Bekannter, mit dem BND angelegt hatte, welcher seinerseits alles tat, um die Spuren seines Tuns zu verwischen.

Ein bisschen viel auf einmal, oder?

Von dem Kuhhandel, den ihm der Unbekannte vorgeschlagen hatte, erst gar nicht zu reden. So lange Sydow denken konnte, hatte er einen Tag wie diesen nicht erlebt, außer vielleicht anno '42, als es ihm beinahe an den Kragen gegangen war.

»Wenn du wüsstest, was ich hinter mir habe!«, fuhr ihn Lea in bitterbösem Tonfall an, Tränen in den Augen und so aufgebracht, wie er sie selten erlebt hatte. »Damit kannst du bestimmt nicht ...«

»Was ist los, Lea?«, fuhr Sydow dazwischen, irritiert wegen des Wutausbruchs, der so gar nicht zu seiner Frau passen wollte. »Ist irgendetwas mit ...«

Im Begriff, nach seiner Mutter zu fragen, hielt Sydow im letzten Moment inne. Eine Ahnung stieg in ihm empor, und er hoffte, dass sie sich nicht bewahrheiten würde.

Er hoffte vergebens. Die Hände vor dem Gesicht, brach Lea in Tränen aus. »Vroni ist ...«, stammelte sie, immer wieder unterbrochen von Schluchzern, deren sie vergeblich Herr zu werden versuchte, »Vroni ist verhaftet worden, Tom. Weißt du, was das heißt? Wir werden sie nicht mehr ... wir werden sie wohl nie mehr wiedersehen.«

»Doch, Lea – werden wir.« Obwohl er theatralische Gesten verabscheute, sah Sydow auf die Uhr. »In weniger als drei Stunden.«

»Was sagst du da?« Sprachlos vor Staunen, nahm Lea

Sydow die Hände vom Gesicht und sah ihren Mann mit großen Augen an. Sekunden vergingen, bis ihr klar wurde, dass sie sich nicht verhört hatte, und selbst dann war ihr das Misstrauen noch anzusehen. »Du lügst mir doch hoffentlich nichts vor, oder?«

Sydow schüttelte den Kopf, schloss seine Frau in die Arme und ließ mehrere Sekunden verstreichen, bevor er begann, die Ereignisse des Nachmittags schildern. Lea hörte ihm zu, ungläubig zunächst, doch dann, am Ende von Sydows Monolog, mit neu erwachter Tatkraft und Energie. »Ich denke, du weißt, was du tust, oder?«, fragte sie rundheraus und beobachtete jede Regung im Gesicht ihres Mannes, den sie schon lange nicht mehr so deprimiert erlebt hatte. »Das wird Konsequenzen haben, Tom. Für dich, für mich, für uns alle.« Lea machte sich aus der Umarmung frei und begann im Korridor auf und ab zu gehen. »Weitreichende Konsequenzen.«

»Was bleibt mir übrig! Ich bin gezwungen, mit Verbrechern zu paktieren. Weigere ich mich, ist Vronis Schicksal besiegelt.«

»Du riskierst sehr viel, das ist dir ja wohl klar.«

»Mir ist es gleich, wie groß das Risiko ist. Du weißt, für Vroni würde ich alles tun.«

»Aber?«

»Ich hab's satt, mich ständig mit den gleichen Halunken rumzuschlagen. Klar, das gehört zu meinem Beruf, und ich meine ja nicht die Ganoven, mit denen wir es tagtäglich zu tun kriegen.«

»Du meinst deren Auftraggeber.«

»Höflich ausgedrückt. Die Strippenzieher, welche es vorziehen, im Hintergrund zu agieren.« Sydow setzte sich und öffnete den Kragenknopf. »All die Eichmänner, die vor nichts zurückschrecken. Die alles, was von oben kommt, ausführen. Jeden Befehl, jede Order – einfach alles.«

»Du glaubst doch nicht etwa, dass der Befehl, diese Frau zu ermorden, von höchster Stelle kam? Das kann doch nicht dein Ernst sein, Tom!«

»Es gibt nichts, was es nicht gibt, Lea. Um ehrlich zu sein, habe ich sämtliche Illusionen verloren.« Sydow ließ die Finger über sein Gesicht gleiten. »Man muss die Gedanken, welche einem das Leben schwer machen, nur zu Ende denken. Und schon beginnt man, deutlicher zu sehen. Denn eins ist uns beiden doch wohl klar: Wenn herauskäme, was nicht herauskommen darf, könnten etliche der hohen Herren in Bonn einpacken. Das gäbe einen Riesenskandal. Nichts einfacher – oder naheliegender – als den BND mit der Vertuschung des Falles zu beauftragen.«

»Das kann ich mir nicht vorstellen, Tom. Was du da sagst, klingt so … so …«

»Haarsträubend, dass man sich weigert, daran zu glauben. Wie gesagt, Lea: Ich hab die Faxen dicke. Klar doch: Als Polizist bist du verpflichtet, alles in deiner Macht Stehende zu tun, um ein Verbrechen aufzuklären. Das habe ich getan. Und was, bitte schön, tut meine übergeordnete Dienstbehörde? Sie lässt sich vor den Karren des BND spannen und sorgt dafür, dass der Leichnam eines Mordopfers samt dazugehörigen Unterlagen verschwindet. Auf Nimmerwiedersehen. Und dann soll man noch an Recht und Gerechtigkeit glauben, an Pflichterfüllung und Loyalität? Nee, Lea – nicht mit mir. Da müssen die sich schon einen anderen Deppen suchen.«

»Machst du es dir nicht ein wenig einfach, Tom?« Lea trat neben den Stuhl, auf dem Sydow saß, und strich ihm sanft übers Haar. »Den Bettel ins Korn zu werfen ist immer das Einfachste.«

»So, meinst du. Und was, mit Verlaub, sollte ich deiner Meinung nach tun? Weitermachen, als ob nichts gewesen wäre? Abwarten, bis man mir den Fall entzieht? Die Klappe halten und hoffen, dass ich befördert werde?«

»Ich hoffe, du weißt, was du tust, Tom. Mehr möchte ich dazu nicht sagen.«

»Wenn ich etwas weiß, Lea, dann dies.« Ohne Blick für die ältere Dame, die auf der Schwelle des Wohnzimmers erschien, stand Sydow langsam auf, reckte sich und sagte: »Kann es sein, Liebling, dass wir heute Abend eingeladen sind? Wenn ich ehrlich bin, möchte ich den Empfang zu Ehren meines Chefs auf keinen Fall verpassen. Nicht für alles Geld der Welt.«

»Typisch mein Sohn. Alles andere ist ihm wichtig, nur die eigene Mutter nicht.«

Da stand sie nun, eine Lesebrille um den Hals und die Hand auf den Stock aus Mahagoni gestützt. Wie in Erz gegossen, als stünde sie bereits 100 Jahre hier. Eine Mischung aus Alter Fritz und Wellington[*], welche es nicht abwarten konnte, ihm die Leviten zu lesen.

»Du weißt doch, dass das nicht stimmt, Mutter.« Um der zu erwartenden Moralpredigt zuvorzukommen, setzte Sydow sein Strahlemannlächeln auf und schnurrte: »Was kann ich denn dafür, dass es so viel zu tun gibt!«

»Das hat dein Vater auch immer gesagt.«

---

[*] Arthur Wellesley (1769–1852), Herzog von Wellington und Sieger über Napoleon bei Waterloo (1815)

»Lass dich umarmen, Mutter!«, sagte Sydow und hasste sich für das, was er gerade tat. »Schön, dass du gekommen bist.« Heuchelei war noch nie seine Stärke gewesen, aber was sein musste, musste einfach sein.

Die Retourkutsche ließ nicht lange auf sich warten. Anstatt sich umarmen zu lassen, streckte die alte Dame ihre Hand aus, einmal mehr auf Distanz zu ihrem Sohn. Der ließ sich jedoch nichts anmerken, ergriff sie und tat so, als habe es den Affront nicht gegeben. »So leid es mir tut Mutter, ich muss schon wieder los!«, platzte Sydow heraus, fast froh, bei der alten Dame abgeblitzt zu sein. »Mach's dir bequem, wir sind gleich wieder da.«

»Wir?«

»Lea und ich. Wir sind um acht bei meinem Chef eingeladen. Dafür kann ich ja wohl nichts, oder?«

»Du wiederholst dich, Thomas.«

Mutter, wie sie leibt und lebt!, fuhr es Sydow durch den Sinn, in Gedanken bei den Gardinenpredigten, die er in seiner Jugend hatte anhören müssen. Waterloo war wirklich nichts dagegen. »Sei doch vernünftig, Mutter. In ein, zwei Stunden sind wir wieder da.«

»Ich kann mir nicht helfen, aber ich fühle mich im Stich gelassen!«

»Was heißt denn hier ›im Stich gelassen‹!«, ächzte Sydow, dem der Auftritt à la Deutsche Oper an den Nerven zerrte. »Davon kann doch keine Rede sein. Ruh dich aus, Mutter, wir sind bald wieder da. Und falls ein Einbrecher kommt: In meinem Schreibtisch liegt eine Pistole. Du kannst doch damit umgehen, oder?«

Das war zu viel, entschieden zu viel. Sydow holte Luft, um sich zu entschuldigen, kam jedoch nicht dazu.

»Für dich, Tom!«, hörte er Lea noch sagen, bevor sie ihm den Telefonhörer in die Hand drückte, seine Mutter Richtung Wohnzimmer manövrierte und ihm auf seinen fragenden Blick hin zuflüsterte: »Eine Mrs. Fitzpatrick oder so ähnlich, hat vorhin schon mal angerufen.«

Dann hielt er den Hörer ans Ohr.

Und musste sich wieder setzen.

22

Berlin-Wannsee, Haus Sanssouci | *20:05 h*

»Sag mal, Tom, hörst du mir eigentlich zu?«

»Na klar. Was hast du denn gedacht?« Das war natürlich eine Lüge, und es sprach für Kroko, dass er nicht nachhakte. Es war ihm anzusehen, dass er nicht bei der Sache war. Und es war kein Wunder, dass er sich nur noch mit Mühe konzentrieren konnte. »Schieß los, alter Junge – was hast du rausgekriegt?«

»Erstens: Laut Angaben des Geschäftsführers im ›Excelsior‹ können wir davon ausgehen, dass Luise Nettelbeck am Spätnachmittag des gestrigen Tages ...«

»Geht's noch ein bisschen hochgestochener?«

»... mit Morells Redaktion, respektive mit seinem Chefredakteur, ein kurzes Telefonat geführt hat. Hast du etwas gesagt, Tom?«

»Ich? Nö.«

»Dann ist es ja gut.« Krokowski ließ den Blick über die Häupter der versammelten Prominenz schweifen, welche den Salon mit Seeblick bevölkerte. Nebst einer Vielzahl von Kollegen, die es sich nicht nehmen lassen wollten, Kriminalrat Augustin in den Ruhestand zu verabschieden, war sogar der Büroleiter des Innensenators erschienen, und er fragte sich, ob das nicht ein wenig übertrieben war. Augustin hatte sich nicht gerade ein Bein ausgerissen, höchste Zeit, ihn in Ehren zu verabschieden. »Der grobe Klotz, welcher sich Chefredakteur schimpft, hat es zwar abgestritten. Nutzt aber nichts, denn wir verfügen über Beweise.«

»Lass mich raten: Der BND hat ihr Zimmertelefon angezapft.«

»Du sagst es. Der Herr Geschäftsführer war auch klug genug, dies zuzugeben. Tja, so ist das eben: Wer hat schon Lust, sich mit dem BND anzulegen!«

»Ich.«

»Falsch. Wir beide.«

»Tust du mir einen Gefallen, Kroko?«

»Jeden.«

Ein flüchtiges Lächeln huschte über Sydows Gesicht. Auf Krokowski hatte er sich immer verlassen können und er hoffte, dass dies so bleiben würde. »Bist eben ein echter Freund.«

»Aber, aber, Tom! Wir wollen doch jetzt nicht sentimental werden.«

»Lieber nicht, das Wasser steht mir auch so bis zum Hals.« Vor Beobachtern auf der Hut, warf Sydow einen Blick in die Runde. Erst dann, vor Störungen sicher, zog er einen Umschlag hervor, lächelte und ließ ihn in die Tasche von Krokowskis Jackett gleiten. »Ein Foto, geschossen mit Sofortbildkamera.«

»Das Staatsgeheimnis Nummer eins?«

Sydow nickte. »Würdest du das bitte für mich aufbewahren? Natürlich nicht in deinen vier Wänden, sondern ...«

»Für den Fall, dass du mich immer noch nicht kennst: Ich bin kein Anfänger mehr.«

»Das wollte ich damit nicht sagen, Kroko.« Sydow scharrte mit dem Fuß, und während sein Blick im Raum umherirrte, loderte Zorn in ihm empor. All jene, die so taten, als sei nichts gewesen, als habe es das Dritte Reich nie gegeben – er konnte sie einfach nicht mehr sehen. Konnte es nicht ertragen, wenn sie sich mit Lachs, Gourmetsalat, Havelzander, Garnelen, Parmaschinken, Rinderfilet, Crème Brulée und Eierkuchen vollstopften, bis sie platzten. Konnte es nicht mit anhören, wie sie ihren Small Talk pflegten, Zigarren rauchten und einander hochleben ließen, weit weg von der Tagespolitik und Lichtjahre entfernt von den Fragen, mit denen er sich das Gehirn zermarterte.

Er konnte es nicht mit ansehen, einfach nicht mit ansehen. »Zum Wohlsein, die Herren!« Das Sektglas, welches ihm ein Ober offeriert hatte, immer noch in der Hand, prostete er in die Runde und trank es auf einen Zug leer. Dann wandte er sich wieder seinem Kollegen zu. »Egal, was noch passiert, Kroko – danke für alles.«

»Du denkst doch nicht etwa daran, die Flinte ins Korn zu werfen?«

»Zuerst muss ich noch etwas erledigen. Danach sehen wir weiter.« Sydow ließ sich nachschenken und stürzte den Inhalt hinunter. »Besser, du bist nicht im Bilde. Für den Fall, dass etwas schiefgeht, meine ich.«

Krokowskis Blick wurde von Sorge überschattet, und er versuchte mit aller Macht, Zuversicht auszustrahlen. »Was soll denn schon passieren!«, redete er Sydow gut zu. »Ich nehme an, du weißt, was du tust.«

»So ähnlich hat sich Lea auch ausgedrückt!«, pflichtete Sydow seinem Partner bei und hielt Ausschau nach dem Ober, um sich erneut nachgießen zu lassen. »Aber ich fürchte, da muss ich einfach ...«

»Da musst du durch, Tom. Das stimmt. Beziehungsweise wir.«

Es war Tannert, der ihn unvermittelt unterbrach, der jüngere der beiden Kollegen, die er zum Schutz von Rosenzweig angefordert hatte. An Deutlichkeit ließ das, worüber er ihm berichtete, nichts zu wünschen übrig, obwohl Sydow zunächst glaubte, er habe sich verhört. »Abgehauen? Was soll das heißen?«, fuhr er Tannert an, kurz davor, das Glas an die Wand zu schmettern. »Willst du mich veräppeln?«

»Nichts läge mir ferner«, antwortete Tannert, blutjung und gerade einmal drei Jahre im Dienst, der sich bereit erklärt hatte, die Hiobsbotschaft zu überbringen. »Das Dumme daran: Es ist unsere Schuld.«

Tannert hatte recht. Und auch wieder nicht. Es war seine, ganz allein seine Schuld. Hätte er Davids Absichten durchschaut, weiter Wache geschoben und sich nicht an die Pforte verdrückt, um auf das Eintreffen der Kollegen zu warten, wäre das alles nicht passiert. Es war töricht gewesen, auf die OP-Schwester zu vertrauen, und jetzt zahlte er den Preis dafür. »Irgendwelche Hinweise, wo er steckt?«

Tannert verneinte. »In seiner Wohnung jedenfalls nicht. Dort haben wir nachgesehen.« Der Kriminalinspektor in spe schüttelte den Kopf. »Sieht aus, als hätte eine Bombe eingeschlagen.«

»Donnerwetter, die lassen nichts aus.«

»Wie meinst du das?«

»Vergiss es, Horst, war nur so dahergeredet.« Sydow und Krokowski sahen sich kurz an. »Sonst noch was?«

»Das Übliche«, antwortete Tannert, sichtlich verwirrt

und im Begriff, sich am kalten Büfett zu stärken. »Fahrerflucht mit Todesfolge. So ein Funkwagen ist doch wirklich etwas Feines!«

»Hat das Opfer auch einen Namen?«, fuhr Sydow dazwischen, darauf hoffend, dass sich seine Ahnung nicht bestätigen würde.

Er hoffte vergebens. »Heidemarie Krüger.« Ein Lachsbrötchen in der Hand, schien Tannert nicht gewillt, sich den Appetit verderben zu lassen. »Ach so, wenn wir gerade dabei sind: Im Schlosspark hat es einen Unfall gegeben. Es leuchtet mir zwar nicht ein, wie es sein kann, dass ein Dachziegel einfach vom Himmel purzelt, aber …«

»… das nützt dem Schlossgärtner jetzt auch nichts mehr, hab ich recht?«

Sprachlos vor Überraschung, vergaß Tannert sein Brötchen und starrte Sydow mit offenem Mund an.

Bevor er die Sprache wiederfand, bahnte sich die Hauptperson des Abends einen Weg durch den Pulk der angeregt plaudernden Gäste und hielt auf die drei Beamten zu. Kriminalrat Kurt Augustin, Leiter der Kriminalinspektion I, war in Festtagslaune, und das merkte man ihm auch an. Lea, die sich in seinem Schlepptau befand, sah hingegen äußerst angespannt aus. »Hier stecken Sie also, Sydow!«, rief der zukünftige Pensionär schon von Weitem aus. »Ich habe überall nach Ihnen gesucht!«

»Nach mir? Wieso denn, Herr Kriminalrat?«

»Jetzt tun Sie mal nicht so, Sydow. Sie wissen doch genau, was wir mit Ihnen vorhaben.«

»›Wir?‹«

»Ein kleiner Versprecher, verzeihen Sie.« Augustin strahlte übers ganze Gesicht, anders als Lea, der schwante, was jetzt gleich passieren würde. »Ach, übrigens: Der Fall, an dem die Herren gerade arbeiten, wurde durch das LKA kassiert.«

»Ehrlich gesagt überrascht mich das kaum.«

»Jetzt spielen Sie nicht den Beleidigten, Tom. Sie haben doch nichts dagegen, wenn ich Sie so nenne, oder?« Augustin strahlte über das ganze Gesicht, ungeachtet der Tatsache, dass Sydow keine Miene verzog. »So etwas kommt eben hin und wieder vor.«

»Gut ausgedrückt, Herr Kriminalrat.«

»Warum so einsilbig, Tom?«, fragte Augustin, nahm Sydow beiseite und flüsterte: »Interessiert es Sie denn gar nicht, wer zu meinem Nachfolger auserkoren worden ist?«

»Offen gestanden: nein.«

»Wie meinen?«

»Falls ich es bin, den Sie im Auge haben, vergessen Sie's!«, erwiderte Sydow und hielt Ausschau nach seiner Frau, die ihn keinen Moment aus den Augen gelassen hatte. »Ihr Job interessiert mich nicht im Geringsten.«

Augustin erbleichte. »Nicht im Geringsten?«, echote er, unfähig, das Gehörte zu verstehen. »Aber warum denn?«

»Weil ich es mir leisten kann, darum!«, versetzte Sydow, in einem Tonfall, der weitere Fragen überflüssig machte. »Schönen Abend noch, Herr Kriminalrat. Und danke für die Einladung. Tschüss, Kroko, mach's gut. Und du auch, Horst.« Ein Lächeln auf den Lippen, überwand Sydow die Skrupel, die ihn bis zuletzt geplagt hatten, suchte den Blick seines Vorgesetzten und sagte: »Ich kündige, Herr Kriminalrat. Mit sofortiger Wirkung. Komm, Lea, wir gehen!«

23

Berlin-Mitte bzw. Moabit, Grenzübergang Invalidenstraße | *21:55 h*

Zunächst hatte sie gedacht, man würde sie in ein anderes Gefängnis verlegen. Kurz drauf, nach schier endloser Wartezeit in dem fensterlosen B 1000, hatte sie sich zu fürchten begonnen. Wenige Minuten später wiederum war sie in Panik geraten.

Ganz allmählich, etappenweise, Stück für Stück.

Es war dunkel hier drinnen. Stickig. Und es roch penetrant nach Dieselöl. Veronika von Oertzen, genannt Vroni, kauerte auf ihrem Sitz und fragte sich, wie viel Zeit seit dem Abtransport aus dem Gefängnis verstrichen war. 20 Minuten, das Doppelte oder mehr? Sie konnte es beim besten Willen nicht sagen. Das Zeitgefühl war ihr komplett abhandengekommen. Und mit ihm jeglicher Orientierungssinn.

Dies allerdings war nur eine Seite des Problems. Die andere, weitaus beunruhigender, bestand darin, dass sie nicht wusste, was man mit ihr vorhatte. Seit jeher war Ungewissheit ein Gräuel für sie gewesen, schlimmer als alles, was sie im letzten halben Jahr mitgemacht hatte.

Die Ehe am Ende, keine Aussicht auf Arbeit und ohne Chance, in den Westen zu gelangen. Und dann, vor drei Tagen, auch noch ihre Verhaftung. Begründung: Verdacht auf Republikflucht. Schließlich handle es sich, so der Verhöroffizier, bei ihr um die Frau – oder vielmehr

Ex-Frau – eines Hauptmanns der DDR-Volkspolizei. Gerade auf solche Leute müsse man ein wachsames Auge haben. Der erste Arbeiter- und Bauernstaat auf deutschem Boden werde nun einmal von Feinden bedroht. Dies müsse man in Betracht ziehen. Wer weiß, vielleicht sei sie sogar von der CIA eingeschleust worden. Genau wissen könne man das ja nie.

Es war nicht der erste Seufzer an diesem Tag, den die 23-jährige Westberlinerin ausstieß. Aber es war der qualvollste. Alles, aber auch alles würde sie ertragen können. Nur nicht die Ungewissheit, der sie ausgesetzt war, die Furcht vor dem, was ihr bevorstehen würde.

Da! Ein Geräusch von außen, vermutlich der Hebel, mit dem die Schiebetür verriegelt worden war. Veronika hielt den Atem an. Gleich würde die Tür aufgehen. Dann hatte die Ungewissheit ein Ende.

Endlich.

Das Erste, was sie sah, war Licht. Gleißendes, das Innere des Transporters erhellendes Licht.

Scheinwerferlicht.

»Na los, Bewegung, oder brauchst du eine Extraeinladung?«

Die Handschellen, welche ihr Blut beinahe am Zirkulieren hinderten, vor dem Gesicht, erhob sich Veronika von ihrer Bank. Draußen, irgendwo unter freiem Himmel, wartete ein Mann mittleren Alters auf sie. Sie hatte ihn nie zuvor zu Gesicht bekommen, weder ihn noch den Uniformierten, der jede ihrer Bewegungen beobachtete.

Was nun geschah, durchlebte Veronika wie einen Traum. Kaum im Freien, nahmen sie der Beamte in

Zivil, allem Anschein nach Stasi-Offizier, und der Uniformierte, Angehöriger der DDR-Grenztruppen, in ihre Mitte. Die junge Frau, immer noch wie betäubt, wusste nicht, wie ihr geschah, geblendet vom Scheinwerferlicht, welches den Kontrollpunkt, auf den sie und ihre Bewacher zusteuerten, taghell erleuchtete. Das Licht war so grell, dass es ihr schwerfiel, die Augen zu öffnen, doch dann, nach etwa 100 Metern, begann sie zu begreifen.

Nur einen Steinwurf weit entfernt befand sich ein Schlagbaum, umlagert von Wachtposten, die sie mit ausdrucksloser Miene musterten. Rechts und links davon verlief eine mehr als übermannshohe, von Panzersperren, Betonklötzen und Sperrzäunen flankierte Mauer.

Die Mauer.

Und dazwischen immer wieder Stacheldraht, meterweise, tonnenweise, kilometerweise. Wie eine Schlinge, die dazu bestimmt war, Berlin die Luft abzuschneiden.

Und dann, zu ihrer Überraschung, geschah es. Der Schlagbaum öffnete sich.

Allmählich, die Sandkrugbrücke vor Augen, welche den Spandauer Kanal überspannte, begann Veronika zu begreifen. Da drüben, jenseits der Brücke, wartete die Freiheit. Direkt vor ihren Augen, zum Greifen nah.

»Moment, die Dame. So schnell schießen die Preußen nicht.«

Auf einmal war sie also wieder ›die Dame‹. Merkwürdig. Bei den Verhören im Gefängnis hatte sich das alles ganz anders angehört. Da hatte man sie geduzt, beschimpft, bedroht, ihr alles Mögliche an den Kopf geworfen. Einmal war sie sogar geschlagen worden. Das war gestern gewesen, am Ende eines mehrstündigen Kreuzverhörs, als einer der beiden Offiziere die Geduld verloren hatte.

Heute dagegen wehte ein anderer Wind. Begonnen hatte es vor gut einer Stunde, als eine Wärterin aufgetaucht war, um ihr das Kleid, das sie bei ihrer Einlieferung gegen Häftlingskleidung eintauschen musste, zurückzugeben. Und geendet hatte es, indem man sie in den B 1000 gepfercht und hierher transportiert hatte. Kommentarlos, ohne Angabe von Gründen.

Die attraktive, aufgrund der letzten drei Tage jedoch blass, übernächtigt und angespannt wirkende Frau sah ihre Begleiter aus dem Augenwinkel an. Aus ihren Gesichtern, stur geradeaus gerichtet, ließ sich jedoch nichts herauslesen. Irgendetwas auf der anderen Seite der Brücke schien ihre Aufmerksamkeit in Anspruch zu nehmen. Veronika von Oertzen kniff die Augen zusammen, und das Herz klopfte ihr bis zum Hals. Am Westufer standen mehrere Personen, und es schien, als seien sie nicht zufällig hier.

Da drüben tat sich etwas, so viel stand fest. Oder war das alles nur eine Finte, ein Trick, um sie weich zu klopfen? In der Wahl ihrer Mittel war die Stasi nicht wählerisch, davon konnte sie ein Lied singen.

»Na, junge Dame, was sagen Sie jetzt?«, lästerte ihr Bewacher, ein unscheinbar wirkender Anzugträger mit schütterem Haar. »Großer Bahnhof da drüben. Und alles nur wegen Ihnen.«

»Wegen ...«, begann Veronika, im Begriff, mit einer Gegenfrage zu antworten. Doch dann verstummte sie.

Auf der Westseite war eine dunkle Limousine aufgetaucht, hatte kurz aufgeblinkt und war am Brückenrand, laut Abmachung der Alliierten die Demarkationslinie zwischen Ost und West, zum Stehen gekommen. Kaum war dies geschehen, stiegen mehrere Männer aus, allen voran zwei Personen, welche sich nach kurzer Unterredung umdrehten, der Ostseite zuwandten und mit forschem Schritt auf die Brückenmitte zusteuerten. Dies alles geschah innerhalb weniger Sekunden, und bevor Vroni sich noch einen Reim darauf machen konnte, hatten die Männer das Ostufer bereits erreicht, hatten den Schlagbaum passiert und auf dem Rücksitz eines dunklen Lada Platz genommen, der mit quietschenden Reifen davonraste.

Und sie?

Die beiden waren kaum verschwunden, als sich Vronis Bewacher bei ihr einhakten und die junge Frau zur Brückenmitte eskortierten. Dort blieben sie plötzlich stehen, lockerten ihren Griff – und kehrten um.

Für den Bruchteil einer Sekunde blieb Sydows Stieftochter stehen, unsicher, das Erlebte zu begreifen. Dann richtete sie den Blick auf die Frau, die sich aus dem Pulk der Wartenden löste, die Hände vor den Mund schlug und ihr mit ausgebreiteten Armen entgegeneilte.

*

»Na, sind Sie jetzt zufrieden, Herr Kommissar?«, fragte der distinguierte ältere Herr, nachdem Sydow darauf bestanden hatte, seine Familie zum Wagen zu begleiten und die Abfahrt der beiden Frauen abzuwarten. »Ich würde sagen, jetzt sind Sie am Zug.«

»Sieht ganz danach aus«, antwortete Sydow und

blickte seinem Aston Martin hinterher, dessen Rücklichter in der Dunkelheit verschwanden. Außer dem Agenten, dessen Namen er wohl nie erfahren würde, befand sich niemand in der Nähe, und es schien, als sei alles nur ein Spuk gewesen. »Meine Hochachtung, das haben Sie schlau eingefädelt.«

»Fragt sich, wer hier wen vor den eigenen Karren gespannt hat«, erwiderte der Grandseigneur, zündete sich einen Zigarillo an und entfernte sich aus dem Lichtkegel, den eine Laterne auf den menschenleeren Bürgersteig warf. »Sie oder ich.«

»Wenn Sie glauben, jetzt leichtes Spiel zu haben, haben Sie sich geschnitten.«

»Anstatt mir Absichten zu unterstellen, die ich nicht habe, sollten Sie mir wenigstens ein bisschen …«

»Dankbar? Ich Ihnen? Das ist doch wohl nicht Ihr Ernst.«

»Doch, ist es!«, bekräftigte die Stimme des Mannes, dessen Silhouette nur noch schemenhaft zu erkennen war. »Eine Hand wäscht bekanntlich die andere.«

»Pech, dass Morell Ihnen zuvorgekommen ist, was?«

»Ich weiß wirklich nicht, wovon Sie sprechen, Herr Kommissar.«

»Sie verlangen doch nicht, dass ich Ihnen glaube, oder?« Bebend vor Zorn, wechselte Sydow das Thema und fragte: »Und was ist mit dem Tatzeugen? Und der Kassiererin? Wollen Sie mir etwa weismachen, Sie hätten nichts mit ihrem Tod zu tun?«

»Dienstgeheimnis, Herr von Sydow.« Der Tonfall des BND-Führungsoffiziers verschärfte sich. »So, und jetzt darf ich Sie bitten, mir die Karteikarte auszuhändigen. Damit Sie möglichst schnell nach Hause kommen, Herr *Kriminalhauptkommissar*.«

»Lassen Sie meine Familie in Ruhe, sonst kriegen Sie es mit mir zu tun!«

»Was bilden Sie sich eigentlich ein, Sydow? Denken Sie etwa, Sie sind etwas Besseres? Um Ihre Stieftochter freizubekommen, haben Sie nicht gezögert, Ihre Pflichten zu vernachlässigen, und jetzt kommen Sie daher und wollen mir Vorschriften machen! Finden Sie das nicht ein wenig merkwürdig, Herr Kommissar? Oder sind Sie etwa der Meinung, alles richtig gemacht zu haben? Und was diesen Morell betrifft: Wäre ich an Ihrer Stelle gewesen, hätte ich den Mann nicht mehr aus den Augen gelassen. Und was tun Sie? Sie können es gar nicht abwarten, aus dem Krankenhaus zu verschwinden. Wenn das Pflichterfüllung ist, weiß ich auch nicht mehr. Jede Münze hat zwei Seiten, jemand wie Sie müsste das eigentlich wissen.« Der BND-Agent schnappte hörbar nach Luft. »Jetzt hören Sie mal gut zu, Sydow: Wenn Sie nicht wollen, dass Ihrer Familie etwas zustößt, rücken Sie gefälligst die Karteikarte raus. Das ist mein letztes Wort, haben wir uns verstanden?«

Sydow lachte verächtlich auf. »An Ihrer Stelle, Sie *Mörder*, würde ich mir keine falschen Hoffnungen machen. Irgendwann kommt nämlich der Punkt, an dem Sie Farbe bekennen müssen. Unter uns: Ich kenne da ein paar Leute, die es nicht abwarten können, Ihnen ein Bein zu stellen.«

»Denken Sie, ich lasse mir drohen? Die Karteikarte, oder Sie werden sich die Radieschen von unten an...«

»Hier, nehmen Sie.« Sydow griff in die Brusttasche, förderte die Karteikarte zutage und knurrte: »Damit Sie Bescheid wissen: Es existieren mehrere Fotos davon. Bestens verwahrt, wie ich wohl nicht eigens betonen muss. Will heißen: Wenn mir, meiner Familie oder meinen Kollegen auch nur das Geringste passiert, können Sie sich auf was gefasst machen. Schönen Abend noch, und grüßen Sie mir Ihre Kameraden!«

24

Berlin-Wannsee, Sydows Haus in der Seestraße
| 23:55 h

Im Haus am Wannsee war Ruhe eingekehrt, und das einzige Geräusch war der Wind, der über die Blumenrabatten, Stauden und Hecken strich. Er umgarnte die Birken auf der Seeseite, wehte durch den nahen Laubengang und zerrte am Dach des Teepavillons. Von den Bewohnern, mittlerweile vier an der Zahl, war hingegen nur noch einer wach, froh, allein und ungestört zu sein.

Da es ihn nicht mehr am Wohnzimmerfenster hielt, hatte sich Sydow auf die Terrasse begeben. Lea war vor zehn Minuten ins Bett gegangen, Vroni kurz nach ihrem Eintreffen. Die Erlebnisse der vergangenen Tage hatten sich ihr tief eingeprägt, und es würde Zeit brauchen, bis sie wieder die Alte war.

Was seine Mutter betraf, hatte Sydow mit Engelszungen geredet, um ihren Zorn zu besänftigen. Geglückt war ihm dies zunächst mehr schlecht als recht, und wieder einmal war es Lea gewesen, der es gelang, die Wogen zu glätten. Ihr Vorschlag, sie möge die Nacht im Haus ihres Sohnes verbringen und am nächsten Morgen gemeinsam mit seiner Familie frühstücken, war dankbar angenommen worden, und es schien, als sei die Harmonie wiederhergestellt.

Das war sie freilich nicht, und niemand wusste das besser als Sydow, der auf der Terrasse hin und her stapfte, dann und wann stehen blieb und mit sorgenvoller Miene Richtung Seeufer blickte. In knapp zehn Minuten würde es zu einer Zusammenkunft kommen, um die er nicht zu beneiden war. Ein Tag, wie er turbulenter nicht hätte sein können, neigte sich dem Ende zu, und was ihn anging, war der Bedarf an unliebsamen Begegnungen gedeckt.

Ein Zurück gab es freilich nicht. Er musste den Tatsachen ins Auge sehen, so unbegreiflich sie auch erscheinen mochten. Bei der Frau, mit der er telefoniert hatte, handelte es sich um seine Schwester. Daran gab es nichts zu rütteln.

Was also tun? Was tun, wenn jemand, den man für tot hielt, urplötzlich auftauchte und ein undurchsichtiges Spiel zu spielen begann? Was, wenn es sich dabei um die eigene Schwester handelte, um jemanden, den er schon ewig nicht mehr gesehen hatte?

Sydow war wie vor den Kopf gestoßen, und es war ihm schleierhaft, was Agnes mit ihrem Vorgehen bezweckte. Er ahnte zwar, womit es zusammenhing, wehrte sich jedoch nach Kräften gegen den Verdacht, der ihn beschlich. Tatsache war, dass Agnes nichts mit ihm zu tun haben wollte, sonst hätte sie sich bei Tante Lus Beerdigung zu erkennen gegeben. Über die Gründe, weshalb sie dies unterlassen hatte, konnte man nur spekulieren, aber da sich die Dinge nun einmal so entwickelt hatten, erschien es ihm sinnlos, darüber nachzudenken.

Am Rand der Terrasse postiert, von wo aus sich einem bei Tag ein herrlicher Blick eröffnete, runzelte Sydow die Stirn und lauschte in die Dunkelheit hinein. Außer den Wellen, die sich am Bootssteg brachen, konnte er kein Geräusch ausmachen, selbst der Wind, so schien es, hielt den Atem an. »Mist, verdammter!« Sydows Unruhe, welcher er durch einen Fluch Luft verschaffte, wuchs. Langsam fragte er sich, ob es richtig war, was er da tat. Eine Frage, die er sich heute nicht zum ersten Mal stellte.

Im Begriff, seine Wanderung wieder aufzunehmen, horchte Sydow plötzlich auf. In der Ferne ertönte ein Geräusch, ähnlich dem von Motorbooten, wie es sie hier zu Dutzenden gab. Längst nicht sicher, ob es sich um die zu erwartende Person handelte, stellte er sein Martiniglas auf den Tisch und machte sich auf den Weg zum Steg. Dort eingetroffen, verspürte er ein flaues Gefühl im Magen und blickte sich nach allen Seiten um. Nichts. Sydow konnte sich eines Kopfschüttelns nicht erwehren. Dass er begann, Nerven zu zeigen, war neu für ihn. Aber es hielt ihn nicht davon ab, den Bootssteg zu betreten und der Motorjacht, deren Umrisse aus der Dunkelheit auftauchten, entgegenzugehen.

Kurz darauf, innerhalb einer Zeitspanne, die ihm länger als der abgelaufene Tag erschien, standen sich Bruder und Schwester gegenüber. Keiner der beiden sprach ein Wort, und obwohl Sydow gewusst hatte, auf was er sich einlassen würde, verharrte er auf der Stelle und starrte sein Gegenüber an.

Thomas Randolph von Sydow, Letzter seines Hauses, erschauderte. Agnes und er waren einander nie nahegestanden. Das musste man vorausschicken. Trotzdem hatte er damit gerechnet, dass so etwas wie Wiedersehensfreude aufkommen würde. Schließlich handelte es sich hier um seine Schwester, trotz allem, was man gegen sie vorbringen konnte.

Von Freude war jedoch nichts zu spüren, weder bei ihm noch bei der Frau, deren Silhouette im Licht der Deckbeleuchtung lange Schatten warf. Dementsprechend kühl fiel die Begrüßung aus, was Sydow, der vergeblich nach Worten rang, einen heftigen Stich versetzte: »Tja, so sieht man sich wieder!«, sagte die Frau, die er kaum wiedererkannte, und dachte offenbar nicht daran, die ihr dargebotene Hand zu schütteln. »Dein Haus – oder das deiner Frau?«

»Unser Haus.« Sydow lief es kalt den Rücken hinunter, und obwohl er der Letzte gewesen wäre, der dies zugegeben hätte, spürte er, wie es ihm die Kehle zuschnürte. Ohne jeden Zweifel war das hier seine Schwester, wenngleich er sich fragte, was von ihr übrig geblieben war. Schien die Frau, deren Blick ihn an Bette Davis* erinnerte, doch absolut nichts mit ihr gemeinsam zu haben.

»Meine Frau hast du ja bereits kennengelernt.«

»Das habe ich, in der Tat.« Helen Fitzpatrick alias Agnes von Sydow zwang sich zu einem Lächeln. Und fügte süffisant hinzu: »Sie passt zu dir.«

»Wozu dieses Versteckspiel?«

»Seit wann ist es verboten, bei der Beerdigung von Verwandten zu erscheinen?«

»Du weißt genau, was ich meine!«, grollte Sydow, im Abwehrkampf gegen den Jähzorn, der ihn unvermittelt packte. »Ich nehme an, du hast die Todesanzeige in der Zeitung gelesen. Warum greifst du dann nicht zum Hörer und rufst mich an?«

»Ich wüsste nicht, was dich das angeht, Tom«, erwiderte Helen Fitzpatrick, straffte ihre dunklen Hand-

---

* Amerikanische Schauspielerin (1908–1989)

schuhe und presste die Lippen aufeinander. »Aber ich will mal nicht so sein.« Die Frau im dunklen Kostüm lächelte. »Sagen wir mal so: Ich war neugierig.«

»Ich auch. Wieso hast du dich nicht bei mir gemeldet, Agnes?« Allmählich geriet Sydow in Fahrt. »Oder glaubst du, es macht Spaß, wenn man seine Schwester für tot erklären lässt?«

»Jetzt hör mir mal gut zu, Bruderherz. Ich bin dir keine Rechenschaft schuldig. Was ich tue, geht dich nichts an, hörst du?«

»Das stimmt nicht ganz, Agnes«, erwiderte Sydow mit fester Stimme. »Wenn du etwas auf dem Kerbholz hast, geht mich das sehr wohl etwas an.«

»Findest du?«, fauchte der blonde Vamp, durch dessen Haar ein kräftiger Windstoß fuhr und den Bubi-Schnitt in heillose Unordnung brachte. »Ich fürchte, da muss ich dich eines Besseren belehren.«

»Was hast du vor, Agnes, raus mit der Sprache!«

»Das geht dich nichts an, kapiert?«, schrie Helen Fitzpatrick, dem Backfisch, wie Sydow ihn kannte, auf einmal zum Verwechseln ähnlich. »Immer musst du den Polizisten spielen, du kannst gar nicht anders, oder? Damit du Bescheid weißt, Tom: Ich bin amerikanische Staatsbürgerin. Schreib' dir das hinter die Ohren! Es geht dich einen feuchten Dreck an, womit ich mir die Zeit vertreibe, klar?«

»Aber nur, wenn du nicht gegen das Gesetz verstößt.«

»Recht, Gesetz, Ordnung!«, giftete Sydows Schwester und richtete den Blick zum Himmel. »Mein Bruderherz, wie er leibt und lebt. Kannst du mir sagen, was ich verbrochen habe? Nein? Siehst du, jetzt bist du sprachlos! Und überhaupt: Wie kommst du eigentlich auf die Idee, nach mir fahnden zu lassen? Ich habe Geschäfte zu tätigen, ist das klar? Wichtige Geschäfte. Dabei lasse ich mir nicht ins Handwerk pfuschen. Von niemandem, hörst du? Weder von dir noch von all den Witzfiguren, die sich Polizisten schimpfen!«

»›Geschäfte‹ – aha! Kann es sein, dass sie etwas mit alten Bekannten zu tun haben?«

»Und wenn schon – was kümmert's dich!« Krebsrot vor Wut, begann die Fassade, an die sich Sydows Schwester klammerte, zu bröckeln. »Bist ja schließlich auf der richtigen Seite gewesen. Wie fühlt man sich eigentlich, wenn man Vater und Schwester im Stich lässt und nichts Besseres zu tun hat, als ins Lager des Feindes zu wechseln?« Die Augen von Helen Fitzpatrick traten aus den Höhlen, sprühten geradezu vor Hass. »Weißt du, was du bist, Tom? Ein Vaterlandsverräter! Ein elender, selbstgefälliger Vaterlandsverräter.«

»Du vergisst dich, Agnes.«

»Findest du? Wenn sich jemand vergessen hat, dann du.« Die Frau in Schwarz schäumte vor Wut. »Kaum zu glauben! Brennt mit einem Judenflittchen durch und bildet sich ein, mir Vorschriften machen zu können. Das soll mal einer verstehen. Hör zu, was ich dir jetzt sage, Herr Kriminalhauptkommissar: Wenn du denkst, ich spinne, bist du schiefgewickelt. Du wirst noch von mir hören, das garantiere ich dir. Du glaubst mir nicht? Wirst schon sehen, großer Bruder, wirst schon sehen! Ich habe Freunde, mächtige Freunde. Verbindungen, von denen du nur träumen kannst.«

»Verbindungen zum Eichmann-Syndikat?«

Sydows Schwester brach in hysterisches Gelächter aus. »Also gut, Tom, falls du es genau wissen willst: Ich habe ihn gekannt – *gut* gekannt, wenn du verstehst, was ich meine.«

Sydow ließ den Kopf hängen und schwieg.

»Wie dem auch sei – geschadet hat es mir nicht. Im Gegenteil.« Die Hände an der Hüfte, ließ Helen Fitzpatrick ihrem Hohn freien Lauf. »Ich habe ihn mir dienstbar gemacht, nicht umgekehrt. Und soll ich dir was sagen? Der Trottel war wie Wachs in meinen Händen.« Sydows Schwester machte einen Schritt nach vorn. »Du verstehst, was ich damit sagen will? Hüte dich davor, mir in die Quere zu kommen, Tom. Oder besser: Pass auf, dass du *uns* nicht in die Quere kommst. Es täte mir leid, dir eine Lektion erteilen zu müssen. Oder deiner Familie. Unter uns, Tom: Wenn du schlau bist, packst du deinen Kram und siehst zu, dass du von hier verschwindest. Wenn nicht, setzt du dein Leben aufs Spiel. Du weißt gar nicht, wie viele Leute es gibt, die bereit wären, dich zu ...«

Weiter kam Helen Fitzpatrick, geborene von Sydow, nicht mehr. Bleich vor Entsetzen, fuhr ihre Hand an die Brust, während ein Schuss die nächtliche Stille durchbrach. Einen Blick im Gesicht, der zwischen Verblüffung und Zorn schwankte, geriet sie ins Taumeln, drehte sich um die eigene Achse und wich Schritt für Schritt zurück, so weit, bis sie am Ende des Bootsstegs angelangt war.

Unfähig, die Geschehnisse nachzuvollziehen, sah Sydow mit angehaltenem Atem zu. Alles wirkte so unwirklich, so entsetzlich, so widersinnig, dass er sich zunächst in einem Albtraum wähnte. Doch weit gefehlt. Die Frau, welche auf den Rand des Bootsstegs zutaumelte, war kein Hirngespinst, es war seine Schwester, ein Mensch aus Fleisch und Blut.

Es war ein Geräusch, das ihn aus den Gedanken riss, ein Geräusch, das entsteht, wenn ein Körper auf dem Wasser aufschlägt. Auf einmal hellwach, streifte Sydow die Schuhe ab, riss sich das Jackett vom Leib, schnappte nach Luft, nahm Anlauf – und tauchte in die Fluten ein.

Doch er kam zu spät.

In dem Körper, den er wenige Sekunden später zu fassen bekam, steckte kaum noch Leben, und als er an die Oberfläche emportauchte, erlahmte der Griff, mit dem sich Agnes von Sydow an ihren Bruder geklammert hatte.

*

»Keine Angst, Thomas!«, sprach Abigail Wentworth mit tonloser Stimme, den Blick auf den Leichnam gerichtet, der in Sichtweite des Bootssteges auf dem Wannsee trieb. Der Wind hatte aufgefrischt, und die Wellen, welchen er wieder Leben eingehaucht hatte, trieben die Tote wie Treibgut vor sich her. »Meinetwegen wirst du keine Scherereien bekommen.«

»Das war nicht mein erster Gedanke, Mutter.«

»Ich weiß, mein Sohn.« Sydows Mutter seufzte gequält auf. »Glaub mir, ich hatte keine Wahl. Wenn etwas Zeit ins Land gegangen ist, wirst du mich verstehen.«

Immer noch wie gelähmt, wandte sich Sydow ab und starrte auf den zusehends stürmischeren See hinaus. »Kannst du mir verraten, was ich jetzt ...«, flüsterte er und wurde, bevor er geendet hatte, unterbrochen.

»Nichts.«

»Nichts? Was soll das heißen?«

»Das soll heißen, mein Sohn, dass ich umgehend die Koffer packen werde.«

»Und dann?«

»Dann werde ich schnellstmöglich nach England zurückkehren!«, versetzte die alte Dame, wandte sich ebenfalls ab und begab sich auf den Rückweg zum Ufer. Dort angekommen, drehte sie sich noch einmal um, den Stock in der Linken und das eisgraue Haupt in die Höhe gereckt. Und rief: »Falls du glaubst, mich wegen Mordes verhaften zu müssen, tu dir keinen Zwang an. Falls nicht, lass mich einfach meiner Wege ziehen. Du wirst mich nie mehr zu Gesicht bekommen, das verspreche ich dir!«

*

Wie lange Sydow am Rande des Bootsstegs ausgeharrt hatte, wusste er hinterher nicht mehr. Alles, woran er sich erinnern konnte, war, dass er die Mordwaffe in hohem Bogen ins Wasser geschleudert und sich wegen der Dummheit, auf die er verfallen war, schwere Vorwürfe gemacht hatte. Hätte er nicht erwähnt, wo sich die Pistole befand, wäre seine Mutter nicht zur Mörderin geworden. So einfach war das.

Und so niederschmetternd.

Doch all das zählte nicht mehr. Jetzt zählte nur noch eins, nämlich das Unheil, welches ihm und seiner Familie drohte, abzuwenden.

Und so kam es, dass Tom Sydow, ehemaliger Hauptkommissar der Kripo Berlin, die Taue löste, mit denen die Motorjacht am Steg vertäut war, seine Hose auszog, an Bord kletterte, den Motor anließ und auf die Mitte des Wannsees zuhielt.

Kurz darauf, knapp 200 Meter vom Ufer entfernt, stellte er den Motor wieder ab, holte tief Luft, trat an die Reling – und stürzte sich kopfüber in den See.

Es war nicht leicht, den Wellen zu trotzen, und es war nicht leicht, dem Leichnam auszuweichen, der urplötzlich vor ihm auftauchte. Tom Sydow musste seine ganze Kraft aufbieten, wie so häufig, wenn er mit den Unbilden des Lebens konfrontiert gewesen war. Dank seiner Zähigkeit und dem Willen, dem Tod zu trotzen, erreichte er jedoch sein Ziel. Nur noch zwei, drei Schwimmzüge, und das rettende Ufer war erreicht.

Dort brach er zusammen, und es verstrich viel Zeit, bevor er sich wieder aufrappelte.

DER SCHERGE UND SEIN HENKER

›Der Henker ist ein kleiner Mann von 75 Jahren, er hat einen weißen Bart und silbrige Schläfenlocken. Blut klebt am Ärmel seiner Strickjacke, Tierblut; er ist ein Schochet, ein Schächter. Strenggläubige Kranke rufen ihn, und er bringt ihnen ein Huhn oder ein Lamm, schwenkt es über ihrem Kopf, spricht einen Segen, dann schneidet er dem Tier die Kehle durch. »Es funktioniert, ich habe damit schon Sterbende und Unfruchtbare geheilt«, sagt Schalom Nagar.

In der Nacht zum 1. Juni 1962 tötete Schalom Nagar einen Menschen. Nagar zog an einem Hebel im Trakt A1, im ersten Stock des Gefängnisses von Ramla. Der Hebel löste eine Falltür aus, und einer der größten Nazi-Verbrecher der Welt fiel, an einem Strick hängend, in den Tod.

Zwei Jahre nach seiner Entführung durch den israelischen Geheimdienst aus Argentinien war Adolf Eichmann tot, der Leiter des Referats IV B 4 im Reichssicherheitshauptamt, zuständig für den Transport der europäischen Juden in die Konzentrationslager.

Die Hinrichtung war ein Triumph für den noch jungen Staat Israel, im Jahr 14 seines Bestehens.

Zurück blieb Schalom Nagar, der einzige Henker Israels. Er hat stellvertretend für eine ganze Nation den Hebel gezogen. Er war es, der Eichmann vom Strick nahm. Seitdem ist Nagars Leben mit dem von Eichmann verbunden, er wird ihn nicht mehr los, diesen Deutschen, der dazu beitrug, sein Volk beinahe auszulöschen.

»Ich war damals erst 26, das war zu viel für mich«, sagt Schalom Nagar. »Ich wollte nie ein Henker sein.«‹

(Aus: *Der Spiegel* 17 / 2011, S. 136)

»Ich hatte den Gesetzen des Krieges und meiner Fahne zu gehorchen. Ich bin bereit.«

(Eichmanns letzte Worte)

EPILOG

(Berlin, Ramla / Israel, Freitag, 1. Juni 1962)

25

Berlin-Wilmersdorf, Kolonie Emser Platz | 00:02 h

Bald war es so weit. Endlich.

Er musste nur noch die Kleider wechseln, es sich auf seiner Pritsche bequem machen, den Entschluss, den er gefasst hatte, in die Tat umsetzen. Das Wenige, was zu bedenken war, war bedacht, der Brief, den er an Tom schreiben wollte, war geschrieben, die Vorkehrungen, die er hatte treffen wollen, waren getroffen worden. Im Bruchteil einer Sekunde würde es vorüber sein, das beruhigte ihn.

Er war hierher zurückgekehrt, nach all den Jahren. Jahre, in denen ihn die Vergangenheit verfolgt, bedrängt und am Ende eingeholt hatte. Bei Kriegsende war er noch voller Hoffnung gewesen, froh, die Zeit der Prüfungen hinter sich zu haben. Er hatte geglaubt, dass sich alles zum Besseren wenden würde. Beharrlich, hartnäckig, felsenfest. Und war eines Schlechteren belehrt worden.

Die Peiniger von einst, all die Menschenschinder, Schreibtischtäter und Henkersknechte – sie waren wieder da. Jeder wusste es, aber niemand sprach darüber. Sie waren wieder salonfähig geworden, jene, an deren Händen Blut klebte, an die man nicht erinnert werden wollte. Leute wie dieser Eichmann, der Mann mit dem Allerweltsgesicht, die Unscheinbarkeit in Person, der geborene Befehlsempfänger. Die Spitze des Eisberges, bei dessen Anblick man sich fragte, wie viele seines Schlages den Krieg überlebt hatten. Alle Welt hatte sich auf Hitler, Himmler, Goebbels, Heydrich, Göring und ein halbes Dutzend weiterer Schreckensgestalten konzentriert. Und vergessen, dass sie ohne die Eichmänner, welche ihnen zu Diensten gewesen waren, längst nicht so viel Schaden hätten anrichten können.

Sie waren wieder im Kommen, all jene, die es verstanden hatten, im richtigen Moment die Fronten zu wechseln. Im Herzen waren sie ihrem Führer stets treu geblieben, ungeachtet der Gräuel, die nach Kriegsende zutage gefördert worden waren. Und seine Landsleute? Die hatten mit alldem nichts zu tun, waren gezwungen gewesen, Befehlen zu gehorchen. Hatten einen Eid geschworen, Familie, Bedenken, Angst, Skrupel und tausend Gründe, ihn und seinesgleichen, welche zur Zielscheibe staatlicher Willkür geworden waren, im Stich zu lassen.

Damit war es jedoch vorbei. Unwiderruflich. Er, David Rosenzweig, hatte seine Entscheidung getroffen. Die einzig mögliche, welche ihm offenblieb. Stand doch fest, dass seine Häscher erst dann aufgeben würden, wenn sie ihn aus dem Weg geräumt hatten. Diesen Triumph wollte und würde er ihnen nicht gönnen.

Vor dem, was gleich passieren würde, war ihm nicht bange. Dank der Schmerztabletten, welche reichlich Morphium enthielten, war es ein Leichtes gewesen, einen ganz speziellen Cocktail zu mixen. Ein Gebräu, das ihm garantiert keine Qual bereiten und dafür sorgen würde, dass er sanft entschlummern würde.

Der Würfel war gefallen, egal, was danach kommen würde. Sichtlich entspannt, legte Rosenzweig seine Kleidung ab und schlüpfte in die Sträflingsmontur, welche er all die Jahre über in seinem Versteck aufbewahrt hatte. Dann heftete er den gelben Stern an die Brust, ein Relikt aus den Tagen, die er für immer überwunden zu haben glaubte.

Kurz darauf, zwei Minuten nach Mitternacht, war es vollbracht. Der Mann, welcher Theodor Morell genannt wurde, sah sich um. Gut drei auf zwei Meter, nicht viel mehr als ein Verschlag. Samt Liege, Tisch und wackligem Stuhl. Und einer Gardine, die er fest zugezogen hatte. Mit Teerpappe verkleidet, zugänglich durch eine Tapetentür.

Der Ort, an dem er sein Leben beenden würde.

Und so geschah es auch. ›Ah, tutti contenti!‹ vor sich hinsummend, nahm Rosenzweig auf seiner alten Pritsche Platz. Dann stürzte er die Mixtur, welche er hergestellt hatte, auf einen Zug hinunter, legte sich auf die Matratze und schloss die Augen.

Der Tag, an dem David Rosenzweigs Rendezvous mit dem Tod stattfand, war gerade erst angebrochen, und er war neugierig, wohin ihn sein Weg führen würde.

26

Gefängnis in Ramla / Israel | 00.02 h

Zehn vor zwölf. Und vom Henker, auf den er treffen würde, noch nichts zu sehen.

Adolf Eichmann, Insasse von Trakt 1 im ersten Stock des Gefängnisses von Ramla, tat alles, um seine Nervosität zu verbergen. Nach über zwei Jahren in israelischem Gewahrsam und einem Prozess, der weltweit für Schlagzeilen gesorgt hatte, war ihm dies zur zweiten Haut geworden. Haltung bewahren, und sei es auch im Angesicht des Todes, den Kameraden, die sein Schicksal verfolgten, ein Beispiel geben, den verhassten Juden nicht die Genugtuung eines am Boden zerstörten und um Gnade winselnden SS-Obersturmbannführers verschaffen. Das hatte er sich vorgenommen. Und das hatte er dank seiner Festigkeit auch erreicht. Ein Mann seines Schlages ließ sich nicht in die Knie zwingen. Von nichts und niemandem auf der Welt.

Allen Versuchen, das Gegenteil unter Beweis zu stellen, zum Trotz.

Nicht etwa, dass die Haft spurlos an ihm vorübergegangen wäre. Tag für Tag von einem Aufpasser beobachtet zu werden, von dem ihn nur ein paar Gitterstäbe trennten, zerrte an den Nerven. Fast so sehr wie das Deckenlicht, welches während der Nacht brannte. Das Wiedersehen mit seiner Frau, von der er sich vor gut einem Monat verabschiedet hatte, nicht zu vergessen.

Eine schwierige, beileibe jedoch nicht ausweglose Situation. Eichmann erhob sich und wanderte unstet hin und her. Die einzige Gefühlsregung, zu der er sich hatte hinreißen lassen, bestand darin, die Hand auf die Scheibe zu legen, die ihn von Vera trennte. Genau dorthin, wo diejenige seiner Frau ruhte. Davon abgesehen hatte er Haltung bewahrt, an seinen Memoiren geschrieben, Eingaben formuliert, sich mit Servatius, seinem Anwalt, beraten. Kühl, sachlich, unaufgeregt. Genau so, wie man es von einem SS-Offizier erwarten konnte.

Anzeichen von Reue? Schuldgefühle? Gewissensbisse gar? Mitnichten. Er, Adolf Eichmann, mittlerweile 56 Jahre alter Massenmörder, war sich selbst treu geblieben. Vor Gericht hatte er sein Bedauern geäußert, nicht weniger, aber auch nicht mehr. Schuld an seinem und dem Schicksal all jener, die er auf dem Gewissen hatte, waren andere. Allen voran Hitler, Himmler, Heydrich und wie sie sonst noch alle hießen. Er selbst war nur ein kleines Glied in der Kette gewesen. Das ausführende Organ sozusagen. Von daher war er frei von jeglicher Schuld und, wie er sich selbst gebetsmühlenartig vorsagte, frei von den Einflüsterungen jenes Feiglings, der sich Gewissen schimpfte.

Wenn da nur nicht die vergangenen drei Nächte gewesen wären. Eichmanns Mundwinkel zuckte, und ein resignierter Ausdruck stahl sich in sein Gesicht. Die von Herzrasen, wirren Träumen und Schweißausbrüchen begleiteten Stunden, in denen er sich auf seiner Pritsche gewälzt und den Tag, an dem er seinen Häschern ins Netz gegangen war, zum abertausendsten Mal verflucht hatte. Warum nur war er so sorglos gewesen, so fahrlässig und dilettantisch, wie man es von ihm, dem peniblen Organisator, niemals erwartet hätte? Warum hatte er sich von diesen Judenbastarden, die keinen Schuss Pulver wert waren, düpieren lassen? Und wieso hatte er darauf verzichtet, eine Waffe oder, besser noch, eine Zyankalikapsel bei sich zu tragen? Ein Biss, und es wäre ausgestanden gewesen. Für immer.

So aber hieß es warten. Die Stunden waren zu Tagen, die Tage zu nicht enden wollenden Wochen und Monaten geworden. Wecken, Frühstück, Verhöre, Hofgang, Schreibarbeit, Zubettgehen. Immer der gleiche, quälende, das Nervenkostüm strapazierende Trott. Eichmanns Miene verfinsterte sich. Ein Trost freilich würde ihm bleiben. Auch dann, wenn sie ihn in ein paar Minuten aufknüpfen würden. Bevor sie ihn, Eichmann, geschnappt hatten, war es ihm gelungen, sechs Millionen von diesen Bastarden ins Jenseits zu befördern. Eine Bilanz, auf die er stolz sein konnte.

Wenn, ja wenn nur diese Hirngespinste nicht gewesen wären. Keine Albträume, die kannte er nur vom Hörensagen. Begonnen hatte es vor drei Tagen, wie aus heiterem Himmel. Mitten in der Nacht war er plötzlich in die Höhe geschreckt, nicht, weil ihm etwas auf der Seele gelastet oder weil er Furcht oder gar Panik verspürt hätte. Angst vor dem Sterben – doch nicht er! Kurzum, wie er so auf seiner Pritsche saß, waren diese Gestalten aufgetaucht, verhärmt, ausgezehrt und mit starrem, ins Leere gerichtetem Blick. Männer, Frauen, Kinder, Greise. Wie lange die an den Gitterstäben entlang und wieder auf den Korridor hinausführende Prozession gedauert hatte, wusste er nicht. Er wusste nur, dass er sie kannte, persönlich, aus eigenem Erleben. Er kannte sie aus dem Palais ›Rothschild‹ in Wien, er kannte sie aus der Schillstraße im Prager Stadtteil Střešovice und nicht zuletzt aus der Kurfürstenstraße in Berlin. Er kannte sie persönlich, wusste genau, wie er mit ihnen umgesprungen war. Und er wusste, welches Schicksal ihnen bevorgestanden, was aus ihnen geworden, wie mit ihren Überresten verfahren worden war. Kein Zweifel, er war der Herr über Tod und Leben gewesen, das Zünglein an der Waage, der personifizierte Schrecken, der Mann, vor dem sie alle Reißaus genommen hatten.

Eichmann reckte das glatt rasierte Kinn. Das bloße Gerücht, er werde ein KZ inspizieren, hatte genügt, um sämtliche Insassen, das Wachpersonal eingeschlossen, in Angst und Schrecken zu versetzen. Das war in Auschwitz nicht anders gewesen als in Treblinka, in Majdanek kaum anders als in Theresienstadt. Dort, im Vorzeigelager, war die Furcht vor ihm am größten gewesen, dort hatte es ihn immer wieder hingezogen, insgesamt vier Mal, sogar kurz vor der Kapitulation. Dann aber war er untergetaucht, volle fünf Jahre lang, bis zu seiner Flucht nach Argentinien. Anders als erhofft war diese jedoch nicht geheim geblieben, wobei es ihm nach wie vor schleierhaft war, wie ihm seine Widersacher auf die Spur gekommen waren.

Zufall oder nicht, der Galgen war ihm sicher. Ein, zwei Minuten, und der Henker würde ihm seine Aufwartung machen. Und er, Adolf Eichmann, würde alles tun, um sich die Furcht vor dem Wiedersehen mit seinen Opfern nicht anmerken zu lassen.

*

Er wollte Schächter werden, kein Schlächter, und er verwünschte den Tag, an dem er, Schalom Nagar, zum Bewacher von Eichmann auserkoren worden war. Ein halbes Jahr war er viermal pro Tag in dessen Zelle gesessen, drei endlos während Stunden lang. Wer der Mann war, den er keine Sekunde aus den Augen lassen durfte, war ihm lange nicht so recht klar gewesen, bis zu dem Tag, an dem er zum ersten Mal seinen Prozess verfolgt hatte. Von da an hatte er ihn genauestens studiert, hatte er jede seiner Bewegungen verfolgt. Er hatte ihm zugesehen, wenn er seine Memoiren schrieb, wenn er einschlief, wenn er las oder auf seinem Bett lag und an die Decke starrte. Und natürlich hatte er auch mit ihm gesprochen. Nur das Nötigste, versteht sich, nur dann, wenn Eichmann ihn um etwas bat. An sich war dies recht selten der Fall gewesen, und so hatte Nagar, 1949 nach Israel geflüchteter Sohn eines Jemeniten, die Zeit damit verbracht, Eichmanns Gesichtszüge zu studieren. Dieser war seinem Blick zumeist ausgewichen, ob zufällig oder absichtlich, konnte er nicht sagen. Sicher war indes, dass er nie, aber auch wirklich nie, eine Gefühlsregung im Gesicht dieses Verbrechers entdeckt hatte.

Und so war er ihm gegenübergesessen, auf der Suche nach dem Mann, den alle Welt für ein Monster hielt. Hatte ihm das Essen vorgesetzt, von dem er zuvor hatte kosten müssen, ihn zur Dusche oder Toilette geführt. Die Angst, dass Eichmann vergiftet werden oder er sich etwas antun könnte, war gewaltig gewesen. So groß, dass Nagar, der 26-jährige Ex-Fallschirmjäger, von zwei weiteren Kollegen beobachtet wurde, einer davon hinter einer vergitterten Metalltür, ein weiterer im Raum dahinter postiert.

Geschehen war freilich nichts, bis zum heutigen Tag. Ein Tag, der in die Geschichte eingehen würde.

Rein äußerlich die Ruhe selbst, sah Schalom, der Mann mit dem wohltönenden Beinamen, auf die Uhr. Kurz vor zwölf. Und damit Zeit, ans Werk zu gehen. Der Pastor und der Arzt, auf den die Gefängnisleitung nicht hatte verzichten wollen, warteten bestimmt schon auf ihn. Nagars Körper straffte sich, und er betrachtete sein Gesicht im Spiegel neben der Tür. Die Tage, welche er Auge in Auge mit Eichmann zugebracht hatte, waren vorüber. Grund genug aufzuatmen und das, was zu tun übrig blieb, zu erledigen. Auf dass sich die Geschichte niemals wiederholen möge.

Kurz darauf, exakt zwei Minuten nach Mitternacht, war es schließlich so weit. Alles, was Nagar zu tun übrig blieb, war, Eichmann den Strick um den Hals zu legen und den Hebel in unmittelbarer Nähe der Falltür, welche den Eichmann-Trakt mit dem Erdgeschoss verband, auf Geheiß des Gefängnisdirektors nach unten zu drücken.

Und zu hoffen, dass er die folgende Szene vergessen würde.

*

»Ich hoffe, dass ihr mir bald folgen werdet.« Die Worte waren ihm einfach herausgerutscht, und wäre der Hass, dem sie entsprangen, nicht gewesen, hätte er die Fassade aufrechterhalten können. Im Angesicht des Todes, selbst dann, wenn ihm der Strick um den Hals gelegt wurde, hatte er ein Beispiel geben wollen. Weniger, um die Umstehenden zu provozieren, sondern um jenen, die ihn in die Knie zwingen wollten, die Vergeblichkeit ihrer Mühe vor Augen zu führen. Einer wie er war den Hyänen, die ihn umlagerten, haushoch überlegen. Das war so und würde immer so bleiben.

Nur keine Reue, kein Anzeichen von Schwäche, keine Gefühlsduselei. Eichmann schnappte nach Luft. Nur gut, dass der Wein, um den er gebeten und dem er im Übermaß zugesprochen hatte, allmählich Wirkung zeigte. Jetzt galt es, aufrecht in den Tod zu gehen, oder, wie er in einem Anflug von Sarkasmus konstatierte, so zu tun. Um jeden Preis. Es galt, die Angst, welche ihn wie ein schleichendes Gift durchströmte, zu bezähmen. Und sei es, indem er Phrasen benutzte, an die selbst er nicht mehr glaubte: »Es lebe Deutschland. Es lebe Argentinien. Es lebe Österreich. Das sind die drei Länder, mit denen ich am engsten verbunden war. Ich werde sie nicht vergessen. Ich grüße meine Frau, meine Familie, meine Freunde. Ich hatte den Gesetzen des Krieges und meiner Fahne zu gehorchen. Ich bin bereit.«

Die Worte waren kaum verklungen, als er den Boden unter den Füßen verlor. Dann, Sekundenbruchteile später, straffte sich das Seil, an dem er baumelte, und er zappelte wie ein Fisch hin und her. Er schluckte, japste, keuchte, hechelte, rang nach Atem, riss vor Angst die Augen auf – und hoffte, dass der Kampf, den er ausfocht, von kurzer Dauer sein würde.

Das war er in der Tat. Nur wenige Minuten, und der Tod würde ihn ereilen. Minuten, die Eichmann, dem ein gnädigeres Schicksal als seinen Opfern zuteilwurde, indes wie eine Ewigkeit vorkamen. Und als sei dies erst der

Anfang, schwand ihm plötzlich das Bewusstsein und er fand sich an einem gänzlich anderen Ort wieder, weit weg vom Block 1, in dem er sein Dasein als Gefangener gefristet hatte. An einem Ort, der ihm irgendwie bekannt, zugleich aber so unheilvoll vorkam, dass er instinktiv zurückzuweichen begann. Nichts wie weg hier!, hämmerte es ihm durch den Sinn, weg hier, solange es noch geht! Doch was er auch tat, so sehr er sich auch sträubte, widersetzte, mit Zähnen und Klauen wehrte – es gab kein Entrinnen. Er musste sich in sein Schicksal fügen.

Und so verharrte er auf der Stelle, umgeben von Gestalten, die immer näher an ihn herandrängten. Männer, Frauen, Greise und Kinder, alle, bis auf ihn, splitternackt. Eichmann rang nach verzweifelt nach Atem. Der Geruch von Schweiß, Kot, Menstruationsblut und Urin hing in der Luft, und während sich die fensterlose Kammer füllte, wurde der Mann in der SS-Uniform von Brechreiz gepackt. Da war er nun, eingekeilt zwischen teils wehklagenden, teils stumm und apathisch vor sich hinstarrenden Geschöpfen, jedes von ihnen ein Stück im Mosaik des Schreckens, das er, der Buchhalter des Todes, entworfen hatte. Allein, es sollte noch schlimmer kommen. Immer neue Schreckensgestalten drängten herzu, bleich, ausgezehrt, abgemagert bis auf die Knochen. Und dann war da plötzlich diese Stimme, laut, salbungsvoll und mit einem Schuss Ironie: »Kein Grund zur Aufregung«, tönte es über die Köpfe der Todgeweihten hinweg, »euch wird kein Haar gekrümmt werden!« Eichmann wusste es besser. Wusste, was hier und heute geschehen und die Welt, in der er lebte, für immer verändern würde.

Und dann geschah es. Ein beißender, ätzender, in Mund und Nase dringender und die Atemwege lähmender Geruch erfüllte den Raum. Panik brach aus. Panik, die auch ihn, den SS-Obersturmbannführer, erfasste. Eichmann nahm die Ellbogen zu Hilfe, drückte, schob, stieß, fluchte, was das Zeug hielt, brüllte. Vergebens. Der Weg zur Tür war ihm versperrt. Die Menschen ringsum rührten sich nicht, starr und steif wie Basaltsäulen.

Doch halt – was war das? Nach Luft hechelnd, fuhr Eichmann herum. Und wurde starr vor Schreck.

Urplötzlich, ohne dass die Tür einen Spalt weit geöffnet worden wäre, begannen sich die Reihen der Todgeweihten zu lichten. Einer nach dem anderen verschwand, verflüchtigte sich, schien sich buchstäblich in Nichts aufzulösen. Männer, Frauen, Greise, Kinder, einer nach dem anderen, einfach so.

Einer nach dem anderen, bis auf ihn, der nackt, keuchend und nach Atem ringend in der menschenleeren Gaskammer stand und den Tod, der es an diesem Tag nicht eilig hatte, mit schreckgeweitetem Blick herbeisehnte.

ENDE

POST MORTEM

›Noch heute beschäftigt sich der Bundestag mit dem Fall Eichmann. So diskutierte das Plenum im Januar 2011 über die Entscheidung des Bundesverwaltungsgerichts, bislang zurückgehaltene Akten des Bundesnachrichtendienstes über Adolf Eichmann teilweise offenzulegen. »Solange wir die Vergangenheit und unsere Verantwortung aus der Frühzeit der Bundesrepublik Deutschland nicht lückenlos aufarbeiten, *wird uns die Geschichte des Nationalsozialismus immer wieder einholen*«[*], betonte der Grünen-Abgeordnete Jerzy Montag. Vergangene Woche hat das israelische Staatsarchiv zahlreiche geheime Dokumente zu Entführung und Strafverfahren Eichmanns im Internet veröffentlicht.‹

Aus: Eva Goldfuß, *Im Haus der Gerechtigkeit* [Das Parlament Nr. 15 / 11.4.2011 (Beilage ›Aus Politik und Zeitgeschichte‹)]

---

[*] Hervorhebung durch den Autor

MEINUNGEN UND KOMMENTARE

›Die amerikanischen Juden hatten zu dieser Zeit (Anfang der 50er-Jahre, Anm. d. Autors) wahrscheinlich andere Sorgen. Die Israelis hatten kein Interesse mehr an Eichmann, sie mussten sich im Überlebenskampf gegen Nasser behaupten. Die Amerikaner hatten kein Interesse mehr an Eichmann, sie mussten sich im Kalten Krieg gegen die Sowjetunion behaupten. Ich hatte das Gefühl, mit einigen wenigen gleichgesinnten Narren vollkommen alleine zu sein.‹

(Aus: Simon Wiesenthal, *Recht, nicht Rache*, Frankfurt/M. · Berlin 1988, S. 105)

›Die traurige Wahrheit ist, dass Eichmann von einem blinden Mann entdeckt wurde, und dass der Mossad mehr als zwei Jahre benötigte, seine Geschichte überhaupt ernst zu nehmen und selbst initiativ zu werden.‹

(Aus: Zvi Aharoni/Wilhelm Dietl, *Der Jäger. Operation Eichmann: Was wirklich geschah*, Stuttgart 1996, S. 126 f.)

›Was die israelischen Geheimdienste betraf, so wurde Eichmann jahrelang nicht intensiv gesucht, weil unsere beschränkten Ressourcen erst einmal gegen die feindseligen Nachbarstaaten und ihre Armeen gerichtet waren. Die zweite Priorität lag bei der geheimen Organisation der

Selbstverteidigung und der Auswanderung von Juden aus islamischen Staaten. Das verdrängte lange Zeit die Suche nach Kriegsverbrechern. Und dann gab es noch persönliches Versagen. Bekanntlich hatte Isser Harel angeordnet, die Akte mit Eichmanns wahrer Adresse zu schließen. Er misstraute den Angaben Lothar Herrmanns.‹

(a.a.O., S. 129)

›1957 schrieb der Rentner Lothar Herrmann, ein Jude aus Buenos Aires, dem Generalstaatsanwalt von Hessen in Frankfurt am Main, Fritz Bauer*, dass Eichmann in Olivos, einem Vorort von Buenos Aires, in der Chacabuco-Straße 4261 lebe. Bauer gab die Information an den Chef des israelischen Geheimdienstes Mossad, Isser Harel, weiter. Darauf nahm ein Agent das Haus in der Chacabuco-Straße in Augenschein und meldete nach Tel Aviv, es sei unwahrscheinlich, dass Eichmann in einem solch schäbigen Bau wohne. Als sich Herrmann auch noch in Widersprüche verwickelte, verlor Harel im Herbst 1958 das Interesse an dieser Spur. Die Akte Herrmann verschwand in der Schublade. Eichmann konnte ein weiteres Jahr in Freiheit verbringen.‹

(Aus: Guido Knopp, *Hitlers Helfer. Täter und Vollstrecker*, München 1998, S. 71)

›In dieser Phase (April 1958, Anm. d. Autors) drängt sich durchaus der Eindruck auf, die Geheimdienste und Strafverfolgungsbehörden Israels, der Vereinigten Staa-

---

* Ebenfalls Jude, Anm. d. Autors

ten und der BRD hätten nicht alles in ihrer Macht Stehende unternommen, um Eichmann zu fassen.‹

(Aus: Tom Segev, *Simon Wiesenthal. Die Biographie*, München 2010, S. 175)

›Es darf auch angenommen werden, dass, hätten sie dieser Aufgabe höhere Priorität beigemessen, die CIA, der deutsche Verfassungsschutz oder der israelische Mossad Eichmann ohne Weiteres hätten ausfindig machen können.‹

(a.a.O., S. 182)

›Auch wenn bis heute nur ein kleiner Teil der damals angelegten Akten bundesdeutscher Institutionen zugänglich ist, geht aus diesem Material doch hervor, dass man das Schlimmste befürchtete. Eichmann war wieder da und mit ihm mehr als ein Schatten der Vergangenheit. Zum Wurzelwerk, das sich am meisten vor dem Prozess fürchtete, gehörten all jene, die es geschafft hatten, trotz ihrer eigenen Beteiligung am Massenmord relativ unbehelligt in der Bundesrepublik anzukommen, und nun um ihre Karrieren fürchteten. Dazu gehörten die ehemaligen Mitarbeiter des Reichssicherheitshauptamtes, die inzwischen Karriere bei Polizei, *BKA* und *BND* gemacht hatten, oder auch die Mitarbeiter des Auswärtigen Amtes.‹

(Aus: Bettina Stangneth, *Eichmann vor Jerusalem. Das unbehelligte Leben eines Massenmörders*, Zürich-Hamburg 2011, S. 451)

AUSWAHLBIBLIOGRAFIE

Zvi Aharoni / Wilhelm Dietl, *Der Jäger. Operation Eichmann: Was wirklich geschah*, Stuttgart 1996

Gedenk- und Bildungsstätte Haus der Wannsee-Konferenz / Stiftung Topographie des Terrors / Stiftung Denkmal für die ermordeten Juden Europas, *Der Prozess. Adolf Eichmann vor Gericht*, Berlin 2011

Uki Goñi, *Odessa. Die wahre Geschichte*, Berlin · Hamburg 2006

Isser Harel, *The House on Garibaldi Street*, New York 1975

Guido Knopp, *Hitlers Helfer, Täter und Vollstrecker*, München 1998

Guido Knopp, *Die SS. Eine Mahnung an die Geschichte*, München 2003

Hans Rosenthal, *Zwei Leben in Deutschland*, Bergisch Gladbach 1987

Tom Segev, *Simon Wiesenthal. Die Biographie*, München 2010

Bettina Stangneth, *Eichmann vor Jerusalem. Das unbehelligte Leben eines Massenmörders*, Zürich · Hamburg 2010

Juliane von Mittelstaedt, *Henker für einen Tag*. In: *Der Spiegel* 17/2011, S. 136/137

Simon Wiesenthal, *Recht, nicht Rache*. Frankfurt/M. · Berlin 1988

Uwe Klausner
Kennedy-Syndrom
978-3-8392-1185-4

»Klausners Romane thematisieren die dunkle deutsche Vergangenheit, halten den Leser gefangen und bieten allerbeste Krimiunterhaltung!«

Berlin, im August 1961. In einer S-Bahn Richtung Wannsee wird ein erschossener Mann entdeckt, allem Anschein nach ein Amerikaner. Kurz darauf wird ein weiterer Toter gefunden, diesmal auf einem Schrottplatz in der Nähe des Flughafens Tempelhof. Schnell wird Hauptkommissar Tom Sydow klar, dass es zwischen den beiden Fällen einen Zusammenhang gibt. Doch damit nicht genug: Sydow kommt einem unglaublichen Komplott auf die Spur, dessen Fäden bis ins Hauptquartier der CIA zu reichen scheinen. Offenbar ist es jemandem gelungen, das bestgehütete Geheimnis der DDR zu lüften: die Pläne zum Bau der Berliner Mauer.

Wir machen's spannend

Uwe Klausner
Bernstein-Connection
978-3-8392-1113-7

»Uwe Klausner legt mit ›Bernstein-Connection‹ erneut einen Kriminalroman der Extraklasse vor.«

Berlin, im Juni 1953. In unmittelbarer Nähe von Schloss Bellevue wird eine männliche Wasserleiche entdeckt. Kurz darauf wird das Grab des unlängst bestatteten Geschäftsmannes Hans-Hinrich von Oertzen auf makabere Weise geschändet.

Alles nur Zufall? Keineswegs. Hauptkommissar Tom Sydow findet heraus, dass die beiden Männer Mitglieder einer streng geheimen Sondereinheit der SS waren, deren Aufgabe kurz vor Kriegsende darin bestand, das legendäre Bernsteinzimmer vor der heranrückenden Roten Armee in Sicherheit zu bringen ...

Wir machen's spannend

Uwe Klausner
Odessa-Komplott
978-3-8392-1053-6

»Auch in Odessa-Komplett verpackt Klausner historische Fakten in einer packenden Kriminalgeschichte. Großartig recherchiertes Lesevergnügen!«

Berlin, 31. August 1948. Die verstümmelte Leiche einer Stadtstreicherin wird in der Nähe des Lehrter Bahnhofs gefunden. Nichts Besonderes im Berlin der Nachkriegszeit und so glaubt Hauptkommissar Tom Sydow zunächst an einen Routinefall. Doch warum sammelte das Mordopfer Zeitungsausschnitte über den stadtbekannten Kriegsgewinnler, Schieber und Spekulanten Paul Mertens?

Bei seinen Ermittlungen kommt Sydow einer Organisation auf die Spur, deren Verbindungen in höchste Kreise von Justiz und Politik zu reichen scheinen …

Wir machen's spannend

Uwe Klausner
Walhalla-Code
978-3-89977-808-3

»Der Beginn der Erfolgsgeschichte: Tom Sydows erster Fall!«

Berlin, 07.06.1942. Auf einer Parkbank in der Nähe der Siegessäule wird eine Leiche entdeckt. Zunächst deutet alles auf Selbstmord hin, doch Kommissar Tom Sydow will nicht so recht daran glauben. Zumal es sich bei dem Toten um ein »hohes Tier« der Gestapo handelt. In seiner Obhut befanden sich brisante Akten des gefürchteten Geheimdienstchefs Reinhard Heydrich, um deren Besitz ein gnadenloser Wettlauf beginnt …

Wir machen's spannend

Unsere Lesermagazine
2 x jährlich das Neueste aus der Gmeiner-Bibliothek

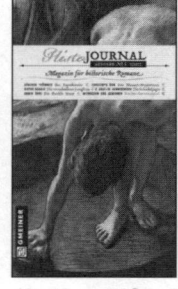

Alle Lesermagazine erhalten Sie in Ihrer Buchhandlung oder unter www.gmeiner-verlag.de.

24 x 35 cm, 32 S., farbig; inkl. Büchermagazin »nicht nur« für Frauen

10 x 18 cm, 16 S., farbig

GmeinerNewsletter
Neues aus der Welt der Gmeiner-Romane

Haben Sie schon unsere GmeinerNewsletter abonniert?

Monatlich erhalten Sie per E-Mail aktuelle Informationen aus der Welt der Krimis, der historischen Romane und der Frauenromane: Buchtipps, Berichte über Autoren und ihre Arbeit, Veranstaltungshinweise, neue Literaturseiten im Internet und interessante Neuigkeiten.

Die Anmeldung zu den GmeinerNewslettern ist ganz einfach. Direkt auf der Homepage des Gmeiner-Verlags (www.gmeiner-verlag.de) finden Sie das entsprechende Anmeldeformular.

Ihre Meinung ist gefragt!
Mitmachen und gewinnen

Wir möchten Ihnen mit unseren Romanen immer beste Unterhaltung bieten. Sie können uns dabei unterstützen, indem Sie uns Ihre Meinung zu den Gmeiner-Romanen sagen! Senden Sie eine E-Mail an gewinnspiel@gmeiner-verlag.de und teilen Sie uns mit, welches Buch Sie gelesen haben und wie es Ihnen gefallen hat. Alle Einsendungen nehmen automatisch am großen Jahresgewinnspiel mit attraktiven Buchpreisen teil.

Wir machen's spannend